WORLD TEACHER 8

이 세 계 식 교 육 에 이 전 트

네코 코이치 지음 Nardack 일러스트

이승원 옮김

피아
Fia

리스
Wreath

레우스
Reus

여행은
그 후로도
계속된다 —

시리우스
Sirius

에밀리아
Emilia

제자들의
성장을
곱씹는 밤.

월드 티처
이 세 계 식 교 육 에 이 전 트

네코 코이치 지음
Nardack 일러스트
이승원 옮김

8

CONTENTS

Illust:Nardack

피아와의 재회, 투무제에서의 우승, 그리고 길드의 랭크가 중급이 되는 등, 다양한 일이 일었던 가라프를 떠날 때…… 우리는 허둥지둥 출발해야만 했다.

투기장이 있는 마을인 만큼 강자를 좋아하는 이들이 많은지, 나와 레우스의 팬이 된 사람들이 마을 입구에서 기다리고 있었던 것이다.

다들 작별을 아쉬워하는 이들이었지만…….

『시리우스 님의 여행에 저도 동행시켜주세요.』

『나를 데려간다면, 앞으로의 여행도 편해질 거예요.』

『잡일이든 뭐든 다 할 테니, 저를 데려가주세요!』

그중에는 우리의 여행에 동행하고 싶다고 말한 이들도 있었다.

거점을 두었다면 모르겠지만, 우리는 견문을 넓히고 있는 중인지라 적극적으로 제자를 들일 생각은 없다.

그중에는 우리를 호위로 삼으려 하는 상인, 그리고 이용하며 단물만 빨려 하는 자들도 있었다. 그래서 우리는 그들을 무시하며 출발하기로 했다.

마을을 나선 후에도 그들은 한동안 쫓아왔지만, 호쿠토의 다리와 지구력을 쫓아올 수가 없었는지 산 하나를 넘었을 즈음에는 전부 따돌릴 수 있었다.

"휴우……. 드디어 포기한 것 같네."

"호쿠토 씨가 끄는 마차를 따라올 수 있는 사람은 없으니까요."

말을 탄 모험가라도 거의 무한한 체력을 지녔기에 쉬지 않고 뛸 수 있는 호쿠토를 쫓을 수는 없었다.

몇 시간에 걸쳐 달린 후, 등 뒤에 아무도 없다는 것을 확인한 우리는 평소와 같은 속도로 느긋하게 길을 따라 나아갔다.

그리고 에밀리아와 함께 마부석에 앉아서 느긋하게 호쿠토의 등을 쳐다보고 있을 때, 마차 안에서 쉬고 있던 피아가 내 어깨에 턱을 얹으며 웃음을 흘렸다.

"그렇게 빨리 뛰는데도 거의 흔들리지 않았네. 이렇게 편리한 마차는 어느 나라의 왕족도 가지고 있지 않을 거야."

"시리우스 님이 설계한 마차니까요. 당연해요."

"만든 건 가르간 상회야. 거기 기술력은 대단하다고 생각해."

마치 자기가 만든 것처럼 가슴을 펴며 자랑하는 에밀리아를 보고 쓴웃음을 지은 나는 이 마차를 만들었을 때를 떠올렸다.

가르간 상회에 서스펜션 등의 기술을 팔고, 그 대가로 내가 생각한 기능을 전부 넣었지.

마차에 혁명을 일으킬 기술을 손에 넣은 가르간 상회의 잭은 크게 웃으며 기뻐했지만, 내가 제시한 어려운 요청에 응하기 위해 꽤나 고생하는 것 같았다.

일부를 제외하고, 마차는 그저 사람과 물자를 얼마나 실을 수 있는지를 중요시한다.

하지만 우리의 여행은 장사를 하기 위한 게 아니라 견문을 넓히기 위한…… 즉, 여행 같은 것이기에 쾌적하게 지낼 수 있는 것에 특화된 마차를 만드는 게 당연했다.

"저기, 형님. 나, 배고파."

마차 위에서 물구나무서기를 하며 균형감각을 기르고 있던 레우스의 배에서 꼬르륵 소리가 났다.

태양의 위치로 볼 때 슬슬 점심때가 다 되었고, 레우스뿐만 아니라 리스도 배고프다는 소리를 할 때가 되었다. 그래서 나는 호쿠토에게 명령해서 경치가 좋은 곳에 마차를 세우게 한 후, 다 같이 점심 식사를 준비했다.

레우스와 호쿠토는 사냥을 해서 고기를 조달했고, 에밀리아에게는 허브와 산나물의 확보를 부탁했다. 그리고 리스와 피아는 요리를 하는 나를 도왔다.

그리고 사냥으로 확보한 식재료로 고기와 산나물 볶음, 그리고 출발 전에 만들어둔 생면을 이용한 소금 볶음국수를 완성해서 점심 식사를 했다.

그러고 보니 가라프 마을에서 볶음국수의 시제품을 만들고 있을 때, 베이올프가 강검 라이오르 할아버지를 찾으러 마을을 떠난다는 말을 하러 왔다. 그래서 송별회를 겸해 이 녀석을 대접했더니 정말 맛있어하며 먹어댔지.

하지만 자신이 먹을 양이 줄어들어 못마땅하다는 듯이 레우스가 노려보는 바람에, 꽤나 어정쩡한 느낌의 이별을 하게 됐다.

베이올프가 라이오르 할아버지와 언제쯤 만나게 될지 생각하며 식사를 하고 있을 때, 국구를 먹던 피아가 한숨을 내쉬고 있는 게 느껴졌다.

"왜 그래? 입에 안 맞아?"

"그런 게 아니라, 생각을 좀 하고 있었어. 음식은 참 맛있네."

"시리우스 님의 요리가 맛있는 건 당연하다 할 수 있어요. 그리고 피아 씨는 뭘 걱정하고 계신 건가요?"

에밀리아가 그렇게 묻자, 피아는 쓴웃음을 지으며 우리를 둘러보았다.

"뭐랄까, 너희와 여행을 하고 있으니 예전처럼 혼자서 여행을 못 할 것 같다는 느낌이 들었어."

"피아 씨…… 그 심정은 충분히 이해해! 나도 혼자서 여행을 못 할 것 같아."

"그래?"

"그야 이렇게 맛있는 식사와 쾌적한 마차, 그리고 믿음직한 동료들과 함께하는 거잖아. 고통은 참을 수 있지만, 사치라는 건 한 번 맛보고 나면 좀처럼 헤어 나올 수 없어."

""그건 그래!""

혼자서 여행을 한 덕분에 우리의 여행이 얼마나 비정상적인지 아는 것 같았고, 에밀리아와 레우스는 피아의 말에 격렬하게 공감했다.

그런 자매의 반응을 보고 미소를 짓고 있던 피아는 또 한숨을 내쉬며 손으로 얼굴을 가렸다.

"그래서 뭐든 도움이 되어보려고 노력했는데…… 완전히 망했어. 가장 연상인데, 나…… 아무 짝에도 도움이 안 되네."

풀이 죽은 피아에게는 미안하지만, 솔직히 말해 요리 쪽으로 그녀가 도움이 되는 일은 없다.

여행을 하면서 마을 식당과 보존식량만으로 식사를 해서 그런지, 피아는 요리를 해본 경험이 거의 없었다. 그래서 나와 리스를 거의 돕지 못한 것이다.

"너무 풀죽지 마. 피아만 괜찮다면 내가 요리를 가르쳐줄게."

"부탁할게. 이대로 있다간 너희 동료로서 부끄러울 것만 같아."

"그렇게 진지하게 생각하지 않아도 돼. 천천히 하나하나 배워가는 거야."

무리하게 자신을 바꿀 필요는 없지만, 본인이 원한다면 가르쳐줄 생각이다.

꼭 필요한 것은 억지로 가르치지만, 그 외에는 비교적 자유롭게 가르치는 것이 내 방침이다.

실제로 현재 제자들은 다들 자신의 생각에 따라 필요한 것을 고르고, 익히며 나에게 가르쳐준 것이다.

"그럼 남은 문제는 너희 훈련에 따라갈 체력이네. 이렇게 진지하게 몸을 단련한 건 처음이야."

가라프를 출발하기 전에 체력 측정을 한 결과, 피아는 모험가 생활을 해온 덕분에 꽤 체력이 좋기는 하지만 우리의 훈련을 따라오지는 못했다.

뭐, 그녀는 정령마법을 사용해 적이 접근하기 전에 해치우며, 이동 또한 바람을 이용하면 되기에 체력을 그렇게 필요하지는 않을 것이다.

하지만, 피치 못할 이유 때문에 정령의 힘을 빌리지 못하는 상황이 벌어질지도 모른다.

아무튼 최악의 상황에 대비해야 한다고 내가 알려주자, 피아는 동료들과 함께 단련을 하고 싶다면서 나에게 말한 것이다.

과거의 일과 나에게 도움을 받았던 추태를 떠올린 것 같았다.

"이제부터 교대로 훈련을 하며 나아가자. 우선 피아는 체력이 바닥날 때까지 뛰어."

"으…… 처음부터 혹독하네."

"저기…… 시리우스 씨는 무리한 훈련은 안 시키니까…… 힘내!"

"힘든 건 처음뿐이에요. 그리고 시리우스 님의 기대에 부응할 수 있다고 생각하면, 그 어떤 괴로움도 쾌락으로 변하죠."

"익숙해지면 엄청 충실감이 느껴져!"

피아가 불안이 어려 있기는 하지만 결의를 찬 표정으로 고개를 끄덕이자, 제자들은 나름대로 응원을 해줬다.

"좋아. 바로 그거야."

"하아…… 하아…… 역시, 힘드네."

그 후, 점심 식사를 마치고 출발한 우리는 아까 말했던 것처럼 마차에서 내려 번갈아 달리기 시작했다.

나와 레우스는 피아에게 맞춰 나란히 뛰고 있으며, 에밀리아와 리스는 이미 오늘 할당량을 마치고 마차 안에서 쉬고 있었다.

한편, 피아는 페이스를 바꾸면서도 쭉 뛰고 있었다.

지금은 일정 페이스를 유지하며 달리는 법을 가르쳐주고 있으며, 슬슬 다음 단계로 넘어가자는 생각을 하고 있었다.

"후, 훈련을 싫어하지는 않지만, 상상했던 것보다 더 어렵네."

"저 언덕을 넘고 나면 잠시 쉬자. 그 대신, 전력을 다해 뛰자."

"하아…… 정말! 이렇게 되면 죽을힘을 다해 뛸 테니까, 끝나고 나면 상을 줘! 무릎베개가 좋겠네!"

"무릎베개로 만족할 수 있다면 나야 좋지. 자아, 열심히 뛰자."

"그럼 내가 앞장설게! 형님!"

현재 레우스는 철보다 무거운 광석으로 만든 팔찌와 발찌를 착용하고 있지만, 마차보다 더 빠르게 뛰면서 언덕 위까지 뛰어올라 갔다. 그 모습을 본 피아는 어이없다는 투로 중얼거렸다.

"저렇게 무거운 걸 달고 나와 같은 시간을 뛰고 있구나. 너희는 정말 특이한 애들이야."

"특이하다다는 건 인정할게. 하지만 나한테 가르침을 받는다는 건 피아도 마찬가지라는 게 되거든?"

"이제 와서 그런 소리 할 필요 없어. 엘프 중에서 별종이었던 내가 세간의 별종이 되는 것뿐이거든. 그 정도로 너희와 함께할 수 있다면, 얼마든지 되어주겠어!"

진지한 표정으로 그렇게 외친 피아는 마지막 힘을 쥐어짜내면서 마차를 추월했다.

그런 그녀의 고함소리를 마부석에서 들은 에밀리아와 리스는 밝은 표정으로 피아의 뒷모습을 응시했다.

언덕을 넘고, 한계를 맞이한 피아를 회수한 나는 약속대로 그녀에게 무릎베개를 해줬다.

약속을 하지 않았더라도, 회복력을 높여주는 재생활성을 걸어주기 위해 무릎베개를 해줄 생각이었다. 그래도 피아는 내 무릎에 얼굴을 묻으며 기뻐하니 괜한 소리를 할 필요는 없을 것 같았다.

하지만 재생활성으로 체력을 회복시켜주려면, 대상자가 잠들지 않으면 효과가 약하다.

그래서 피아가 잠들 때까지 기다리고 있지만, 그녀는 내 얼굴을 쳐다보며 그저 미소만 짓고 있었다.

"피아, 왜 그래? 눈을 감고 쉬는 편이 좋지 않아?"

"그러는 편이 좋은 건 알지만, 왠지 아쉬워서 말이야. 이럴 때가 아니면 무릎베개를 해주지 않을 거잖아?"

"상황에 따라 다르지만, 내 무릎을 베고 싶으면 언제든지 말해."

"이런 상황에서 할 말은 아니지만, 나는 좋아하는 사람이 내 무릎을 베기를 바라거든. 너희도 그렇지 않아?"

곁에 있던 에밀리아와 리스는 동의한다는 듯이 고개를 끄덕였다.

특히 에밀리아는 무릎을 가볍게 두드리더니, 언제든 베도 된다는 듯이 미소를 지었다.

"으음, 나도 베고 싶기는 하지만 지금은 피아의 회복이 우선이거든. 피곤할 테니까 천천히 쉬어."

"후후…… 그래. 잠시만 잘게……."

피아는 말을 마치기도 전에 고른 숨소리를 내며 잠에 빠져들었

다. 나는 그런 피아의 머리에 손을 얹고 마력을 흘려 넣었다. 수면을 방해하지 않도록, 신중하게 마력을 흘려 넣자, 그 광경을 쳐다보던 에밀리아와 리스가 작게 한숨을 내쉬며…….

"……피아 씨는 약았어요."

"응. 약았어."

"뭐가 약았다는 거야?"

"'잠든 표정이 너무 요염해!'"

"그런 거구나……."

두 사람은 부럽다는 듯이 한 목소리로 그렇게 말했다.

남자라면 눈을 떼지 못할 만큼, 요염한 표정을 지으며 잠들어 있는 피아가 부러운 것 같았다.

내가 한 마디 하자면, 어릴 적부터 순진무구한 표정으로 잠을 자는 에밀리아, 그리고 행복한 미소를 지으며 무방비한 표정으로 잠드는 리스도 충분히 매력적이라고 생각한다. 참고로 그 두 사람에게 그 말을 해주자, 부끄럽다는 듯이 볼을 붉히면서 기뻐했다.

"두 사람에게는 두 사람만의 매력이 있으니까, 부러워할 필요 없어. 나는 꾸미지 않은 에밀리아와 리스를 좋아하거든."

내가 손짓을 하자 두 사람이 다가왔고, 나는 한 손으로 피아에게 재생활성을 걸어주면서 두 사람의 머리를 쓰다듬어줬다.

그렇게 훈련을 하며 길을 따라 나아가던 우리는 해가 지기 직전에 마을에서 약간 벗어난 곳에서 야영 준비를 했다.

우리는 평소와 마찬가지로 흩어져서 야영 준비를 했지만, 피아는 훈련의 피로 때문에 몸이 제대로 움직이지 않는지 모닥불 앞에 앉아서 쉬고 있었다.

"으으…… 어찌 보면 내가 가장 막내인데, 전혀 도움이 못 되어서 미안해……."

"개의치 마. 다른 애들도 다 거쳤던 일이니까, 서서히 익숙해지면 돼."

그리고 저녁을 만들던 도중에 에밀리아와 리스와 교대한 나는 미안해하는 피아에게 컨디션 관리를 겸한 마사지를 해줬다.

"그것보다 팔과 다리 말고 아픈 곳은 없어?"

"없는 것…… 같아. 으음…… 거기…… 좋아."

"그렇게 요염한 목소리 내지 마."

"하지만 남한테 다리 마사지를 받으면서 이렇게 기분 좋은 건 처음인걸. 다들 이런 마사지를 받았던 거야?"

피아가 그렇게 묻자, 냄비 안의 음식을 쳐다보던 에밀리아와 리스가 미소를 지으며 고개를 끄덕였다.

"저희도 훈련을 막 시작했을 즈음에는 시리우스 님에게 마사지를 받았어요. 요즘은 횟수가 줄었지만, 처음 마사지 받았을 때의 그 기분 좋은 느낌은 잊을 수가 없어요."

"응. 엄청 기분 좋았어. 대신 엄청 졸렸지만 말이야."

"나도 마사지를 받자마자 바로 잠들었어!"

조금이라도 오랫동안 맛보고 싶다는 심정, 그리고 미안한 감정을 느끼며 마사지를 받던 두 여성과 달리, 레우스는 바로 잠에 빠져들었다.

"휴우…… 그 마음…… 이해할 것 같아……."

"긴장을 푸는 건 좋지만, 잠들 거면 하다못해 식사를 한 다음에 자."

"이런 상태에서 식사를 할 수 있을까? 너무 지쳐서 소화를 못 시킬 것 같아……."

"……뭐, 그럴지도 몰라."

피아가 배를 만지며 쓴웃음을 짓자, 나는 격하게 동의했다.

평범하게 생각해볼 때, 그렇게 뛰어서 지친 상태에서는 위가 음식을 받아들이지 못하는 게 당연했다.

하지만…….

"못 먹는다니…… 농담이지? 나는 오히려 배가 고파서 견딜 수가 없었다고."

"시리우스 님께서 만들어주신 음식은 너무 맛있어서, 저는 매일 배 터지게 먹었어요."

"맞아. 훈련을 엄청 해서 그만큼 배도 고팠거든."

"……내가 이상한 걸까?"

세 제자가 고개를 갸웃거렸지만, 훈련 후에도 아무렇지 않게 식사를 하는 이 녀석들이 이상한 것이다.

종족이 다른 에밀리아와 레우스는 이해가 되지만, 평범한 인간족인 리스가 그렇게 잘 먹는 건 확실히 의문 그 자체다.

"피아가 정상이니까 안심해. 아무튼 내용물을 뺀 수프를 만들어줄 테니까, 조금이라도 먹어둬. 영양섭취를 하지 않는 게 가장 안 좋거든."

"일부러 만들어주려는 거야? 그럼 억지로라도 먹어볼게."

피아는 내가 만든 수프를 에밀리아에게서 건네받았지만, 역시 위가 받아주지 않아 바로 먹지 못했다.

하지만 냄새가 나쁘지 않다는 것을 눈치채고 조심스레 수프를 입에 댄 피아는 약간 놀라면서 한 모금 더 마셨다.

"응…… 이거라면 먹을 수 있을 것 같아."

나는 은랑족의 촌락에서 입수한 생선으로 가다랑어포와 비슷한 재료를 만들었으며, 이것은 그것으로 낸 육수로 만든 수프였다.

피로한 위를 고려해 약간 심심하게 만들었지만, 채소 등을 넣고 푹 삶았으니 영양분은 충분할 것이다.

"남으면 우리가 먹을 테니까, 피아는 먹고 싶은 만큼만 먹어."

"시리우스 님, 저희가 먹을 요리도 완성됐어요. 슬슬 식사를 할까요?"

"형님, 배고파."

"나도 배가 꼬르륵거릴 것만 같아."

아이들……이 아니라 제자들이 배고프다고 칭얼거리기 시작했기에, 우리도 식사를 시작하기로 했다.

우리가 먹기 위해 내용물을 잔뜩 넣고 끓인 수프, 그리고 고기와 채소에 오리지널 소스를 뿌려서 만든 각양각색의 샌드위치가 준비되자, 제자들은 환한 미소를 지으며 먹기 시작했다. 그리고 그 광경을 쳐다보던 피아가 혼잣말을 중얼거렸다.

"……훈련이 힘들기는 하지만, 열심히 할 수 있을 것 같네. 다들 강해질 만도 해."

식사를 마친 후, 우리는 휴식을 취하기로 했다.

하지만 주위에 욕실이나 온천은 없었기에 여행 도중에는 따뜻한 물에 적신 수건으로 몸을 닦는 게 한계다. 하지만 우리는 물만 있으면 목욕을 할 수 있다.

마차에 들어 있는 열전도율이 낮은 특수한 강철 덩어리를 꺼낸 후, 그것을 지면에 놓고 마력을 주입하자, 그 강철 덩어리는 펼쳐지면서 형태가 변형됐다.

이 강철 덩어리는 대상의 형태를 바꾸는 '크리에이트' 마법이 그려져 있으며, 마력을 흘려 넣으면 특정 형태로 변형되도록 가공되어 있다. 간단히 말해 형상기억합금 같은 것이다.

그리고 그 강철 덩어리는 세 사람 정도 들어갈 수 있을 듯한 욕조로 변형됐다.

이제 리스의 정령 마법으로 물을 넣은 후, 레우스가 욕조에 손을 넣고 '플레임 너클'을 발동시켜서 물을 끓이면 된다. 그리고 마차와 인근의 나무를 로프로 연결한 후, 천으로 가려주기만 하면 즉석 목욕탕이 완성된다.

우선 여성들이 먼저 목욕을 하기로 했기에, 나는 마차 너머로 가서 책을 읽고 레우스는 검을 휘두르며 시간을 보냈다. 참고로 호쿠토가 칸막이 근처에서 주위를 살피고 있으니 마물이나 강도 걱정을 할 필요도 없다.

그래도 무슨 일이 있을 때에 대비해 주위에서 대기하고 있자,

여성들의 대화가 훤히 들렸다.

"하아…… 기분 좋아. 밖에서도 목욕을 할 수 있을 줄은 몰랐네."

"남들이 어떻게 여행을 하는지 모르겠지만, 우리는 진짜 호사를 누리고 있는 것 같네."

"시리우스 님도 같이 목욕하면 좋겠는데 말이죠. 오래간만에 등을 씻겨드리고 싶어요."

"그것도 괜찮겠네. 저기, 시리우스. 같이 목욕 안 할래?"

"어어?! 피, 피아 씨까지 무슨 소리를 하는 거야?!"

"아냐…… 사양할래."

요즘 들어 툭하면 셋이서 나를 노려대고 있으니, 함부로 돌격을 감행하는 건 매우 위험하다. 그런 식으로 대화를 나눈 후, 에밀리아와 피아는 겨우 포기한 것 같았다. 참고로 레우스는 정신을 집중한 상태에서 검을 휘두르느라 우리 대화가 전혀 들리지 않는 것 같았다.

"…………좋겠다."

"리스, 왜 그래요? 피아 씨의 몸을 왜 그렇게 쳐다보는 거죠?"

"어…… 아, 응. 피부가 너무 예뻐서 부러워……."

"맞아요. 엘프는 정말 약았네요."

"어머, 그러는 당신들도 내가 가지지 못한 걸 가지고 있잖니. 그 나이에 그 가슴 크기는 반칙이야."

"나, 나는 딱히 가슴이 커지기를 바란 적이 없는데……."

"시리우스 님께서 만족하실 수 있도록 최선을 다했어요."

……역시 귀를 막는 편이 좋을까.

더 들었다간, 왠지 위험할 것 같은 느낌이 드는걸.

《푸른 소녀와의 만남》

그런 식으로 훈련을 하며 여행을 계속하다 보니, 어느새 가라프를 떠난 지 사흘이 지났다. 훈련에 좀 익숙해진 피아도 지금은 어느 정도 식사를 할 수 있게 되었으며, 이제 따로 식사를 할 필요가 없어졌다.

지금은 길가 야영지에서 저녁 준비 중이다. 하지만 오늘은 일찌감치 야영지를 정해서 그런지 아직 해가 높이 떠 있었고, 주위도 밝았다.

하지만 때때로 이럴 때도 있기에 우리는 개의치 않고 일찌감치 저녁식사를 시작했다.

"하아……. 식사가 정말 맛있어. 그건 그렇고, 이렇게 빨리 익숙해질 줄은 몰랐네."

"피아가 최선을 다한 증거야. 더 먹을래?"

"조금만 더 줘. 이 우동이라는 요리는 먹는 게 좀 어렵지만 참 맛있네."

"저도 더 먹을래요."

"형님, 나도 더 줘!"

"시리우스 님, 저도 주시겠어요?"

요즘 정성을 들여 만들고 있는 우동의 반응은 꽤 좋았다.

나는 좀 더 쫄깃한 면발을 만들고 싶지만, 우동에 적합한 밀가루가 없어서 무리였다.

제자들이 더 달라고 하자, 나는 재빨리 우동을 삶아서 그릇에 담아줬다. 바로 그때, 근처에 앉아 있던 호쿠토가 갑자기 몸을 일으켰기에 나는 반사적으로 '서치'를 발동시켜서 주위를 살폈다.

그리고 아직 거리가 있지만 이쪽으로 다가오는 반응 몇 개를 포착한 내가 조리기구를 정리하기 시작하자, 뒤늦게 제자들도 접근하는 존재를 눈치챈 것 같았다.

"시리우스 님, 뭔가가 다가오고 있어요."

"나도 느꼈어. 숫자가 많지는 않지만, 상당한 속도로 다가오고 있네."

"으음…… 적의도 희미하게 느껴지긴 하지만, 반응이 좀 이상하네."

"정령의 말에 따르면, 적어도 우리를 노리는 것 같지는 않네."

에밀리아와 레우스는 냄새와 감으로, 그리고 리스와 피아는 정령의 목소리로 눈치를 챈 것 같았다.

상황은 알 수 없지만 적의가 느껴진다는 말에 경계를 하고 있지만, 다들 우동이 들어 있는 그릇을 들고 있기에 영 어정쩡했다.

"……빨리 먹어치우거나, 아니면 그냥 남기는 게……."

"""잘 먹었습니다!"""

"아쯔뜨?! 자, 잠깐만 기다려!"

피아가 약간 고전하기는 했지만 다들 뜨거운 우동을 순식간에 해치우고 뒷정리를 했을 즈음, 먼 곳에서 이쪽으로 뛰어오는 인물들이 눈에 보이기 시작했다.

"저건…… 여자애인가요? 그건 그렇고 좀 묘하군요."

"맞아. 이런 곳에 혼자 있다는 게 묘하네."

"누나, 저 애, 쫓기고 있는 것 같지 않아?"

레우스가 지적을 한 것처럼 그 소녀의 뒤편에는 말을 탄 남자 다섯 명이 있었으며, 소녀는 그들에게서 필사적으로 도망치고 있는 것 같았다.

언뜻 보면 도적들 같아 보이지만, 상황을 모르는 상황에서 나서는 것은 위험하다.

"너희들, 말할 필요도 없겠지만……."

"예. 도움을 주더라도 적과 아군을 판별한 후에…… 나서라는 거죠?"

"모험가의 기본이지. 그건 그렇고, 뒤편에 있는 남자들은 장비를 잘 갖추고 있네. 도적 같아 보이지는 않아. 어쩌면 도망치는 어린 귀족을 데리고 돌아가려는 걸지도 몰라."

"그런 것치고는 너무 필사적인 것 같은데…… 어?"

경계를 계속하던 사이, 우리의 존재를 발견한 듯한 그 소녀는 어찌 된 영문인지 그 자리에서 멈춰 섰다.

우리를 적이라고 생각한 건지, 앞뒤로 포위되어서 이러지도 저러지도 못하는 걸지도 모른다.

그 망설임이 빈틈을 자아냈고, 멈춰 서 있는 소녀를 향해…….

"앗?!"

"진심인 거냐! 젠장!"

뒤편에 있는 남자들이 활을 쐈다.

그들이 쏜 화살이 발을 스친 바람에 소녀가 그 자리에서 쓰러진 순간, 리스와 레우스가 그대로 몸을 날렸다.

이 아이들은 이 상황을 그저 지켜만 볼 수 없는 건가.

"시리우스 님……."

"알아. 마음대로 해."

"예!"

한편, 내 가르침을 지키기 위해 꼼짝도 하지 않던 에밀리아 또한 꼬리가 부들거리는 걸 보면 나서고 싶은 심정을 필사적으로 참고 있는 것 같았다.

애초부터 내버려둘 생각은 없었고, 성가신 일에 얽히게 될 것 같은 느낌이 들기는 했지만, 일단 돕기로 했다.

내 허락을 받고 뛰쳐나간 에밀리아의 뒤편을 쫓으려던 순간, 옆에 서 있던 피아가 쓴웃음을 지으면서 내 어깨에 손을 얹었다.

"아직 어리네. 하지만 상냥한 아이들이야."

"무르다고 생각하지만, 그것도 1어엿한 장점이야. 그러니 잘 지켜봐 줘야겠지."

"맞아. 연장자로서 옆에서 도울게."

"멍!"

"그래. 너희만 믿을게. 그럼 가보도록 할까."

자식들을 지켜보는 부모 심정이 된 나는 피아와 호쿠토를 데리고 세 사람을 따라갔다. 저 세 사람이라면 웬만해서는 당하지 않겠지만, 만일의 사태가 벌어질 수도 있으니 가까이에서 지켜보는 편이 좋을 것이다.

뒤늦게 우리가 움직였을 즈음, 발이 빠른 레우스는 그 여자애의 곁에 도착했다.

흠…… 예전 같았으면 바로 여자애를 감쌌겠지만, 레우스는 여자애와 남자들이 한눈에 보이는 위치로 이동했다. 저것도 성장인가.

"괜찮아?"

"아…… 저기…….

"나 말이야? 왠지 위험해 보여서 도와주러 온 거야. 치료를 해줄 사람도 곧 올 거니까, 움직이지 마."

"이, 이러면 안 돼요! 빨리 도망치세요!"

"모처럼 도와주러 와놓고, 도망칠 수는…… 하앗!"

소녀를 안심시키려던 와중에 또 화살이 날아오자, 레우스는 대검을 휘둘러 그것을 벴다.

아무것도 모르는 레우스까지 해치우려고 한 건가.

꽤 야만스러운 녀석들이라고 내가 생각하고 있을 때, 리스가 그 둘의 곁으로 가더니 망연자실한 표정을 짓고 있는 소녀에게 말을 걸었다.

"괜찮아? 금방 치료해줄게."

"저, 저는 괜찮으니까 빨리 도망치세요. 저 사람들은 저를 잡는 게 목적이니까, 여러분은 휘말리지…….

"우리는 괜찮으니까, 그냥 맡겨둬. 레우스는 엄청 세거든."

"응! 이 정도는 식은 죽 먹기야. 그런데 저 녀석들은 적이야? 내가 쓰러뜨려도 돼?"

"저, 적이랄까…….

"뭐, 좋아. 일단 저 녀석들을 입 다물게 만들 테니까, 리스 누나는 이 애를 맡아줘!"

그 소녀는 뭐라고 대답하면 좋을지 모르겠다는 눈치지만, 먼저 손을 쓴 저 녀석들을 죽지만 않게 제압해도 문제가 없을 거라고 레우스는 결론을 내린 것 같았다.

우선 저 남자들의 발을 묶자고 생각한 듯한 레우스는 말을 타고 다가오는 남자들을 막아서며 그들이 쏜 화살을 칼로 벴다.

말에 탄 다섯 명은 호화로운 전신갑주를 장비했지만, 투구만 벗어서 말에 걸어뒀다. 그래서 그들 전원이 인간족 남자라는 것을 알 수 있었다.

자신들을 막아선 레우스를 본 남자들은 활을 내리면서 말을 멈췄다. 그리고 리더로 보이는 남자가 창을 쥐며 그 끝으로 레우스를 겨눴다.

"네놈은 뭐냐! 저 여자의 동료냐?"

"우리는 동료가 아니라 여행자야. 그것보다, 남한테 다짜고짜 활을 쏴대는 너희는 뭔데?"

"우리는 미라 님의 신탁에 따라, 중죄인을 처벌하는 여신의 사도다. 방해하는 자는 전부 제거해도 된다는 허가를 이미 받았다."

"허가? 미라 님이 뭔지는 모르겠지만, 이런 도적 같은 짓을 허락하는 녀석은 여신도 뭣도 아냐."

"미라 님도 모르는 어리석은 놈! 저항할 거면 얼마든지 해봐라. 중죄인과 함께 너희도 해치워주마!"

"그만하세요! 미라 님께서 이런 걸 바라실 리가 없어요. 저희가 다툴 필요는 없단 말이에요!"

소녀가 필사적으로 고함을 지르며 말리려 했지만, 흥분한 남자들은 전원이 레우스를 향해 창을 들며 돌격했다.

레우스가 말을 탄 남자들을 어떻게 상대하는지 내가 지켜보고 있는 가운데, 그는 검을 치켜든 채 크게 숨을 들이마신 후…….

"덤벼보라고!"

고함을 지르며 살기를 뿜어서 남자들과 말을 움츠러들게 했다.

투무제에서 내가 했던 것을 흉내 내는 것 같은데, 저 살기는 나보다 라이오르 할아버지에게 더 가까운 것 같았다.

박력은 할아버지에게 미치지 못하지만, 저 녀석들에게는 충분히 효과가 있는 것 같았다. 레우스는 말이 걸음을 멈추자마자 바로 돌격했다.

"큭?! 진정해…… 아닛?!"

"우랴아아아아압——!"

한달음에 리더 격의 코앞까지 접근한 레우스는 대검의 옆면으로 남자를 때려서 낙마시켰다.

그와 동시에 말의 등을 발판 삼아 몸을 날린 레우스는 또 대검을 휘둘러서 동요한 두 사람을 낙마시켰다.

"이놈! 수인 따위에 미라 님의 사도에게 맞서는 것이냐!"

"네놈도 천벌의 대상이다!"

"애초에 나는 미라 따위를 모른다고!"

레우스가 지면에 착지한 틈을 노리며 두 남자가 창을 내질렀지만, 레우스는 몸을 비틀어 그 공격을 피하며 창 한 자루를 움켜쥐더니, 그대로 창을 쥔 상대를 들어 올렸다.

"아니?! 이것 놔⋯⋯."

"네가 마지막이다!"

그대로 상대가 매달린 창을 휘둘러서 말 위에 남아 있는 마지막 남자를 쳐서 떨어뜨린 레우스는 몸을 일으키려 하는 남자들을 향해 검을 겨눴다.

"이걸로 전원이 같은 높이인걸. 자아, 얼마든지 덤벼봐."

"젠장! 한 명이니 포위하면 돼. 흩어져라!"

낙마를 하며 받은 충격 탓에 한 명이 기절했기에, 남은 네 명이 레우스를 포위하듯 이동하며 다시 돌격했다.

"대단해. 저 사람들을 상대로 이렇게 잘 싸우다니⋯⋯."

"후후, 실은 레우스보다 강한 사람도 있어. 저쪽이 신경 쓰이나 본데, 치료를 해야 하니 상처를 보여줘."

"하지만 저는 돈이⋯⋯."

"돈 같은 건 됐어. 그리고 어디까지나 상처 입은 사람을 못 본 척 하는 내가 멋대로 치료해주는 것뿐이야."

설득을 마친 리스가 소녀를 치료할 즈음, 레우스도 전투를 마쳤다. 레우스의 대검에 정통으로 맞은 남자가 수평으로 날아가자, 다른 남자들은 전의를 상실한 것 같았다.

남은 세 사람도 창을 치켜들고 있지만, 완전히 움츠러들어 있었다.

"더 싸울 거야? 순순히 무기를 버린다면 다른 녀석들처럼 되지는 않을 거라고."

"우, 우리에게 이런 짓을 했으니, 네놈에게는 미라 님의 천벌이 떨어질 거다!"

"그러니까 나는 미라를 모른다고. 그리고 나쁜 짓을 한 나한테 벌을 줄 수 있는 건 형님과 누나뿐이야."

"젠장…… 일단 물러서자! 돌아가서 태세를 정비하는 거다!"

레우스는 투항을 할 생각이 없어 보이는 남자들을 얌전히 만들기 위해 검을 치켜들고 있지만, 그들은 뿔뿔이 흩어져서 도망쳤다.

미라 님이라는 자의 이름만 쉴 새 없이 들먹이는 수상한 녀석들이지만, 이길 수 없는 상대를 보고 도망칠 정도의 머리는 있는 것 같았다. 사방으로 도망쳐서 생존율을 높이려는 자세는 일단 칭찬해줄 수 있을지도 모른다.

하지만…….

"놓치지 않아!"

"그래요! '에어 샷'."

"너희들, 저 사람과 놀아주렴."

레우스에게도 동료는 있다.

분산해서 다른 방향으로 도망쳤지만, 그들을 따라잡은 레우스의 검, 그리고 에밀리아와 리스가 날린 바람 마법의 일격에 의해 전원이 기절했다.

이렇게 남자들은 전부 제압됐고, 남매가 재빨리 그들을 묶는 가운데, 나와 피아는 치료를 받고 있는 소녀에게 다가갔다.

"이걸로 됐어……. 이제 아픈 곳은 없어?"

"예! 전부터 아픈 곳까지 사라진 것 같다고나 할까…… 저기, 저는 이렇게 엄청난 치료마법은 처음 봐요!"

"아하하, 고마워."

아까부터 괴로운 표정을 짓고 있던 소녀는 리스의 치료마법에 감동했는지 흥분한 표정을 지었지만, 자신이 주목을 받고 있다는 것을 눈치채더니 수줍어하듯 고개를 숙였다.

왠지 어릴 적의 리스가 생각나는 아이라서 따뜻한 표정으로 쳐다보고 있을 때, 진정한 소녀들이 우리를 향해 깊이 고개를 숙였다.

"그러고 보니 아직 감사 인사를 드리지 않았군요. 여러분, 구해주셔서 고마워요."

"개의치 마. 저렇게 심한 짓을 해대는 녀석들은 내버려 둘 수 없거든."

레우스뿐만 아니라 에밀리아와 리스도 만족한 듯한 표정을 짓고 있지만, 아직 이 소녀의 정체가 쫓기는 이유는 밝혀지지 않았다.

적어도 악당 같아 보이지는 않지만 이 소녀의 행동거지와 분위기는 일반적이지 않았기에, 나와 피아는 경계심을 풀지 않으며 이 소녀를 응시했다.

하지만 자초지종을 듣는 데도 시간이 꽤 걸릴 것 같았기에, 우리는 일단 이 소녀를 데리고 마차로 돌아갔다.

"멍!"

"꺄아?! 마, 마물?"

"이 녀석은 내 종마인 호쿠토야. 사람의 말을 이해할 뿐만 아니라 엄청 똑똑하니까, 그냥 평범하게 대해주면 돼."

이 소녀는 마차를 지키고 있던 호쿠토를 보고 놀랐지만, 에밀리아가 끓여준 홍차를 마시고 마음이 좀 진정된 것 같기에 다시 서로의 소개를 하기로 했다.

"나는 이 파티의 리더인 시리우스야."

"시리우스 님의 시종인 에밀리아라고 해요."

"레우스야. 형님의 제자지."

"마찬가지로 제자인 리스라고 해. 잘 부탁해."

"나는 피아야. 견습 제자 같은 거라고나 할까?"

"저는 애셜리라고 해요. 저를 구해주셔서 정말 감사해요."

나이는 우리보다 다섯 살 정도 어리며, 리스와 마찬가지로 푸른 머리카락을 목 언저리까지 기른 귀여운 소녀였다. 하지만 그 소녀는 몸 곳곳이 더러웠으며, 입고 있는 법의도 곳곳이 찢어져 있었다.

하지만 방금 그 세련된 인사와 몸가짐으로 볼 때 고명한 귀족의 딸 같아 보였지만, 나는 그녀의 가슴 언저리에서 빛나고 있는 태양 모양의 펜던트를 보고 뭔가가 생각났다.

"그 펜던트를 보아하니, 너는 미라교의 신도지?"

미라교.

이 세계에 존재하는 종교 중 하나이며, 아드로드 대륙에 온 후로 듣게 된 이름이다.

꽤 열성적인 신자도 있으며, 미라교의 상징인 태양을 이미지 한 문양이 그려진 펜던트를 몸에 단 신도가 곤란한 사람들에게 봉사활동을 하는 모습을 때때로 볼 수 있었다.

미라는 사랑의 여신이라 불리며, 사람들에게 사랑을 나눠주며 모두의 행복을 지켜보는 자애의 여신이라고 한다.

실제로 지금까지 만난 신도는 선한 사람이 많았으며, 미라 님 의 사랑을……이라는 말을 입에 담으며 난처한 이들에게 손을 내민다. 그야말로 사랑이라는 말에 어울리는 종교라고 들었다.

악의에 찬 이들에게 쉽게 속을 것 같지만, 불가사의하게도 그 런 피해는 적으며, 미라 님의 가호 덕분에 그렇다는 소문이 서 서히 퍼져나가고 있다.

참고로 종교라는 것은 개인의 자유라고 나는 생각하며, 무리 하게 나에게 얽히려 하지 않는다면 개의치 않자고 생각한다.

"……예. 맞아요."

"형님은 미라가 뭔지 알아?"

"대략적으로 말이야. 사랑의 여신이라 불리는데, 가라프 마을 에서도 저걸 착용한 사람이 꽤 있었잖아?"

"그러고 보니 그런 사람들을 본 것 같아요."

"그럼 아까 잘난 척하던 사람들도 신도인 거야? 사랑의 여 신이라 불리면서 그런 잔혹한 짓을 허용하는 거구나. 참 잘난 여신이네."

"아, 아니에요! 미라 님은…… 미라 님은 그런 것을 바라지 않으세요!"

"사도를 자처하는 녀석들에게 쫓긴 것도 그렇고, 복잡한 사정이 있는 것 같네. 혹시 우리가 도울 일이 있을 지도 모르니까, 자초지종을 이야기해주지 않겠어?"

"하지만 여러분을 더 얽히게 할 수는 없어요. 저는 이제 괜찮으니, 여러분은 개의치 말아주세요."

상황이 이렇게 됐으니 설명을 해줘도 된다고 생각하지만, 우리에게 폐를 끼칠까봐 이야기를 하고 싶지 않은 듯한 눈치였다.

아까 도망치다 우리를 보고 걸음을 멈춘 것도 남들을 휘말리게 하고 싶지 않다는 감정 때문일지도 모른다.

이 애가 우리를 함정에 빠뜨릴 이유도 없고, 애셜리는 믿어도 될 것 같은걸.

아까 그 녀석들만 봐도 꽤 성가신 상황이 벌어지고 있는 것 같지만, 사실 나는 어떤 이유 때문에 미라에 대해 알 필요가 있기에 약간 적극적인 태도를 취했다.

"하지만 이대로 아무것도 모른 채 헤어지면 꿈자리가 뒤숭숭할 것 같거든."

"맞아. 애셜리는 아까부터 괜찮다는 소리만 하던데, 갈 곳이 있기는 한 거야? 보아하니 물이나 식량도 없는 것 같은데, 걸어서 근처 마을에 가려면 며칠은 걸릴걸?"

"그건……."

"쫓기고 있는 걸 보면, 애셜리가 뭔가를 한 거야?"

"저는…… 미라 님의 이름을 더럽히는 짓을 하지 않았어요."

"그럼 이야기해주지 않겠어요? 괴로운 표정을 짓고 있는 애셜리

님을 내버려 두고 싶지 않아요."

"다들 엄청 믿음직하거든? 그러니까 이야기해줘."

예상대로, 제자들 또한 애설리를 걱정하는 것 같았다.

다들 한 목소리로 설득했을 뿐만 아니라, 리스가 상냥하게 어깨에 손을 얹으며 말을 건네자, 애설리는 한 줄기 눈물을 흘리며 고개를 끄덕였다.

"……고마워요. 사실 저는……."

그리고 애설리가 이야기를 하려던 순간, 그녀에게서 꼬르륵 소리가 들렸다.

"죄, 죄송해요! 어제부터 제대로 먹은 게 없어서…… 으으……."

"먼저 식사부터 할까. 우동이 아직 남아 있으니까, 금방 만들 수 있어."

얼굴이 새빨갛게 붉히면서 허둥대는 애설리를 향해 미소를 지은 내가 정리해둔 식기를 다시 준비하고 있을 때, 피아 이외의 제자들이 나에게 다가왔다.

"아, 도와줄 거야? 그럼 각자 불과 물 준비를……."

"""내(제) 몫은?"""

"……있어."

아까 배부르게 먹었으면서, 역시 부족했던 것 같았다.

나는 여전히 먹성 좋은 제자들을 향해 쓴웃음을 지으면서 우동면을 냄비에 투하했다.

"……기묘한 음식이지만, 정말 맛있어요!"

"시리우스 님께서 만드신 요리예요."

"더 주세요."

"나도 더 먹을래!"

애셜리는 포크로 먹느라 악전고투를 하고 있지만, 입에 맞다니 다행이다.

원래 소식을 하는 건지 애셜리는 한 그릇만 먹고 만족을 한 후, 다시 자초지종을 설명했다.

"저는 포니아에 있는 미라 신전에서 성녀를 맡고 있었어요."

포니아는 우리가 향하는 마을의 이름이다.

평범한 신도가 아니라고 생각하기는 했지만, 설마 성녀라 불리는 지위일 줄은 몰랐다.

하지만 아까 중죄인을 처벌하는 사도라는 자들에게 쫓긴 것을 보면, 복잡한 문제가 발생했다고 볼 수밖에 없는 상황이다.

"말을 막아서 미안한데, 성녀는 미라교 안에서 어떤 위치인 거야?"

"성녀란 미라 님의 신탁을 받을 수 있는 유일한 존재예요. 지위 상으로는 가장 상위인 교황님보다 두 자리 아래……이려나요."

"즉, 상당히 높은 지위인 거잖아. 그런데 왜 그런 성녀가 쫓기는 입장이 된 거야?"

레우스가 그렇게 말하자, 애셜리는 기절한 채 뻗어 있는 남자들을 힐끔 쳐다보았다. 그리고 슬픈 듯이 눈을 감으며 말을 이었다.

"그건…… 제가 가르침을 어긴 중죄인이라는 미라 님의 신탁이 내려졌기 때문이에요."

"가르침을 어겼다⋯⋯. 짐작 가는 곳이 있어?"

"없어요. 원래 사랑의 여신이신 미라 님께서 그런 신탁을 내리실 리가 없어요. 게다가⋯⋯ 그 신탁을 받은 건 제가 아니에요."

"신탁을 받을 수 있는 건 성녀뿐이라며? 너 외에도 성녀가 있어?"

"아뇨, 미라교의 성녀는 저뿐이에요. 하지만⋯⋯."

"성녀 말고도 신탁을 받을 수 있는 자가 나타났다⋯⋯는 거구나. 즉, 그 녀석이⋯⋯."

"예. 제가 미라교의 가르침을 어겼다는 신탁을 받았다고 말하며, 저를 벌하려 하는 거예요."

그 녀석의 이름은 두르가라고 하며, 성녀인 애셜리에게 버금가는 권한을 지닌 대주교라고 한다.

"원래 성녀에게만 들릴 신탁이 반 년 전부터 대주교님에게도 들리게 되었죠."

물론 처음에는 반신반의였지만, 신탁이 내려질 때 발생하는 현상뿐만 아니라 신탁대로의 일이 발생한 것이다.

화재의 발생장소를 사전에 알려주거나, 인근 강이 범람하는 자연재해조차도 예지했다고 한다. 전부 인위적으로 일으킬 수 있는 것이지만, 신자들은 그것이 신탁이라 무조건적으로 믿은 것이다.

애셜리보다 구체적인 신탁이라 주위에서 서서히 대주교의 신탁을 믿게 되었으며, 그에 따라 성녀인 애셜리의 지위가 나빠지면서 신전 안의 아군이 줄어들었다고 한다.

"그래도 저는 상관없었어요. 대주교님의 신탁이 많은 사람들을 구했고, 미라 님의 사랑을 주위에 알린다면 그걸로 충분했죠. 하지만……."

한 달 전…… 1년에 한 번, 신전 관계자들이 모여서 신탁을 받는 큰 행사가 열렸다고 한다.

신탁이라면 애셜리가 받아야겠지만, 이번에는 주위의 요청에 따라 대주교가 선택되었다고 한다.

그리고 신전 관계자들이 지켜보는 가운데, 신탁을 받은 두르가는 힘찬 목소리로 고함쳤다.

『여러분, 미라 님께서 신탁을 내리셨다! 성녀…… 아니, 애셜리는 미라 님의 의지를 곡해나는 배교자이며, 심판받아야 할 자라는 신탁이 내려졌다!』

애셜리는 반발했지만, 이미 그녀의 편은 얼마 남아 있지 않았다.

하지만 몇 안 되는 그녀의 아군들 덕분에 신전을 탈출한 후, 마을 밖으로 도망치는 데 성공한 것이다.

"저를 도망치게 하기 위해, 저를 따르는 수많은 신도들이 희생됐어요. 그리고 남은 신도들과 함께 인근 항구마을로 도망쳤죠."

그대로 다른 대륙으로 도망쳤다면 좋겠지만, 애셜리는 미라교의 성녀이며, 그 외의 삶을 몰랐다.

언젠가 자신이 무죄라는 게 증명되어 돌아갈 수 있을 거라 믿으며, 가장 가까운 항구마을에 잠복해 있었지만, 상황은 호전되는 건 고사하고 악화되기만 했다.

"미라 님에게 바치는 돈이 많을수록 좋은 신탁을 받게 되요. 혹은 행복해진다 같은 예전에 없었던 미라교의 교의가 늘어났죠. 미라 님은 사람들에게 사랑을 평등하게 베푸는 여신님이니, 그런 교의는 말도 안 돼요."

"그게 뭐야? 평등한 사랑은 이해가 돼. 하지만 그런 말도 안 되는 교의를 믿는 사람이 있는 거야?"

"저도 이야기로 들었을 뿐이지만, 헌납을 많이 한 덕분에 생활이 편해진 사람이 명백하게 존재한다는 것 같아요."

그것이 주위에 알려지자 자신도 그렇게 되고 싶다고 생각하던 신도들이 헌납금을 늘렸으며, 변한 교의도 받아들이게 됐다…… 같은 건가?

하지만 헌납할 돈이 있다면 모르겠지만, 생활이 힘들어 헌납을 할 수 없는 사람도 당연히 존재한다.

그런 사람들은 미라교만이 아니라 주위로부터도 냉대를 받게 되며, 정신적으로 궁지에 몰렸다.

그렇기 때문에 현재 포니아는 불온한 공기가 감돌기 시작했으며, 마을을 떠난 사람도 적지 않다고 한다.

"사람은 주위의 환경, 그리고 뛰어난 무언가에게 휘둘리기 마련이거든. 하지만 그렇지 않은 사람도 있는 거지?"

"물론 순수하게 미라교를 믿으며, 그 교의에 반발하는 사람도 있어요. 하지만 그런 신도는 홀연히 사라지거나 부자연스러운 죽음을 맞았죠. 그러면서 자연스레 다들 입을 다물게 되었다고……."

"너보다 지위가 높은 사람들은 뭘 하고 있는 거야?"

"그게…… 가장 지위가 높은 교황님께서는 1년 전에 미라교를 전파하기 위해 대륙 각지를 순례 중이세요."

수장이 직접 순례를 돌다니, 꽤나 자유로운 교황인걸.

그런 사람을 교황으로 삼아도 괜찮은가 싶지만, 애셜리가 어쩔 수 없다는 표정을 짓는 것을 보니 이런 일이 일상다반사인 것 같았다.

"그 밑에는 추기경님이 계신데, 몇 달 전부터 원인불명의 병에 걸려 침상에서 일어나지 못하세요. 만약 추기경께서 건강하셨다면, 이런 사태는……."

즉, 현재 미라교의 수장은 대주교라는 두르가와 성녀인 애셜리인 것이다.

그렇다면 이 상황에서 가장 이득을 보고 있는 대주교 두르가가 가장 의심스러운걸.

현재는 애셜리가 제공한 정보밖에 없기에 실제 상황을 직접 보기 전에 결론을 내려선 안 된다. 하지만 그녀가 미라교에서 쫓기고 있는 상황을 볼 때, 내 방금 예상이 맞을 가능성이 크다.

"저는 미라교가…… 미라 님이 더럽혀지는 것을 보고 싶지 않아요. 진짜 미라교를 아는 이들을 모아 싸우자는 각오를 다졌을 때, 저를 찾고 있던 대주교님의 사도들에게 제가 발각되고 만 거예요."

만약 두르가가 원흉이라면, 그자의 적은 교황, 그리고 신탁으로 더럽혔는데도 아군이 남아 있을 정도의 카리스마를 지닌 성녀뿐이다. 그리고 성녀 애슐리를 처리하기 위해 적들은 혈안이 되어 그녀를 찾고 있을 게 틀림없다. 그리고 싸움과는 거의 인연이 없는 신도들이 무장을 한 사도들에게 이길 수 있을 리가 없고, 결국 애슐리 일행은 도망칠 수밖에 없었으리라.

"저는 신탁을 받는 것 말고는 할 수 있는 게 없는 어린애예요. 그래도 저를 따르는 신도들이 목숨을 걸고 저희를 도망시켜줬어요. 하지만 추적의 손길은 집요했고, 이곳에서 조금 떨어진 곳에서 저희는 발각된 바람에……."

"누군가가…… 희생된 거군요?"

"……예. 항상 저의 버팀목이 되어줬던 언니예요."

이름은 아만다라고 하며, 피가 이어져 있지는 않지만 애슐리를 동생처럼 귀여워해주는 연상의 여성이라고 한다.

오늘 아침, 애슐리 일행은 지금 제압해둔 추적자들 이외의 다른 추적자들에게 발각당할 뻔했다고 한다. 그래서 그녀는 자신이 미끼가 되어 애슐리를 지킨 듯 했다.

하지만 도망친 방향에 있던 사도들에게 애슐리는 발각됐고, 필사적으로 도망치다 우리와 마주친 것이다.

정신적으로 여유가 생긴 덕분에 그때 일이 생각난 듯한 애슐리는 하늘을 올려다보며 기도하기 시작했다.

"미라 님. 부디 아만다 언니를 지켜주세요……."

"소중한 사람이구나."

"조금 잔소리가 심하기는 하지만, 저한테 있어서는 소중한 가족이에요. 잡혀간 신도는 포니아로 끌려갔다고 들었는데, 무사하면 좋겠어요."

"너와 누나가 친하다는 건, 대주교라는 녀석도 알고 있어?"

"예. 미라 신전에 있던 사람들이라면 누구라도 알고 있어요."

"단순한 위안처럼 들릴지도 모르지만, 그렇다면 그 사람이 살아 있을 가능성이 커."

"어째서죠?"

"……애셜리를 유인하기 위한 미끼인 거지?"

"그래. 듣자하니 머리도 꽤 돌아가는 상대 같거든. 그녀를 미끼로 쓸 생각 정도는 하고도 남아."

커다란 소동도 일으키지 않고 미라교를 뜯어고친 걸 보면, 인심장악 능력이 상당한 남자 같았다.

아군을 늘리고 있는 대주교와 달리, 애셜리는 아군이 줄고 있다. 이 상황에서 그 어떤 진실을 말해본들, 의미가 없으리라.

"꽤 힘든 상황인걸."

"시리우스 씨. 이제부터 어떻게 할 거야?"

성녀와 언니가 있다는 말을 듣고, 리스는 자신과 겹치는 점이 있는 애셜리에게 정이 생긴 것 같았다.

남매 또한 애셜리를 내버려 둘 수가 없는 건지, 호소하는 듯한 눈길로 나를 쳐다보고 있었다.

"애셜리…… 너는 어쩌고 싶어?"

"저…… 말인가요?"

"우리에게 보호를 받은 네가 이제부터 어쩌고 싶은 건지 묻는 거야. 우리의 목적지는 포니아지만, 네가 원한다면 인근 마을까지 데려다줄 수도 있어."

솔직히 말해, 애셜리를 데리고 돌아다니는 건 꽤 위험부담이 크다.

하지만 이대로 못 본 척할 수도 없으니, 인근 마을까지 데려다주고 헤어지는 게 타당할 것이다. 하지만 나는 애셜리의 본심을 알고 싶다.

"그래도, 저에게는 의지할 사람이……."

"그럼 도망칠 수밖에 없겠는걸. 다른 대륙에 간다면, 그 녀석들도 추적을 포기할지도 몰라."

"그럴 수는…… 없어요."

"뭘 망설이고 있는 거야? 언니처럼 따르는 사람이 자신을 희생해가며 너를 지켜줬어. 그런 자신의 목숨을 소중히 해야 하지 않을까?"

"시리우스 씨!"

"형님!"

내가 캐묻듯이 그렇게 말하자, 리스와 레우스가 끼어들려 했다. 하지만 내가 뭘 하려는 건지 이해한 피아가 두 사람을 말렸다.

나의 날카로운 시선, 그리고 현실을 직시하고 위축된 애셜리는 찬란히 빛나고 있는 펜던트를 움켜쥐며 나를 똑바로 쳐다보았다.

"그래도…… 싫어요. 저는, 도망칠 수 없어요!"

"성녀이기 때문이야?"

"아뇨. 저는 미라교가…… 미라 님을 좋아하기 때문에, 내팽개칠 수 없는 거예요."

"그럼, 지금의 네가 할 수 있는 건 뭐지? 의지할 게 전혀 없는 이 상황에서는 네가 써먹을 수 있는 걸 뭐든 써먹어야 하지 않을까?"

그제야 남매와 리스도 내가 뭘 하려는 건지 눈치챈 것 같았다.

하지만 애셜리는 내 의도를 모르는지 계속 고개를 갸웃거렸고, 피아는 그런 그녀를 도와주려는 듯이 한 마디 거들 듯 말했다.

"모험가가 어떻게 돈을 버는지 알고 있어?"

"자세한 건 모르지만, 마을에 있는 길드에서 의뢰를 받아 돈을 번다면서요?"

"기본적으로는 그렇지만, 때로는 길드가 아니라 개인적인 의뢰를 받아서 돈을 벌기도 해."

"아……."

애셜리는 그제야 내가 무슨 말을 하는 건지 눈치챘지만, 역시 죄책감이 느껴지는지 머뭇거렸다.

"저기…… 저는 지금 아무것도 가진 게 없는데, 왜 이렇게까지 잘 해주시는 거죠?"

"그건 저희가 할 말이에요."

"미라교의 교의는 곤란한 사람에게 손을 내미는 거라던데, 그 반대가 안 되는 건 아니지?"

"뭐, 괜한 참견이라는 거야. 아까도 말했다시피, 이대로 내버려 두면 꿈자리가 뒤숭숭할 것 같거든."

그러니 마음껏 의지해달라는 듯이 우리가 환하게 미소를 짓자, 애슐리는 각오를 다진 것처럼 힘차게 고개를 숙였다.

"……부탁이에요. 부디 저에게 여러분의 힘을 빌려주세요!"

그 후, 도움을 받게 되었다는 걸 알고 긴장이 풀린 듯한 애슐리는 아까 그 말을 끝으로 기절하듯 잠들었다.

마차 안에서 모포를 덮은 채 곤히 잠들어 있는 애슐리를 확인한 나는 다른 이들의 시선이 나에게 향하고 있다는 것을 눈치챘다.

"그런데, 왜 그 애를 돕기로 마음먹은 거야?"

"형님답지 않게 꽤 무리해서 개입하려고 하던걸?"

"혹시 이유가 있는 건가요?"

"그래. 실은 가라프 마을을 출발하기 전에 어떤 의뢰를 받았어."

투무제가 끝난 후, 가라프에 있는 모험가 길드의 수장인 바돔의 제안으로 중급 모험가가 됐다. 그리고 출발 전날, 나는 바돔에게 불려간 나는 어떤 의뢰를 맡게 됐다.

'듣자하니, 너희는 이제부터 포니아에 갈 거라지? 겸사겸사 그 마을을 조사해주지 않겠나?'

'조사……. 대체 뭘 말이죠? 거기를 조사하더라도, 저희는 당분간 이곳으로 돌아오지 않을 텐데요?'

'돌아올 필요는 없다. 아무 일도 없으면, 거기 길드에 이 편지를 전해주기만 하면 되지. 간단히 말해, 포니아 마을에 문제가

없는지 너희 눈으로 직접 조사해줬으면 한다.'

　요즘 들어 포니아에서 들려오는 흉흉한 소문을 그도 들은 것 같았다.

　게다가 포니아에서 보내오는 정기연락에서도 위화감이 느껴지기 시작하면서, 불길한 예감을 받은 듯했다.

　"……뭐, 개인적인 의뢰니까 보수는 선불로 받았어. 아니나 다를까, 그 사람의 예감이 정확하게 적중한 거야."

　"""…………."""

　내가 자초지종을 이야기해줬지만, 다른 이들은 납득하지 못한 것 같았다.

　아무리 의뢰라고 해도, 마을 하나가 얽힌 사태에 뛰어드는 건 이유로서 약한가.

　"의뢰구나. 하지만 그건 어디까지나 구실이고, 다른 이유가 있지?"

　"……뭐, 맞아. 아직 어려서 그런지, 애셜리는 빈틈이 많고 믿음직한 구석이 없는 애야. 하지만, 미라교를 지키고 싶다는 그녀의 진지한 눈길로 강한 의지에 좀 끌렸어."

　"아하, 형님 마음에 든 거구나."

　"그럼 그렇게 매몰차게 말할 것까지는……."

　"그럴지도 몰라. 하지만 지금의 애셜리에게는 필요한 일이라고 생각해."

　확실히 우리 사정을 설명한다면 이야기가 깔끔하게 정리될지도 모른다. 하지만 애셜리는 위해서는 좋지 않다.

"아무리 자기를 구해줬다고 해도, 우리를 너무 쉽게 신뢰했어. 조금이라도 직접 생각하고 결정을 할 수 있도록, 다양한 일을 경험하게 해주고 싶어."

우리를 눈곱만큼도 의심하지 않는 그 시선을 보고, 애셜리가 순수한 아이라는 것을 알 수 있었다.

그것이 나쁘다고 할 수는 없지만, 애셜리는 세간에 대한 지식과 경험이 압도적으로 부족했다. 사태를 너무 낙관시한 바람에 이런 상황이 벌어진 것이 그 증거다.

그렇기 때문에, 나는 애셜리가 아까 그 말을 하도록 유도했다. 별일은 아닐지도 모르지만, 이것 또한 경험이 될 것이다.

"너희와 상의하지 않고 멋대로 정해서 미안해."

"시리우스 님이 결정한 일에 반대할 이유는 없어요. 게다가 저도 도와주고 싶었고요."

"나도 그래. 그렇게 심한 짓을 하는 녀석들은 절대 용서 못 해."

"어디까지 할 수 있을지는 모르겠지만, 최선을 다해볼게."

"무르다는 생각이 들지 않는 건 아니지만, 그렇게 순수한 애를 내버려 둘 수는 없지."

동료들의 의지도 확인했으니, 미라교를 되찾기 위한 작전을 생각해보기로 했다.

"우선 정보 수집부터 하자. 저 녀석들과 이야기를 나누고 올 테니까, 애셜리를 부탁해."

"예, 맡겨만 주세요."

"어쩔 수…… 없겠네. 애셜리 양이 잠들어 있어서 다행이야."

"얘는 내가 지켜보고 있을 테니까, 걱정하지 말고 다녀와."

심문 같은 건 구경해도 기분 좋은 게 아니기에, 이번에는 나와 레우스와 호쿠토가 하기로 했다.

이미 레우스와 호쿠토는 남자들을 들쳐 메고 있었기에, 나도 그들에게 다가갔다.

우리는 총 다섯 명의 남자들을 나눠 든 후, 마차에서 언덕 하나 너머에 있는 곳으로 향했다.

이만큼이나 멀어지면, 남자들이 고함을 질려도 마차까지 전해지지는 않을 것이다.

이곳에 도착했을 즈음에는 남자들도 정신이 들었지만, 재갈로 입을 막아둔 바람에 신음소리만 내고 있었다. 우리는 남자들을 지면에 내려둔 후, 레우스에게 재갈을 벗기라는 지시를 내렸다.

"자아, 기분은 어……."

"이놈! 미라 님의 사도인 우리에게 이런 짓을……."

"시끄러워!"

"히익?!"

한 남자가 재갈을 벗겨주자마자 고함을 지르자, 레우스는 인정사정없이 대검을 휘둘렀다.

물론 검이 닿기 직전에 멈추기는 했지만, 칼날이 목에 닿을락 말락 할 정도로 절묘한 힘조절을 선보였다.

순식간에 상대를 입 다물게 한 것은 대단하지만, 이런 방식은 가르쳐준 적이 없기에 약간 불안하기도 했다.

혹시…… 그 검에 미친 변태 할아버지에게 영향을 받은 걸까? 나중에 확인해봐야겠다.

"잘 들어. 이제부터 형님이 하는 질문에 솔직하게 대답하는 거야. 거짓말을 했다간 검이 네 목을 칠지도 모른다고."

"아, 알았다."

레우스가 내뿜는 죽음의 공포 때문에 자신이 처한 상황을 이해한 건지, 다른 네 사람도 동의한다는 듯이 고개를 끄덕였다.

남자들의 다리는 묶어두지 않았으니, 마음만 먹으면 도망칠 수 있겠지만…….

"크르르릉……."

"도망쳐봤자, 이 녀석이 너희를 잡을 거야."

뒤편에 호쿠토를 대기시켜뒀으니, 도망치는 건 실질적으로 불가능할 것이다.

앞에는 레우스, 뒤에는 호쿠토가 있는 이 상황에서 저항하는 건 불가능하다고 판단한 건지 심문은 스무스하게 진행되었고, 정보 또한 얻는 데 성공했다.

미라의 사도를 자칭한 이 남자들은 대주교 직속 호위인 것 같으며, 미라교에 대한 신앙심은 그다지 강하지 않다고 한다. 그저 대주교 밑에서 이득만 보던 신도 같았다.

그리고 그들에게 사도를 자칭하라 말한 이는 대주교라고 한다. 그 말을 함으로써 대의명분이 생기고, 무기를 휘두르는 이들의 죄책감 또한 없어지는 것이다.

"흠……. 이거 쉬운 상대는 아닌 것 같네. 다음 질문은……."

레우스와 호쿠토가 뿜는 살기 때문에 약해진 정신을 더욱 흔들어주며, 대주교가 지닌 병력에 대해 알아내려고 한 바로 그때였다. 사도들의 리더 격으로 보이는 남자가 뭔가를 눈치챈 것처럼 웃음을 터뜨린 것이다.

"하하하! 혹시 너희는 대주교님과 싸우려는 거냐?"

"그게 왜 웃긴 건데? 형님과 내가 있으면 너희 같은 건 백 명 있어봤자 상대가 안 된다고."

"그야 너희가 이미 죽은 목숨이기 때문이지. 네놈들은 성기사님에게 타죽을 거다."

"타죽어? 불꽃의 마법 정도로 우리를 막을 수 있을 것 같아?"

"흥. 모르는 것 같으니 가르쳐주지. 미라교의 성기사님은 정령마법을 쓸 수 있는 분이시다!"

"정령마법?!"

우리가 당하는 꼴을 보는 게 벌써부터 기대되는 건지, 이 남자는 물어보지 않았는데도 알아서 정보를 털어놓았다.

그 성기사라는 녀석은 대주교의 수하이며, 불의 정령마법을 쓴다는 것이 대대적으로 알리고 있는 것 같았다.

두르가 대주교를 지킬 뿐만 아니라 그 압도적인 힘으로 적을 태워 죽이는, 그야말로 미라교가 거느린 최강의 실력자 같았다.

"확실히 저 수인은 강하지만, 성기사님의 상대는 못 돼."

"사랑이니 뭐니 같은 소리나 떠들어댈 뿐인 얼간이 성녀와 함께 불에 타서 죽어버려라!"

"하지만 우리를 풀어준다면, 목숨만은 건지게 해줄 수도 있지."

"그 성기사가 강하다는 건 알겠는데, 그렇다고 너희가 왜 이렇게 으스대는 건데?"

"""뭐?"""

내 동료 중에는 정령마법을 쓰는 이가 두 명이나 있기 때문에, 정령마법이 얼마나 무시무시한지는 잘 알고 있다.

그러니 눈앞의 남자들이 이렇게 기고만장한 것도 이해가 되지만…….

"그 강한 성기사님이라는 녀석이 이 자리에 있어? 지금 바람처럼 나타나서, 꼼짝도 못하는 너희를 구해줄 거라고 생각해?"

"그, 그게, 성기사님은……."

"강자를 뒷배 삼아서 으스대니까, 그런 소인배 같은 태도만 취하는 거야. 자신들이 현재 처한 상황을 이해하며 행동하는 편이 좋을걸?"

"…………."

"일단 반성이 부족한 것 같으니, 벌을 좀 주도록 할까."

내가 눈짓을 보내자, 호쿠토는 고개를 끄덕이며 앞발의 발톱을 휘둘러서 남자들을 묶고 있던 로프만 끊었다.

"하, 하하! 무슨 생각인지는 모르겠지만, 자기 포로들을 풀어주는 바보가……."

"물론 다시 구속을 할 거지만 말이지."

질문을 하며 그려둔 마법진을 발동시키자, 남자들의 발치에서 솟아오른 흙이 그들의 몸을 뒤덮었다. 그리고 최종적으로는 얼굴만 쏙 드러낸 채 꼼짝도 못하게 만들었다.

리스의 마법 중에는 커다란 물의 구체로 상대를 감싸서 꼼짝도 못하게 만드는 게 있는데, 이것은 그 마법의 흙 버전이다.

"이, 이 마법은 뭐냐?!"

"대장님! 꼬, 꼼짝도……."

"젠장! 나도 마찬가지다!"

"여기서 밤새도록 반성해. 내일 낮 즈음에는 풀리게 해뒀어."

그렇게 말한 내가 돌아서며 걸음을 옮기자, 레우스도 고개를 갸웃거리며 내 뒤를 따랐다.

"어이, 형님. 저 녀석들을 내버려 둘 거야?"

"지금은 호쿠토가 있어서 다가오지 않지만, 이 근처에는 마물이 많은 것 같거든. 저 녀석들이 살아남을 수 있을지는 운에 달렸어."

"나쁜 짓을 한 녀석들이니까, 자업자득이네."

"멍!"

미라 님을 진심으로 숭배한다면, 신의 자비 덕분에 목숨을 부지할지도 모른다.

우리는 살려달라고 버둥대는 남자들의 목소리를 들으면서 마차로 되돌아갔다.

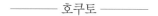 호쿠토

시리우스 일행이 마차로 돌아가 잠이 든 후, 호쿠토는 흙에 묻

혀 있는 남자들을 찾아갔다.

"뭐야?! 우리를 잡아먹으러 온 거냐?!"

하지만 호쿠토 이외의 마물이 없자, 방금까지 깜짝 놀랐던 남자들은 이게 기회라고 생각한 건지 상냥한 목소리로 이렇게 말했다.

"어, 어이…… 늑대야. 우리를 구해주지 않겠어?"

"멍청아! 마물이 그런 걸 할 수 있을 리가 없잖아!"

"이 녀석은 단순한 마물이 아냐. 그 남자의 말을 전부 이해하는 것 같으니까 우리말도 알아들을지 모른다고."

"이대로 아무것도 하지 않으며 가만히 있는 것보다 낫나. 젠장, 마물에게 살려달라고 애걸복걸해야 하다니, 정말 한심하군."

"어이, 늑대야. 우리는 이제 나쁜 짓을 안 할 테니까, 좀 풀어주지 않을래?"

"우리는 이미 충분히 반성했다고. 그러니까…… 어, 저게 뭐지?"

어울리지도 않는 간드러진 목소리로 도움을 요청하던 남자들은 호쿠토가 뭔가를 물고 있다는 사실을 눈치챘다.

"……마물, 이 녀석의 식사거리인가?"

"혹시 이 녀석은 식사를 제대로 못 한 거 아냐? 몸집이 크니까 식사량도 많겠지."

"그렇게 된 건가. 어이, 우리를 풀어준다면 나중에 먹을 걸 잔뜩 주마."

"배고픈 건 싫지? 그딴 주인보다 우리가 돈이 더 많다고……. 그러니까 풀어줘. 응?"

이들이 주인인 시리우스를 헐뜯은 바람에 호쿠토의 기분이 점점 나빠지고 있다는 걸 눈치채지 못한 남자들은 필사적인 어조로 설득을 시도했다.

그런 남자들의 말에 답하듯, 호쿠토는 지면에 떨어뜨린 사냥감을 발톱으로 해체하기 시작했다.

남자들이 아연실색하는 와중에도 계속 해체를 한 호쿠토는 사방에 마물의 피를 잔뜩 뿌린 후에야 작업을 멈췄다. 그리고 그대로 아무 말 없이 뒤돌아서더니, 사라졌다.

"……대체 뭘 하러 온 거야?"

"그걸 어떻게 아냐고. 젠장, 마물의 피가 나한테까지 튀었잖아!"

"피? 설마……."

그렇다. 주위를 가득 채운 피 냄새는 포식자를…… 마물을 부른다.

그제야 호쿠토의 의도를 눈치챈 남자들은 필사적으로 흙에서 탈출하려 하지만, 그들을 뒤덮은 흙은 꼼짝도 하지 않았다.

"……명."

호쿠토가 주인에게 받은 명령은 미라교에 자신들에 대한 정보가 흘러 들어가지 않도록 이 남자들을 확실하게 처리하는 것이다.

한동안 걸음을 옮겼을 즈음, 등 뒤에서 남자들과 마물이 울부짖는 소리가 들렸다. 이것으로 명령은 달성한 것 같았다.

호쿠토는 주인의 파트너이자, 가족이며, 또한 충실한 시종이기도 했다.

주인의 명령이라면 자신의 손을 더럽히는 것도 주저하지 않을 정도의 충성심을 지닌 것이다.

남자들의 기척이 완전히 사라진 것을 확인한 후, 호쿠토는 만족한 듯이 마차로 돌아갔다.

다음 날 아침…… 야영지를 정리하고 포니아로 떠난 우리는
애셜리에게서 미라교에 들으며 이동했다.

어제 잡은 녀석들은 제대로 반성을 시킨 후에 돌려보냈다고
애셜리에게 전하자, 그녀는 안도했다. 자신을 추격하며 활을 쏜
자들인데도 불구하고, 성녀라 불리는 것이 납득될 만큼 관용이
넘쳤다.

그리고 어제 들은 성기사에 대해 물어보니, 마차 안에 있던 애
셜리가 갑자기 허둥대기 시작했다.

"성기사님 말인가요? 저기, 역시 저를 돕는 건 관두는 게……."

지친 바람에 어제는 성기사까지 생각이 미치지 않았던 것 같
았다.

애셜리는 성기사와 싸우는 건 위험하다며 의뢰를 취소하려 했
지만, 나는 그녀를 안심시키기 위해 미소를 지으며 말했다.

"우리는 위험을 각오하며 도와주고 있는 거야."

"성기사님의 불꽃은 바위조차 녹여요. 저는 도망치면서, 성기사
님의 불꽃에 신도 여러분이 타들어가는 광경을 봤어요. 여러분마저
그렇게 되는 건…… 정말 싫어요."

"적은 성기사가 아니라 대주교잖아? 전투를 피할 수 있을지도
모르니까, 성기사에 관한 정보가 필요해."

"그렇군요. 하지만 저는 성기사님과는 이야기를 나눠본 적이

거의 없어요…….”

“어째서야? 같은 신을 믿는 사람이잖아?”

“그다지 다가가고 싶지 않은 사람이라고나 할까요. 정말 무서운 사람이에요. 대주교님의 명이라고 해도, 아무렇지 않게 배교자와 마물을 태워 죽이는 모습은 공포의 상징이라 해도 과언이 아니죠.”

성기사는 꽤나 제멋대로인 것 같으며, 아무렇지 않게 불꽃으로 아무런 상관도 없는 가옥을 불태운 적도 있다고 한다.

하지만 대주교 다음 가는 지위인 성기사인 것은 대주교가 감싸줄 뿐만 아니라, 그에 걸맞은 실력을 지녔기 때문이다. 이야기를 들을수록 귀찮다는 생각만 샘솟는 상대인걸.

“힘에 취한 자의 말로군.”

“정령을 그런 식으로 이용하다니…… 용서 못 해!”

“맞아, 정령은 무기가 아니라 친구야. 그 애한테는 따끔한 맛을 제대로 보여줄 필요가 있을 것 같네.”

정령마법을 쓸 수 있는 두 사람은 성기사의 지나친 행동을 듣고 분노를 느낀 것 같았다.

“그 녀석에게 한 방 먹여줄지 말지는 제쳐두고, 일단 대주교의 명령을 따르는 거지? 그럼 대주교만 제압하면 문제는 간단히 해결될지도 몰라.”

“성기사가 얼마나 강한지는 모르겠지만, 형님이라면 이길 수 있지 않을까?”

“정면대결로는 좀 부담스러울 것 같은걸. 일단 대책은 생각해두겠지만, 절대 혼자서 싸우지는 마."

"알았습니다. 레우스는 꼭 유념해."

"나도 알아! 형님 말에는 무조건 따른다고."

이 페이스로 가다 보면, 모레 즈음에는 포니아에 도착할 것이다.

이제부터 적의 소굴에 들어가는데도 우리가 마치 소풍이라도 가는 듯한 분위기로 작전을 짜고 있자, 애셜리는 불가사의하다는 듯이 우리를 쳐다보았다.

"여러분은 무섭지 않나요? 상대 쪽에는 정령마법을 쓰는 사람도 있잖아요."

"상대가 누구일지라도, 시리우스 님이 있으니 무서워할 필요는 없어요."

"맞아. 형님보다 무서운 녀석은 없거든."

"……저 두 사람이 특이한 거니까, 다 저럴 거라고 생각하지는 말아줘."

남매의 태연한 대답을 듣고 애셜리가 망연자실한 표정을 짓자, 리스는 쓴웃음을 지으며 그렇게 말했다.

"정령마법이 얼마나 무시무시한지는 우리도 잘 알아. 그러니 무섭지 않다면 거짓말이겠지만, 무서워하기만 해선 아무것도 못 하잖아?"

"저 때문에 많은 사람들이 고초를 겪고 있는데, 저만 편히 쉴 수는……."

"하지만 중요한 순간에 피로 때문에 꼼짝도 못 하는 것도 곤란하잖아? 여차할 때에 대비해서, 지금은 휴식을 취하는데 집중하자……. 알았지?"

애설리는 죄책감과 초조함 때문에 무의식적으로 휴식을 거부하고 있는 것이리라.

그런 애설리를 상냥한 어조로 설득하던 리스는 갑자기 장난기 섞인 미소를 지으며 나를 쳐다보았다.

"……방금 그 말은 전부 시리우스 씨에게서 들은 거야. 쉬는 게 어렵다면, 기분전환이 될 만한 거라도 하지 않을래?"

"그럼 마법을 가르쳐주지 않겠어요? 저는 물 속성에 적성이 있는데, 리스 님처럼 치료마법을 쓰고 싶어요."

"나는 그냥 리스라고 불러도 돼. 하지만 내 마법은 특수하거든. 배우기 어려울지도 몰라."

우리는 머리카락의 색깔이 같아서 겉보기에는 자매 같아 보이는 그 두 사람을 따뜻한 눈길로 쳐다보았다.

"리스는 아이들을 잘 다루네."

"고향에서 마을 아이들을 돌봤다니까요. 그리고 아이들을 좋아하니까, 아이들도 자연스레 따르는 것 같아요."

"평소에는 모두의 여동생 같은 느낌인데 말이야."

리펠 공주만이 아니라, 리스의 주위에는 에밀리아와 피아처럼 언니 느낌의 사람들이 많다. 그래서 동생이라는 인상이 강하게 남아 있는 것이다.

하지만 지금은 어엿하게 언니 같은 느낌을 선보이면서 애설리를 달래고 있었다. 지금은 리스에게 애설리를 맡기는 편이 가장 좋을 것 같았다.

그런 생각을 하면서 앞을 바라보니, 마부석에 앉아 있는 나에게 피아가 몸을 살짝 기댔다.

"참 사이가 좋네. 우리도 질 수 없지 않겠어?"

"딱히 경쟁할 필요는 없…… 뭐야. 에밀리아도 마찬가지야?"

"저는 시리우스 님의 시종이니까요."

"저기, 나는 어디에 앉으면 돼?"

"앉지 말고, 그냥 평소처럼 뛰어."

"응!"

어쩌면 마을 전체가 우리의 적일 가능성도 있는데, 우리는 평소와 다름없었다.

미라교의 성지이기도 한 포니아는 튼튼한 성벽에 둘러싸여 있는 꽤 발전된 도시다.

엘리시온에 비하면 작은 마을이지만, 아드로드 대륙에서는 큰 축에 속하는 마을이다.

이곳은 미라교의 신도들이 모여서 발전시킨 마을이기에 성이나 왕 같은 존재는 없지만, 그 대신 미라교의 중심이기도 한 거대한 신전이 존재했다.

어느 방향에서도 보일 만큼 높이 솟은 그 신전은 마치 성 같은 존재감을 자랑하고 있으며, 포니아는 그 신전을 중심으로 가옥이 존재하는 마을이다.

우리는 그런 포니아에서 약간 떨어진 숲에서 마차를 세웠다.

우리는 괜찮을지 모르지만, 마을이 어떤 상황인지 모르면서 애셜리를 데리고 가는 것은 위험하기 때문이다.

그래서 숲에 숨겨둔 마차를 거점으로 삼은 후, 우선 우리가 정보 수집을 위해 걸어서 마을에 가기로 했다.

"호쿠토, 두 사람을 부탁한다. 여차하면 마차를 버리고 도망치는 것도 고려해둬."

"멍!"

"이쪽은 우리에게 맡겨줘."

포니아의 정세를 모르는 상황에서 눈에 띠는 호쿠토와 함께 돌아다니는 건 자제하는 편이 좋을 것이다.

호쿠토만으로도 마차와 애셜리를 지킬 수 있겠지만, 여행 경험인 많은 피아에게도 남아달라고 부탁했다.

"무슨 일 있으면 연락 줘. 그걸 쓰는 법은 알고 있지?"

"응. 이 초커에 마력을 흘려 넣고 이야기를 하면 되지?"

나는 가라프 마을에 머물면서 귀걸이를 만들어서 피아에게 선물했다. 하지만 거기에는 변장용 마법진만 그릴 수 있었기에, 따로『콜』마법진이 그려진 초커도 그녀에게 줬다.

이것으로 우리끼리 연락을 취할 수 있게 됐지만, 아직 결점이 많으니 개량을 해야 할 것이다.

"마력이 대량으로 소모되기 때문에 오래 사용할 수 없으니까, 남용하지는 마. 그럼 가볼까."

"다녀와."

"여러분, 조심하세요. 미라 님의 가호가 여러분과 함께하길⋯⋯."

"멍!"

우리는 숲에 남기로 한 이들에게 배웅을 받으면서 포니아를 향해 걸음을 옮겼다.

장소에 따라 다르지만 마을에 들어갈 때는 자신의 신분을 증명할 필요가 있지만, 증명할 수 없다면 약간의 통행료를 지불해야 한다.

모험가인 우리는 신분증명서인 길드 카드를 제시하면 문제가 없을 텐데, 포니아에서는 그것만으로 통과할 수 없었다.

"포니아에 들어가는 자는 전원이 이걸 착용하게 되어 있지. 석화(石貨) 열 닢이다."

마을 입구에서 심사를 받을 때, 우리는 미라교의 신도가 착용하는 펜던트를 강매당했다.

딱히 비싼 것도 아니니, 마을 입장료 정도로 여기면 되겠지만…….

"이런 말하고 싶지 않지만, 참 조악하네요."

"응. 그 애나 다른 신도가 가지고 있는 건 더 예뻤어."

애설리가 착용한 펜던트는 푸른 광석을 세공해서 만든 것이었지만, 우리가 강매당한 것은 목제인데다 전체적으로 비틀려 있었다. 불량품이라고 해도 납득이 될 것 같았다.

"양산품이겠지. 이렇게 조악하니 웃음이 나올 지경인걸."

"하지만 좀 기분이 나쁜걸. 신도도 아닌데 이럴 걸 사야 하는 거야?"

"선전과 푼돈벌이가 목적이겠지. 귀찮은 일을 피하기 위해서라도 차고 있어."

돈을 내고 산 물건이니 버리기도 그렇고, 차고 있는 사람이 많으면 그만큼 신도가 많은 것처럼 보인다.

약아빠진 방법이기는 하지만, 개개인에게 부담이 될 정도는 아니기에 나쁘지 않은 작전이라는 생각도 들었다. 뭐, 긴 안목으로 본다면 언젠가 파탄이 나겠지만 나와는 상관없는 일이다.

하다못해 이익을 내려고 하지 않으며 좀 더 준수하게 만들었다면 기념품 같아 보여서 반감이 적을 거라고 생각하며, 나는 펜던트를 착용했다.

"시리우스 님, 앞으로의 예정은……."

"그래. 미리 이야기했던 것처럼 정보 수집을 하자."

오전에 마을에 들어온 우리는 적당한 식당에 들러서 식사를 했다.

그리고 식후의 차를 홀짝이면서, 작은 목소리로 이야기를 나눴다.

"신경 쓰이는 일이 있으면 바로 보고해줘. 그것 말고는 전부 미리 짜둔 작전대로 하는 거야."

"……예."

에밀리아가 아쉬워한 것은 이제부터 나만 따로 행동하기 때문이다.

제자들에게는 미라교의 위부에 알려진 모습을 조사하기로 했고, 나는 모험가 길드의 상황과 포니아의 이면을 조사하기 위해 정보상과 접촉할 생각이다.

일전에 레우스를 데리고 간 적이 있으니 이번에는 에밀리아를 데리고 가는 편이 좋겠지만, 이 마을은 정세가 좋은 편이 아니기 때문에 전력을 한곳에 집중해두는 편이 좋다.

너무 느긋하게 행동하다간 애셜리의 마음 걱정이 심해질 테니, 이번에는 효율을 중시하기로 했다.

"시간이 걸릴지도 모르니까, 숙소 수배는 너희가 해줬으면 해."

"예. 숙소 준비만이 아니라, 미라교의 모든 것을 조사해둘게요."

"정말, 우리는 마을 사람들의 동태를 살피기만 하면 돼. 너무 의욕을 내지 말고 차분하게 행동하자."

"누나들은 나한테 맡겨, 형님!"

에밀리아가 지나치게 의욕을 내는 것 같기는 하지만, 무슨 일이 생긴다면 세 사람이 지닌 마도구로 나에게 연락을 하고 바로 마을 밖으로 도망치라고 일러뒀다. 세 사람이 원래 예정과 다른 곳으로 도망치더라도, 나라면 '서치'를 이용해 바로 위치를 파악할 수 있다.

저녁에는 숙소에서 합류하기로 정한 후, 나는 손을 흔들며 배웅해주는 제자들과 헤어졌다.

일단 먼저 바돔에게 받은 의뢰를 마치기 위해 포니아의 모험가 길드로 가보니, 길드 직원의 이야기에 따르면 길드장은 보름 전부터 모습이 보이지 않는다고 한다.

그리고 길드장을 대행하고 있는 사람과 만나게 해주겠다고 했지만, 길드와 미라교 대주교가 유착관계일 가능성을 고려해 나는 사양했다.

"……의뢰 달성이 어려워졌을 뿐만 아니라, 조사할 게 늘었는걸."

길드장에게서 포니아에 관한 정보를 얻고 싶었지만, 그의 행방을 알기 위해서라도 먼저 정보상과 접촉해야 할 것 같았다.

하지만 정보상과 접촉하는 방법 또한 마을에 따라 다르다. 일단 사람들이 모이는 술집부터 가볼까.

내가 적당해 보이는 술집을 찾으면서 마을의 치안 상황을 살펴보니, 이곳은 애셜리에게 들은 일이 벌어지고 있는 것처럼 보이지 않을 만큼 평화로웠다.

대로변에는 다양한 가게가 존재했으며, 모험가도 꽤 보였다. 또한 아름다운 수도복을 입은 미라교 신도들이 많은 점 말고는 다른 마을과 별반 다르지 않았다.

언뜻 보기에는 치안도 유지되고 있는 것 같지만, 조금 유심히 살펴보면 그렇지 않다는 것을 알 수 있었다.

"……바돔의 감이 적중한 것 같네."

건물 뒤편…… 마을의 이면을 살펴보니, 슬럼 특유의 불온한 분위기가 느껴졌다.

슬럼은 어느 마을에나 존재하며, 애초에 이곳에 처음 와봤으니 이게 당연한 걸지도 모른다. 하지만 사랑의 여신을 숭배하는 마을답지 않게 어둠이 존재하는 느낌이 들었다.

"공포정치의 나라에 가까울지도 모르겠는걸."

깨끗하고 호화로운 몸가짐을 한 신도들은 아마 미라교에 헌납을 하고 있는 이들이리라.

하지만 그렇지 못한 신도들은 길 가장자리를 걸으며 눈에 띄지 않게 행동하고 있었으며, 건물 뒤편에 있는 꾀죄죄한 이들은 경계심을 품고 있었으며 그중에는 겁먹은 이도 있었다.

그대로 건물 사이를 가르며 이동하다보니, 슬럼의 중심으로 보이는 장소에 도착했다. 그곳에는 건물 몇 채가 붕괴되어 있었으며, 불에 탄 흔적이 남아 있는 참혹한 광경이 펼쳐져 있었다.

"……심한걸."

화재가 일어난 것과는 불에 탄 흔적이 명백하게 달랐다. 누군가가 일부러 불을 지른 거라는 사실을 눈치챈 나는 근처에 앉아 있던 슬럼 출신의 남자에게 돈을 주며 물어보았다.

그에게 얻은 정보에 따르면, 범인은 예상대로 불꽃의 정령마법을 사용한다는 미라교 성기사 같았다. 그는 얼마 전에 이곳에 나타나 이 주변을 웃으며 불태운 후에 돌아갔다고 한다.

"미라교에 어울리지 않는 우리 같은 건 쓰레기더라고. 위대하신 성기사님이라는 녀석은 우리를 인간으로 여기지 않는 것 같아."

화려한 마을의 이면에서 이런 일이 벌어지고 있는 것을 보면, 미라교는 애슐리가 이야기했던 것보다 훨씬 심각한 상황 같았다.

적이 사라지면서, 제지할 사람 또한 사라진 것이리라. 머지않아 이곳뿐만 아니라 마을 곳곳에서 이런 일이 일어나더라도 전혀 이상할 것이 없다.

그 후, 근처에서 영업하고 있는 술집에 들어간 나는 몇몇 손님들의 시선을 받으면서 카운터석에 앉은 후, 이 가게의 마스터에게 도수가 낮을 술을 주문하며 물었다.

"이 마을에 대해 잘 아는 정보상을 찾고 있는데, 뭐 아는 거 없어?"

"글쎄……. 요즘 들어 성기사가 청소랍시고 사람과 건물을 불태우고 다니느라, 정보상들은 대부분 도망쳤지."

"이거면 어때?"

나는 카운터에 놓인 컵 뒤편에 은화를 살며시 올려뒀다.

그러자 이 가게의 마스터는 시선을 살며시 피하면서 은화를 쥐더니, 나를 살펴보듯 쳐다보았다.

"정보상한테 뭘 물어볼 거지?"

"미라교에 대해서 알고 싶어서 말이지. 가능하면 이 마을의 이면에서 벌어지고 있는 일에 훤한 녀석이면 좋겠네."

"……미안하지만 진짜로 모르겠는걸. 하지만 이걸 받았으니 충고는 해주지. 죽고 싶지 않다면, 미라교에 대해 조사하지 마."

"그래? 그럼 실례했어."

컵에 담긴 술을 전부 들이켜고 가게를 나선 나는 다시 슬럼 안을 돌아다녔다.

이대로 다른 술집도 돌아볼 생각이었지만, 아무래도 그럴 필요는 없을 것 같았다.

내 뒤를 쫓는 기척이 다섯 개 정도 느껴졌기에, 나는 길을 잃은 척하면서 일부러 막다른 골목을 향해 걸었다.

그리고 막다른 곳에 도착한 후에 뒤를 돌아보니, 나를 쫓아오던 녀석들이 길을 막듯이 서 있었다.

"헤헤……. 여기를 지나가고 싶냐? 그럼 그에 걸맞은 성의를 보이라고."

남자들이 눈에 익다 싶더니, 아까 전의 술집에 있던 네 사람이다.

옷차림이 꾀죄죄한 것을 보면 슬럼에 사는 자들 같지만, 뭔가 이상한 느낌이 들었다. 몸에도 살점이 꽤 붙어 있을 뿐만 아니라, 눈빛이 죽지 않았던 것이다.

내가 그대로 남자들을 관찰하고 있을 때, 한 남자가 나에게 다가와서 나이프를 겨눴다.

"어이, 내 말을 듣고 있는 거냐?"

"듣고 있어. 그런데, 나한테 무슨 일이지?"

"쳇…… 태도가 건방져."

"허세를 부리는 게 분명해. 그것보다 아까 마스터에게 은화를 준 걸 보면, 주머니 사정이 꽤 좋나 보지? 그럼 우리한테도 좀 나눠달라고."

나는 아까 몰래 돈을 건네줬지만, 그 술집의 마스터와 이 녀석들은 한패일지도 모른다.

내가 협박을 당하고도 아무런 반응을 보이지 않자, 남자들은 짜증을 내기 시작했지만, 나는 계속 시치미를 떼면서 이렇게 말했다.

"실은 아까 그 은화가 내 전 재산이었어. 좀 미안하네."

"뻔한 거짓말하지 마! 얌전히 내놓으면, 미라교에 팔아치우지는 말아주지."

"팔아? 미라교는 노예도 모으는 거야?"

"미라교에 간섭하려는 녀석을 신전에 알리거나, 잡아서 넘기면 돈을 받을 수 있거든. 즉, 너 같은 녀석을 말이지."

"그렇군. 반역의 싹에 상금을 걸어서 사전에 막는 거구나."

"돈을 내놓지 않겠다면, 순순히 우리 술값이 되라고!"

남자들은 욕망에 찬 목소리로 그렇게 외치며 달려들었지만, 딱히 강하지는 않았기에 간단히 제압했다.

한 명은 팔의 관절을 빼줬고, 다른 한 명은 벽을 향해 걷어찼으며, 또 다른 한 명은 지면에 쓰러뜨린 후에 의식을 빼앗았다. 그리고 마지막 남자는 지면을 향해 내던졌다.

포물선을 그리며 날아간 남자가 지면에 낙하해서 기절한 것을 확인한 후, 나는 그대로 이동했다.

"오오…… 대단하네. 예상 이상인걸."

"그래? 그런데 뭐가 예상 이상인 거지?"

"윽?!"

나를 쫓아온 자는 총 다섯 명이지만, 그중 한 명은 멀찍이서 상황을 지켜보고 있었다.

마지막 남자를 집어던진 건 숨어 있는 상대의 이목을 끌기 위해서였다. 그리고 나는 그 틈에 상대의 코앞까지 접근해서 나이프를 그자의 목에 댔다.

"기, 기다려! 나는 싸울 생각이 없다고!"

"내가 습격을 당하는 걸 보고 있었으면서 말이야?"

"네, 네 실력을 보고 싶어서 그런 것뿐이야. 저런 녀석들에게 당하는 녀석 앞에 어슬렁어슬렁 모습을 드러내는 정보상이 어디 있겠냐고!"

"즉, 네가 정보상이구나. 그걸 가르쳐준 걸 보면, 나는 합격이라는 거지?"

"그, 그래. 그러니까 나이프 좀 치워."

적의가 느껴지지 않아서 나이프를 치우기는 했지만, 상대가 진짜 정보상인지 알 수 없으니 방심은 금물이다.

몇몇 질문을 통해 이 남자가 정보상이라는 것이 판명된 후, 나는 이런 번거로운 짓을 한 이유를 물어보았다. 알고 보니 내가 쓰러뜨린 녀석들처럼 밀고를 하는 자가 이 마을 곳곳에 있기 때문에 정보상도 함부로 활동을 하지 못한다고 한다.

"정보를 모으기만 해도, 미라교로부터 반역자 취급을 당할지도 모르거든. 평소에는 이런 녀석들 사이에 숨어 있는 거야."

술집 마스터는 내가 쓰러뜨린 녀석들과 한패지만, 실은 이 정보상과 한패인 것 같았다. 즉, 이중 스파이 같은 건가.

정보상을 찾는 이를 마스터가 가늠해본 후, 밀고자들을 부추겨서 공격하게 한다. 그래서 접촉할 가치가 있는지 시험해보는 것이다.

번거로운 방식이지만, 이렇게 해야 할 정도로 위험한 상황인 것이다.

"여기는 사람들의 눈길을 끄니까, 아까 그 술집으로 돌아가자. 거기에 안전한 장소가 있어."

여유를 찾은 정보상이 술집을 향해 걸어가자, 나는 경계를 풀지 않으며 그 남자의 뒤를 쫓았다.

아까 전의 술집으로 돌아온 나와 정보상은 마스터에게 안내를 받으며 안쪽에 있는 좁은 방으로 이동했다.

나는 상대의 품속으로 뛰어든 것이나 다름없는 상황이지만, 딱히 함정도 없는 것 같은데다 '서치'를 써도 정보상 이외의 반응은 느껴지지 않았기에 괜찮은 것 같았다.

"마스터가 밖에서 주위를 살피고 있고, 여기라면 남들이 우리 이야기를 들을 걱정을 안 해도 돼."

그리고 방에 놓인 의자에 앉은 정보상이 맞은편 의자를 손가락으로 가리키며 진지한 표정으로 나를 쳐다보았다.

"편하게 있어. 그런데, 너는 뭐가 알고 싶은 거지? 나를 찾기 위해 은화를 내놓은 걸 보면, 꽤 위험한 정보를 알고 싶은 걸 테지?"

"그래. 이 마을을 휘어잡고 있는 미라교에 대해 알고 싶어."

내가 선금 삼아 은화 한 닢을 건네주자, 정보상인 남자는 씨익 웃으면서 그것을 받았다.

"좋아. 미라교에 대해 뭐가 알고 싶은데?"

"미라교가 포교활동의 이면에서 하고 있는 짓에 대해 자세히 가르쳐줘."

그 후, 정보상은 미라교가 하고 있는 온갖 악행에 대한 것과 그들과 결탁한 자들, 그리고 애셜리와 마찬가지로 미라교에 저항하고 있는 신도들의 행동에 대해서도 들었다.

그 어떤 질문에도 척척 답해주는 이 정보상은 정말 우수했다. 이 실력만 봐도 이 남자가 이 상황에서 살아남은 게 납득이 됐다.

표정의 변화와 동요가 엿보이지 않는 것을 보면 거짓말을 하는 것 같지는 않았기에, 나는 추가로 은화를 건네며 질문을 던졌다.

"포니아의 길드장이 행방불명됐다고 들었는데, 그 일에 대해서 아는 건 없어?"

"내가 들은 이야기에 따르면, 길드장은 이 마을 밖으로 나간 것 같아. 마을 입구를 지키는 경비들이 길드장이 나가는 걸 봤다더라고."

"밖……. 행방불명이 되기 전에는 어디에 갔지?"

"오, 뭘 좀 아네. 네 예상대로 길드장은 미라교의 신전에 갔지."

아직 미라교가 제대로 된 곳으로 여겨지던 시절, 길드장은 대주교가 주최한 회식에 초청을 받아 미라교의 신전에 갔다고 한다.

그 후 길드장은 행방불명이 된 것이며, 곧 길드장 자리를 대행할 사람이 나타났기 때문에 큰 소란은 벌어지지 않았다.

"그 녀석은 새롭게 파견된 길드장이라는데, 솔직히 말해 수상쩍어. 내가 볼 때 그 녀석은 미라교의 입김이 닿는 녀석 같아."

"……상세하게 알고 있는걸."

"이래봬도 길드장과 안면이 있거든."

두 사람은 몰래 접선을 해서 정보를 교환하는 사이였던 것 같다. 그래서 길드의 내부 정보에 대해서도 해박한 것이다.

이 남자의 정보가 옳다면, 길드장은 신전에 감금되어 있을 가능성이 크다. 마을 밖으로 나갔다는 이야기 또한 경비들에게 뇌물을 주면 충분히 꾸밀 수 있을 것이다.

즉, 애슐리를 도울 뿐만 아니라 길드장도 구출해야만 하는 건가.

그건 그렇고…… 마을의 상황을 둘러보고 편지를 전하기만 하면 되는 일이었는데, 꽤나 성가시게 됐다.

"더 궁금한 게 있어? 이야기가 길어질 것 같으면, 마스터에게 식사를 준비해달라고 하지."

"아니, 하나만 더 물어보면 돼. 미라교의 성기사에 대해 알고 싶어."

"……그 녀석 말이구나. 왜 그런 걸 물어보는 거지?"

"상황에 따라선 그 녀석과 싸워야 할지도 모르거든."

"그 녀석과 접촉하는 건 피해. 너를 생각해서 하는 소리야. 정령마법을 쓰는 점도 문제지만, 성격도 문제 그 자체거든."

나이는 나보다 조금 많은 남성이며, 쾌락주의자에 교활하다. 그리고 자신에게 적대하는 상대를 태워 죽일 만큼 잔인한 성격이라고 한다.

한 번 날뛰기 시작하면 정령마법으로 강대한 힘을 휘둘러 불꽃을 사방에 뿌리기 때문에, 주위의 피해도 엄청나다고 한다.

"그런 녀석이 지금까지 용케 미라교에 붙어 있었는걸."

"네가 그런 의문을 품는 것도 무리는 아냐. 사실 성기사라는 직책이기는 하지만, 미라교에 온 건 극히 최근이야."

"그게 무슨 소리야?"

"대주교가 몰래 기른 아이 같은데, 반 년 정도 전에 어딘가에서 데려왔지. 그래서 대주교의 명령은 따라. 하지만 그런 대주교가 미라교를 이끌게 된 후로는 주의를 주는 일 자체가 줄어서 행동이 점점 과격해지고 있는 거야."

슬럼의 그 불타버린 건물이 바로 그 과격한 행동의 일부……인 건가.

당연히 과하다면서 미라교에 항의하는 자도 있는 것 같지만, 그때마다 포니아의 수호자인 그가 미라교의 적을 처벌할 뿐이라고 주장하는 것 같았다.

실제로 화풀이 삼아 마을 밖의 마물을 해치워서 마물에 의한 피해를 줄이고 있기에, 포니아의 수호자라는 말도 새빨간 거짓말은 아니다.

거기까지 설명한 이 남자는 한숨을 내쉬면서 창문을 쳐다보았다.

"소문에 따르면 요즘에는 대주교의 명령에 따르지 않을 때도 있다더군. 그게 사실이라면 진짜 큰일이야."

"아무도 막을 수 없는 성기사의 변덕에 따라 불태워질지도 모른다는 공포에 떠는 하루하루……를 살고 있는 건가."

"그래. 솔직히 말해 이 마을도 오래 가지는 못할 거라고 생각해. 너도 모험가라면, 성기사와 얽히기 전에 마을을 떠나라고."

이 남자도 곳 이곳을 떠날 예정인 것 같았다. 지금은 옷차림이 꾀죄죄하지만, 모험가로서 이 마을을 떠날 준비를 착착 진행 중인 것 같았다.

"길드장은 어쩔 거야?"

"술친구니까 구해주고 싶지만, 내가 어찌 할 수 있는 상황이 아니거든."

어디까지나 일로 얽힌 관계인 것 같으니, 내가 참견할 일은 아니려나.

꽤 수상한 이야기도 섞여 있기는 했지만, 충분한 정보를 얻었 기에 오늘은 이쯤에서 돌아가기로 했다.

나는 이야기를 끝내기 위해 보수 삼아 금화 한 닢을 책상에 올려뒀다.

"꽤 유익한 시간이었어. 보수는 이 정도면 될까?"

"흐음…… 금화를 줄 거라고는 생각도 못 했는걸. 너는 귀족…… 은 아닌 것 같군. 희미하지만 동업자 냄새가 나."

"뛰어난 실력을 가진 자에게는 그에 걸맞은 보수를 주는 게 당연하잖아? 그리고, 이유도 없이 내 정체를 캐려고 드는 건 룰 위반 아냐?"

"그것도 그렇지. 하지만 금화는 좀 많은걸. 혹시 더 알고 싶은 정보는…… 아, 말하는 걸 깜빡한 게 있군."

그는 머리를 긁적이면서 금화를 만지작거린 후, 신전 쪽을 쳐 다보았다.

"며칠 전에 그 성기사 자식에게 파트너가 생겼……."

『시리우스 님…… 들리시나요, 시리우스 님!』

그리고 남자의 이야기를 들으려던 순간, '콜'에 의해 에밀리아의 목소리가 들려왔다.

반사적으로 '서치'를 써보니, 이곳에서 조금 떨어진 장소에서 무슨 일이 일어나고 있는 듯한 마력의 흐름이 느껴졌다.

『죄송합니다. 예의 성기사의 표적이 되고 말았어요.』

나는 제대로 인사도 하지 않고 술집을 뛰쳐나간 후, 그대로 높은 장소를 찾았다.

―――――페어리스―――――

우리는 시리우스 씨와 헤어진 후, 포니아를 산책하며 미라교에 관한 정보를 모았다.

정보라고 해봤자 미라교가 평소에 무엇을 하며, 마을 사람들은 어떻게 생각하는지 물어보는 정도였다.

우선 우리는 돌아다니다 발견한 가게에서 상품을 주문한 후, 미라교에 관해 물어보았다.

먼저 상품을 구입한 후에 질문을 던지면 점주의 입도 가벼워진다고 배웠기에, 우리는 주저 없이 주문을 하며 정보를 모았다.

"장사는 잘 되지만, 미라교 쪽은 좀 이상하긴 해. 지금까지는 가게에 자릿세를 요구하지는 않았는데, 얼마 전부터 요구하더라고. 빵이 열 개던가?"

"맞아. 헌납을 하지 않으면 가게를 열 수도 없어. 큰 금액은 아니지만, 마음에 안 들어. 자아, 구운 고구마 스무 개야."

"얼마 전에 내 지인이 다쳤어. 그래서 신전 측과 상의를 했더니 치료마법을 쓸 수 있는 사람을 보내줬는데, 상당 금액의 헌납을 요구하더라니깐. 물론 치료비는 낼 생각이었지만, 예전의 미라교에서는 헌납 같은 걸 요구하지 않았거든. 그래서 좀 기분이 이상했어. 자아, 꼬치구이 서른 개야!"

여기저기 물어보며 다니고 알게 된 점은, 미라교의 행동에 위화감을 느끼면서도 억지로 받아들이려 한다는 건가?

언뜻 보기에는 평화로운 마을 같지만, 불온한 공기가 느껴진 것은 기분 탓이 아닌 것 같다.

"……왠지 불안한 느낌이네."

"맞아. 헐뜯으려는 건 아니지만, 기분 나쁜 마을이야."

"시리우스 님의 이야기에 따르면, 종교는 사람의 사상을 무의식적으로 비틀어버리기도 한대요."

대로를 걷고 있는 신도들은 아름다운 법의 차림으로 웃고 있지만, 건물 사이를 쳐다보면 슬럼에서 흔히 볼 수 있는 이들이 있었다.

그런 사람들이 정보를 가지고 있다는 이야기를 시리우스 씨에게서 들었지만, 우리는 그런 사람들과 어떤 식으로 거래를 해야 하는지 모르는데다, 소동을 일으키지 않기 위해서라도 최대한 얽히지 않기로 했다.

그리고 마을에 사는 이들에게 이야기를 들어보니, 어떤 점에 대해서는 다들 같은 의견이라는 사실을 눈치챘다.

"서, 성기사? 으음…… 그는 포니아의 수호자가 틀림없어…….

응!"

"이 주변의 마물은 성기사님이 불꽃으로 정화해주시기 때문에, 웬만해서는 마물에게 습격을 당하지 않아. 그러니 멋진 사람이라고 생각해……. 얽히지만 않는다면 말이지."

"그만해. 그 사람의 이름을 듣고 싶지 않다고."

성기사에 대해 물어보면, 허둥지둥 그를 칭찬하거나 얽히고 싶지 않다는 듯이 고개를 돌렸다.

애슐리가 말한 것처럼, 정령의 힘으로 난동을 부리고 있으며, 미라교와 상관없이 주민들에게 있어 두려움의 대상이 되고 있는 것 같다.

성기사가 벌인 악랄한 짓에 대한 이야기를 듣자, 레우스는 용서할 수 없다는 듯이 주먹을 말아 쥐었다.

"그 녀석은 진짜 나쁜 놈이네. 형님이 허락해준다면 내가 확 베어버리고 싶어."

"하지만 마을 밖의 마물을 쓰러뜨려서 마을의 피해를 줄이고 있다잖아? 수호자라 말하는 사람도 있어. 그냥 본때를 보여주기만 한다고 해결되는 문제가 아니니까 싸우면 안 돼."

"적어도 애슐리의 편인 저희에게 있어서는 적이겠죠. 하지만 시리우스 님의 말씀처럼, 가능한 한 얽히지 않도록 하죠."

약간 마음을 단단히 먹으면서 걸음을 옮기고 있을 때, 마을 중심에 있는 광장이 시끌벅적했다.

뭔가 행사라도 열린 것처럼 사람들이 몰려 있지만, 그들은 하나같이 좋지 않은 표정으로 이 자리에 있기 싫다는 듯한 분위기를 자아내고 있었다.

에밀리아와 함께 고개를 갸웃거리고 있을 때, 레우스가 겁 없이 근처에 있는 사람들에게 말을 걸었다.

"저기, 아저씨. 무슨 일이 벌어진 거야?"

"응? 아…… 성기사님께서 쇼를 선보일 거야."

"성기사가 여기 있는 거야? 게다가 그 쇼라는 게 이렇게 주목을 모을 정도로 인기가 좋아?"

"그럴 리가 없잖아. 우리는 억지로 이 자리에 모인 거야."

그 아저씨가 옆으로 물러나줬기에 우리는 광장을 한눈에 둘러볼 수가 있었다.

그러자…… 물이 적어진 분수 앞에 앉아 있는 한 여성, 그리고 그 화려한 장식이 돋보이는 법의를 입은 붉은 머리의 남성이 서 있는 광경이 눈에 들어왔다.

"……저 녀석, 뭐야? 엄청 화려한 옷을 입고 있네."

"쇼라고 들었는데, 이제부터 뭐가 시작되는 거죠?"

"너희는 이 마을 사람이 아니구나. 저 사람은 성기사님인데, 이건 배신자를 처리하는 쇼지. 요즘 들어 시작된 건데, 허튼 짓을 했다간 그 사람도 불똥이 튈 수 있으니까 조심해."

저 남자가 불꽃의 정령이 보인다는 성기사구나.

나쁜 이야기만 들었지만, 나는 정령이 보인다는 저 사람과 이야기를 나누고 싶다는 생각을 품고 있었다. 하지만…… 그 생각이 잘못됐다는 것을 곧 눈치챘다.

자신의 눈앞에 앉아 있는 여성을 내려다보며 짓고 있는 저 차

갑고 냉혹한 미소는 인간을 물건 취급하는 귀족과 똑같았다.

"자, 잠깐만요! 저는 미라 님께 충성을 맹세한 신도예요! 결코 미라교를 배신하지……."

"시끄러워. 네가 뭐든 나와는 상관없다고. 나는 이 자리에서 너를 처리하라는 명령을 받았을 뿐이거든. 어이, 다들 모여!"

성기사가 그렇게 외치며 팔을 치켜들자, 이곳까지 열기가 전해질 만큼 뜨거운 불덩어리가 그의 머리 위에 생겨났다.

영창 없이 그저 말을 걸기만 했는데 이 정도의 불꽃을 만들어낸 것을 보면, 그가 정령마법을 쓸 수 있다는 건 틀림없는 것 같다.

"이럴 때는 뭐라고 하더라? 그래. 미라께서 말씀하셨습니다. 배신자에게는 불꽃의 제재를……라고 말이지. 그럼 신탁대로 해볼까."

"아아…… 미라 님. 애슐리…… 미안해."

그리고 성기사가 주저 없이 팔을 휘두르자, 격렬하게 타오르는 불꽃이 그 여성을 향해 날아갔다.

무심코 마법을 펼치려고 손을 뻗었지만, 저 사람을 구했다간 소동이 일어날 뿐만 아니라 성기사에게 우리의 존재를 들키고 말 것이다.

게다가 시리우스 씨의 지시에 따르기 위해 내 옆에 있는 두 사람도 주먹을 말아 쥐며 참고 있었다. 그러니 나도 참아야 한다.

하지만 방금 애슐리라고 중얼거린 저 사람은…… 설마……?!

"아…… 안 돼!"

나는 어느새 정령에게 부탁해서 저 여성의 앞에 물의 벽을 만들었다.

역시 불꽃 상대로 상성이 좋은지, 내가 만들어낸 물의 벽은 불꽃을 막아낼 뿐만 아니라 완전히 없앴다.

"리스 누나?!"

"역시…… 이렇게 되는 군요."

"미, 미안해! 하지만…… 저 사람이 애슐리가 말한 아만다 씨일지도 모른다는 생각이 들어서……."

어제 애슐리한테 들었던 특징과 일치하는데다, 그 아이에게 있어 언니 대신이자 소중한 사람이라고 생각하니 몸이 멋대로 움직였다.

애슐리는 신탁을 받는 것 이외에는 아무것도 할 수 없다며 한탄했다.

그리고 예전의 나는 물마법 이외에는 쓸 줄 아는 게 없었다.

능력도 처지도 명백하게 다르지만, 나는 성녀라 불리고 있는 애슐리와 자신을 포개서 보고 있는 것이다.

"두 사람 다 빨리 도망쳐. 내가 벌인 일이니까…… 내가 책임질게."

"무슨 소리를 하는 거야. 어떻게 리스 누나를 두고 가냐고."

"리스는 저희를 대신해준 거나 다름없어요. 전에 시리우스 님께서 말씀하셨던, 운명 공동체라는 거예요."

내가 사고를 친 것을 전혀 개의치 않을 뿐만 아니라, 미소를 지으며 나를 감싸주려는 듯이 앞으로 나선 두 사람을 보니 나는 가슴이 뜨거워졌다.

"게다가 아직 포기하기에는 일러요. 보아하니 저쪽은 누가 한 짓인지 모르는 눈치거든요."

우리는 인파에 숨어 있는데다 성기사와 거리를 두고 있다. 그래서 에밀리아가 말한 것처럼 누가 한 짓인지 모르는 것 같았다.

주위에 있는 사람들도 영창을 하지 않은 내가 마법을 사용했다고는 생각도 못하는 건지, 그저 주위만 두리번거리고 있었다. 다른 사람들 사이에 잘 숨는다면, 도망칠 수 있을지도 모른다.

"뭐야. 엄청난 불꽃을 쓸 수 있으면서 마력 탐지도 제대로 못하는 거야? 리스 누나의 마법으로 간단히 막아낸 걸 보면, 그렇게 강하지 않은 거 아냐?"

"그렇지 않아. 아까 불꽃은 막아냈지만, 이 주위는 물의 정령이 적으니까 또 불꽃을 날린다면 막기 힘들지도 몰라. 게다가 마력 소모도 심하니까 장기전은 불리해."

"싸울 필요는 없어요. 이대로 도망치면 시리우스 님과의 약속은 지킬 수 있을 거예요. 틈을 봐서 도망치죠."

에밀리아의 말을 듣고 고개를 끄덕인 내가 주위의 반응을 살피며 가만히 있자······.

"내 불꽃을 막은 건 누구냐! 빨리 나와!"

아무도 나서지 않는 이 상황 때문에 인내심이 바닥난 듯한 성기사가 혀를 차며 두 손을 치켜들자, 머리 위에 아까 같은 불꽃 덩어리가 몇 개나 생겨났다.

마치 살아 있는 것처럼 날아다니는 불꽃의 열기를 느낀 주위 사람들이 비명을 지르며 물러섰다.

"나서지 않는다면, 닥치는 대로 공격할 거다!"

"지금이에요! 이 혼란을 이용해 마을 밖으로 도망치죠."

"하지만 저 불꽃이 주위 사람들에게……."

"그럼 리스는 불꽃을 무력화시키는데 주력하세요. 레우스는 리스를 업고 도망치렴."

"알았어!"

응……. 그러면 나는 마법에 집중할 수 있을 거야.

레우스의 등에 몸을 맡기자마자 불꽃이 날아왔고, 나는 물 덩어리를 여러 개 만들어내서 그 불꽃을 막았다.

불의 범위가 넓어서 좀 힘들기는 했지만, 이 정도라면 어찌어찌 될 것이다.

그리고 주위 사람들에 맞춰 도망칠 생각이었는데, 어찌 된 영문인지 레우스가 이 자리에서 꼼짝도 하지 않았다. 고개를 돌려보니, 에밀리아 또한 귀와 꼬리를 세우며 무언가를 경계하고 있었다.

불가사의하게 생각하면서 불꽃을 없애고 있을 때, 물의 정령들이 나에게 조심하라고 알렸다.

『저기 있는 파란머리 여자다! 마력 탐지도 제대로 못할 정도로 한심한 거냐.』

겨우겨우 모든 불꽃을 없애고 주위를 둘러보니, 우리의 등 뒤에는 불꽃을 온몸에 두른 거대한 늑대가 있었다.

정령과 두 사람이 경계하고 있는 게 틀림없어 보이는 저 늑대는 호쿠토보다 몸집이 더 컸다. 겉모습은 다르지만 분위기가 비슷한 것을 보면, 호쿠토와 같은 존재인 걸까?

하지만 호쿠토와 달리 눈앞의 이 늑대는 인간의 말을 할 수 있을 뿐만 아니라, 우리를 향해 명확한 적의를 드러내고 있었다.

"시끄럽네. 나는 불꽃을 다룰 수 있으니까 그딴 건 필요 없다고."

『흥. 네놈은 정말 어리석은 존재구나.』

어느새 주위에는 아무도 없었으며, 우리는 성기사와 늑대 사이에 놓였다.

이걸로 우리는 완전히 노출되고 말았지만, 지금은 그런 걸 생각할 겨를이 없었다.

성기사는 내가 어찌어찌 막을 수 있겠지만, 불꽃의 늑대는 어마어마하게 강했다. 레우스가 나를 허둥지둥 내려놓고 검을 뽑아들 정도다.

"그런데 네놈들은 대체 뭐야? 이 마을에 사는 신도는 아닌 것 같은데 말이야."

"저희는 미라교의 신도가 아니라, 이 마을에 온지 얼마 안 된 모험가예요. 그러는 당신은 미라교의 성기사죠?"

"흥. 모험가 주제에 되게 뻔뻔하군. 나는 성기사가 맞지만, 나를 부를 때는 호칭 뒤에 님 자를 붙이라고. 확 타죽고 싶냐?"

"한 말씀드리자면, 님 자는 직책이 아니라 이름에 붙여야 한다고 생각한답니다. 괜찮다면 이름을 알려주시지 않겠습니까?"

에밀리아가 일부러 이야기를 끌면서 초커로 시리우스 씨와 연락을 취하는 가운데, 나와 레우스는 마력을 끌어 올리며 상대의 움직임에 대비했다.

전력을 다해 도망쳐야 할 상황일지도 모르지만, 두 사람이 그러지 않는 것을 보면 도망칠 수 없다는 판단을 내린 것이리라.

이렇게 됐으니 이 상황을 초래한 내가 두 사람을 반드시 지키자고 마음먹으며 정령에게 말을 걸고 있을 때, 성기사는 뭐가 그렇게 웃긴지 손뼉을 치며 웃음을 터뜨렸다.

"하하하! 그건 그렇지. 그럼 요청대로 이름을 밝히기로 할까. 내 이름은 베이그다. 불꽃의 정령마법을 쓰는 미라교의 성기사님이지."

"이름을 알려주셔서 감사합니다. 그럼 저희도 이름을……."

"됐어. 내가 볼일이 있는 건 저 파란머리 여자뿐이니까, 다른 녀석은 아무래도 상관없다고."

"어…… 나?"

에밀리아의 태도에 관심이 간 건가 했더니, 표적은 나인 거야?

왜 나를 노리는 건지 생각하는 사이에도, 에밀리아는 빈틈을 살피며 시리우스 씨에게 보고를 하고 있었다.

"내 불꽃을 막다니, 꽤 하잖아. 상당히 강력한 물의 마법을 쓰는 것 같군."

"그게…… 어쨌다는 거야? 설마 내가 불꽃을 막은 것 때문에 불만이 있는 거야?"

"신탁을 방해했으니까 말이지. 불만이 있는 게 당연하잖아?"

"그딴 건 신탁도 뭣도 아니잖아!"

"흥. 뭐, 좋아. 원래라면 확 불태웠겠지만, 네 태도에 따라서는 용서해줄 수도 있어."

마을 사람들이 아까 난처한 반응을 보인 것도 납득이 됐다.

확실히 내가 방해를 한 걸지도 모르지만, 신탁이랍시고 그렇게 악랄한 짓을 장난삼아 저지르려고 한 것이다. 마치 다 큰 어린애 같았다.

"태도? 나한테 뭘 바라는 건데?"

"돈이라면 다소 드릴 수 있어요."

"모험가의 푼돈 따위에는 관심 없어. 너…… 내 밑으로 들어와."

이건 권유……인 걸까?

하지만 이런 거만한 권유에 순순히 응할 리가 없다.

"그딴 권유는 거절하는 게……."

"아니, 네 대답 같은 건 아무래도 상관없다. 억지로라도 끌고 가면 되거든. 불꽃이여……. 방해되는 녀석들을 태워버려!"

"윽?! 다들, 부탁해!"

베이그는 내 대답도 끝까지 듣지 않고 불꽃을 날렸기에, 나는 분수의 물로 벽을 만들어서 공격을 막아냈다.

역시…… 물의 정령이 적은 탓에 마법의 발동이 느린 데다, 마력 소모도 엄청났다. 나에게는 보이지 않지만, 이 주위에는 불꽃의 정령이 너무 많은 탓에 물의 정령이 제대로 힘을 발휘하지 못하는 것 같았다.

그래도 시리우스 씨에게 단련을 받은 덕분에 막아내기는 했지만, 베이그가 불꽃을 광범위하게 흩뿌린 바람에 아무 상관없는 사람과 주위의 건물이 피해를 받기 시작했다.

"저 여자를 지킨 시점에서 네가 착해빠진 놈이라는 건 알았거든. 나한테 온다면 불꽃을 더는 뿌리지 않겠어."

비겁한 사람이지만, 머리는 꽤 돌아가는 것 같았다.

얼마 안 되던 물은 방금 공방 때문에 다 써버린 데다, 내가 만들어낸 물만으로는 불꽃을 막아내는 것만으로도 벅찬 상황이었다.

비가 내려도 이 불꽃은 꺼지지 않을 것이다. 하다못해 주위에 강이 있다면 물을 대량으로 불러내서 끌 수 있을 것이다.

내가 이를 악물며 불꽃을 막아내고 있을 때, 갑자기 우리와 베이그 사이에 거대한 바람이 생겨나더니 건물에 옮겨 붙으려 하는 불꽃을 아무것도 없는 장소로 옮겼다.

"리스! 주위의 불꽃은 나한테 맡기고, 당신은 성기사에게 집중하세요!"

"으, 응!"

"나는 이 녀석을 막을게!"

에밀리아가 바람으로 불꽃을 유도해준다면, 주위의 피해는 최소한으로 막을 수 있을 것이다.

우리가 불꽃을 막는 사이, 레우스는 검을 치켜들며 불꽃의 늑대에게 달려들었다.

『호오, 위세 한번 좋은 은랑족이군. 나를 두려워하지 않을 뿐만 아니라 달려들 줄이야.』

"호쿠토 씨에 비하면, 너 같은 건 아무것도 아냐!"

확실히 강해 보이는 늑대지만, 매일 호쿠토와 모의전을 한 레우스는 전혀 두려워하지 않았다.

게다가 불꽃의 늑대는 방심하고 있는 건지 레우스가 휘두른 검을 간단히 피했지만, 그 검을 그어 올리는 연속 공격에는 미처 반응하지 못했다.

『아닛?!』

"지금이다!"

그리고 드디어 레우스의 검이 불꽃을 두른 늑대의 앞발을 잘라냈다.

레우스는 연이어 공격을 펼치려 했지만, 갑자기 공격을 멈추며 상대와 거리를 벌렸다.

『꽤 하는군. 하지만…… 무의미한 짓이다.』

다리가 잘려나간 부위에서 불꽃이 뿜어져 나오더니, 마치 아무 일도 없었다는 것처럼 앞발이 자라났다.

혹시…… 저 늑대는 불꽃을 두르고 있는 게 아니라, 불꽃으로 몸을 형성하고 있는 걸까?

"그렇다면 재생을 못할 정도로 아예 다져주마!"

『무의미한 짓이라고 내가 방금 말했을 텐데? 염랑(炎狼)인 나는 불꽃이 존재하는 한 얼마든지 재생할 수 있다.』

"그리고 나는 불꽃을 얼마든지 만들어낼 수 있지. 즉, 저 개와 손을 잡은 나는 무적이라고."

『흥. 으스대기는. 불꽃의 정령만 없었다면 네놈 따위는 물어 죽였을 거다.』

"저 염랑은 무적일지도 모르지만, 당신은 그렇지 않을 텐데요?"

강력한 정령마법을 쓸 수 있다고 해도, 베이그는 우리와 마찬가지로 인간이다. 실제로 내가 마법을 막아낼 수도 있었으니, 그는 무적이 아니다.

　에밀리아와 시선을 교환한 내가 동시에 공격을 펼치려던 순간…… 베이그는 웃음을 터뜨렸다.

　"내 불꽃은 모든 것을 불태우지. 아무리 바람으로 흘려내더라도 의미가 없다는 걸 가르쳐주지! 불꽃이여…… 모든 것을 불태워버려!"

　그 순간, 베이그를 중심으로 커다란 불꽃이 생겨나더니 이 일대를 불바다로 만들었다.

　물의 벽으로 막아낼 수 없다가 판단한 나는 두 사람의 물의 구슬로 감싸 불꽃으로부터 지켰다. 그리고 나 자신을 지키려고 한 순간…… 나는 뒤편에서 가해진 충격에 의해 그대로 하늘을 가르며 날아갔다.

　한순간 무슨 일이 일어난 건지 이해하지 못했다 하지만 염랑이 내 옷깃을 문 채 날고 있다는 사실을 눈치챈 순간, 나는 어느새 베이그의 곁으로 옮겨졌다.

　"좋아. 잘했어."

　『흥. 하찮은 싸움이 벌어지는 건 귀찮거든.』

　"놔, 놔! 이게 무슨 짓이야?!"

　"응? 이대로 가지고 갈 거야."

　"싫어! 놔…… 으윽!"

　도망치려고 한 내 등을 염랑이 밟자, 지면에 박힌 나는 꼼짝도 할 수 없었다.

열기가 느껴지지 않는 게 의아해서 고개를 돌려보니, 염랑의 몸과 마력이 아까보다 명백하게 거대해졌다는 것을 알 수 있었다.

혹시…… 불꽃의 정령이 힘을 빌려주고 있는 거야?

『더는 반항하지 마라. 이대로 밟혀죽고 싶지 않다면 말이지.』

"어이, 그런 짓을 하면 두 번 다시 너를 위해 정령에게 부탁하지 않을 거야. 오히려 힘을 다 빼앗아버릴 거라고."

『흥. 인간은 정말 성가신 존재군.』

"으으……."

등에서 느껴지는 적의와 방대한 마력 때문인지 내 몸은 자연스레 떨리기 시작했다. 어쩌면 이 염랑은 호쿠토보다 강할지도 모른다.

방금 들은 이야기로 볼 때 정령의 힘을 빌리고 있는 것 같으며, 상황은 나빠지고 있었다.

일이 이렇게 된 것이 자기 탓이라는 건 이해하고 있지만, 그래도 저 여성이 죽게 내버려 둘 수는 없었다.

나는…… 아까 어떻게 했으면 좋았을까?

"리스!"

"리스 누나!"

안 돼……. 후회할 때가 아냐.

내 곁에 있는 베이그의 주위는 불타고 있지 않지만, 에밀리아와 레우스가 있는 장소는 불꽃에 휘감겨 있었다.

두 사람을 지키고 있는 물 또한 오래 버티지 못할 것이며,

내 마력도 얼마 남지 않았다. 그러니 불을 끄는 것을 방해당했 다간, 마력이 부족할 것이다.

이제…… 각오를 다질 수밖에 없다.

"가, 갈게! 너를 따라갈 테니까 불을 꺼줘! 저 두 사람을 구해줘!"

"싫어. 불태우는 건 쉽지만 끄는 건 귀찮거든. 내가 보고 있을 테니까 직접 꺼."

이 사람…… 방해되는 자를 태우기만 해온 걸까?

정령을 도구로만 여기며, 그저 자신의 충동에 따라 불을 피우 고 있을 뿐이다.

이런 사람이 나나 피아 씨와 같은 부류라는 게…… 너무 슬펐다.

"물이여…… 부탁해……."

나는 두 사람을 구하기 위해 남은 마력을 전부 쓸 각오로 물을 만들어냈다.

몸 안의 마력이 고갈되면서 눈앞이 흐릿해졌지만, 기절할 수는 없다.

의식이 몽롱해졌지만, 어찌어찌 모든 불꽃을 끄자, 베이그는 즐거운 듯이 웃으면서 나를 내려다보았다.

"하하, 거봐. 할 수 있잖아. 이제부터는 너한테 불을 꺼달라고 할 테니까, 잘 부탁한다고."

"저 두 사람은…… 놔줘."

"어쩔 수 없지. 무리하게 했다가 네가 픽 죽어버리기라도 하 면 의미가 없거든."

나를 제압할 필요가 없다고 생각한 듯한 염랑은 내 등에서 발을 치우더니, 에밀리아와 레우스를 위협하듯 앞으로 나섰다.

『승부는 났다. 더는 나서지 않는다면 눈감아주지.』

"큭……. 리스 누나."

"리스……."

안타까운 목소리로 그렇게 말하며 주먹을 말아 쥔 두 사람을 향해, 내가 억지로 미소를 지어보이며 괜찮다고 말하려던 순간…….

『……피해라!』

염랑이 갑자기 고함을 지르면서 베이그에게 몸통박치기를 날렸다.

꽤 필사적이었던지라 힘조절을 못한 건지, 튕겨져 나아간 베이그는 그대로 근처 건물의 벽에 내동댕이쳐졌다.

"이 자식! 뭐하는 거야!"

『공격당하고 있다! 목숨을 건진 것만으로…… 큭?!』

염랑이 고함을 지르면서 몸을 날린 순간, 방금까지 베이그가 서 있던 지면이 폭발하면서 커다란 구멍이 생겼다.

혹시 이건…….

『멀어…… 아니, 이동도 하고 있는 건가? 아무래도 지금은 불리한 상황이군. 죽고 싶지 않다면 도망치는 게 좋을 거다.』

"공격이 어디에 있든 내 불꽃으로 태워버리겠어. 장소만 알려달라고.

『정확한 위치를 모르는 데다, 네놈의 불꽃으로 공격할 수 없을 만큼 먼 곳이다. 게다가 네놈의 눈에 방금 공격이 보였느냐? 저

지면과 같은 꼴이 되고 싶지 않다면, 빨리 이곳을 벗어나라.』

"쳇…… 저 여자를 챙기는 걸 잊지 말라고!"

『……어쩔 수 없는 녀석이군.』

우리에게는 공격이 전혀 보이지 않았지만, 염랑에게는 보인 것 같았다.

염랑은 연이어 날아오는 공격을 세세한 공격으로 피하면서 내 곁으로 돌아왔다.

하지만 나를 옮기려던 순간을 노리며 날아온 공격이 염랑의 머리에 커다란 구멍을 뚫었다.

『으윽?! 생각보다 더 짜증나는군.』

곧 구멍에서 불꽃이 뿜어져 나오더니, 레우스 때와 마찬가지로 상처가 재생됐다.

공격이 효과가 없는 듯한 염랑이 나를 물어서 들어 올리자, 결국 공격은 중단됐다.

『뭘 날리는 건지는 모르겠지만, 대단한 위력과 정확도군. 하지만 이 계집을 내가 들고 있으면 공격을 못 하겠지.』

염랑은 나를 치켜든 후, 천천히 베이그를 향해 걸어갔다.

의식이 멀어져가는 가운데, 마지막으로 두 사람의 모습을 보려고 한 순간…….

『리스…… 조용히 내 말을 들어.』

시리우스 씨가 마법으로 나에게 말을 건넸다.

왠지…… 시리우스 씨가 이름을 불러줬을 뿐인데, 불안으로 가득 차있던 마음이 가벼워진 듯한 느낌이 들었다.

나는 무심코 시리우스 씨의 이름을 외치려 했지만, 그의 말에 따라 입을 꾹 다물었다.

『미안하지만, 지금 너를 구출하는 건 어려울 것 같아. 설마 이런 데서 호쿠토에게 버금가는 능력을 지닌 상대가 있을 줄은 몰랐어.』

시리우스 씨가 사과할 필요는 없다. 이건 내가 초래한 사태인 것이다.

『상황은 두 사람한테서 들었어. 리스의 경솔한 행동이 이 상황을 만들어냈지만, 그 점에 대해 내가 말해두고 싶은 게 있어.』

두 사람이 아까부터 가만히 있었던 것은 시리우스 씨와 이야기를 나누고 있었기 때문이었던 것이다.

하지만, 하고 싶은 말이 뭘까? 혼나도 이상하지 않을 짓을 했는데, 시리우스 씨의 목소리는 너무나도 온화했다.

『리스. 너는 아무 잘못 없어.』

……어?

『목숨을 구하는 건 결코 나쁜 짓이 아냐. 무르다고 할 수도 있지만, 그 상냥함은 리스의 장점이야. 게다가 이번에는 염랑이라는 존재가 성기사의 곁에 있다는 정보를 내가 뒤늦게 안 바람에 벌어진 거라고도 할 수 있어.』

어느새…… 눈에서 눈물이 흘러내리고 있었다.

그 여성을 구한 것이 잘못이 아니라는 말을 듣고, 정말 기뻤다.

『하지만 즉각적인 판단력 면에서 좀 아쉬웠네. 그냥 돕기만 하는 게 아니라, 양동 같은 수단을 동원할 수도 있었을 거야.』

시리우스 씨가 이런 상황에서도 평소와 마찬가지로 상냥하게 조언을 해주자, 나는 안도감을 느꼈다.

『연락은 끊임없이 해줘. 만약 다른 녀석들이 너를 덮치려고 한다면 마법이든 뭐든 써서 신호를 보내줘. 호쿠토와 함께 바로 쳐들어가겠어.』

옛날과 달리, 이번에는 알 수 있었다.

저 상냥한 목소리의 이면에는 나를 구하지 못한 자기 자신을 향한 분노가 어려 있었다.

내 착각일지도 모르지만, 나는 시리우스 씨가 그런 사람이라는 것을 알고 있다.

그래서 나는…….

『꼭 구하러 갈게. 그때까지 기다려줘.』

당신을 스승이 아니라, 한 남성으로서 좋아하게 된 것이다.

《탈환 작전》

──── 시리우스 ────

"시리우스 님!"

"형님!"

리스가 성기사와 염랑에게 끌려간 후, 나는 정보 교환을 위해 인적 없는 골목에서 남매와 합류했다. 얼굴을 마주하자마자 남매가 분하다는 듯한 표정을 지으며 고개를 숙였기에, 나는 우선 남매의 머리를 쓰다듬어줬다.

"에밀리아, 레우스. 잘 참았어. 그 광경에서 가만히 지켜보고 있는 건 힘들었겠지만, 내 명령에 잘 따라줬어."

"아뇨. 분하지만 그 염랑을 이길 방법이 생각나지 않았어요. 시리우스 님의 판단이 옳았다고 봐요."

"형님은 잘못 없어. 하지만, 지금 문제는 리스 누나야. 빨리 구하러 가자!"

"조바심내지 마. 이미 손은 써뒀어."

리스가 끌려가고 아직 한 시간도 지나지 않았다.

그 사이에 리스에게서 연락을 받았는데, 미라교의 시전에 끌려가기는 했지만 딱히 묶이지도 않은 채 어느 방에 갇혀 있다고 한다. 차분한 목소리로 보고를 하는 걸 보면, 리스는 아직 괜찮은 거 같다.

문제는 그 염랑이군.

리스의 이야기에 따르면, 불꽃의 정령에 의해 강화가 되기는 했지만 내 장거리 저격마법 '스나이프'를 피할 줄은 몰랐다.

음속보다 빠르게 일격을 날리는 그 마법이 발사되는 것과 동시에 피한 것을 보면, 야생의 감으로 피한 걸지도 모른다. 그러고 보니 호쿠토도 훈련 때 그 공격을 피했던 것이다. 호쿠토와 염랑이 같은 종족이라면 충분히 납득이 됐다.

"형님, 이런데서 죽치고 있지 말고 신전에 가자. 리스 누나가 납치됐는데, 형님은 분하지도 않은 거야?!"

"레우스……."

"히익?!"

이러면 안 돼……. 좀 진정시킬 의도였기는 해도, 레우스를 진심으로 노려보고 말았다.

이 상황을 초래한 건 리스의 경솔한 행동 때문만이 아니다. 성기사만이 아니라, 염랑처럼 강한 존재를 고려하지 못한 내 판단 미스이기도 했다.

하지만…….

"리스가 납치됐는데, 내가 분하지 않을 거라고 생각해?"

나 자신을 향해서도 화가 나기는 했지만, 리스를 납치한 그 쓰레기와 늑대는 절대 용서 못한다.

내 제자를 건드린 걸…… 반드시 후회하게 만들어주겠다.

"다, 당치도 않습니다!"

"역시 시리우스 님이세요!"

레우스가 묘하게 겁을 먹고 에밀리아가 눈을 반짝이며 조용히 기다리는 가운데, 누군가가 이쪽으로 다가오는 기척이 느껴졌다.

적의가 느껴지지 않는 상대라 그대로 기다리고 있자, 너덜너덜한 법의를 걸친 여성이 우리 앞에 나타났다.

"저기, 잠시 실례해도 될까요?"

"당신은……."

"아, 광장에서 타버릴 뻔했던 사람이네."

"아, 예! 아만다라고 해요. 아까 구해주셔서 정말 감사했어요."

남매가 말했던, 광장에서 처형당할 뻔했던 여성인가.

이야기를 듣자하니 그녀는 소동이 벌어진 틈을 타서 도망쳤으며, 제자들이 걱정되어서 계속 살펴보고 있었다고 한다.

그리고 제자들에게 고맙다는 말을 하려고 이렇게 찾아온 것이다.

"하지만 저를 구해준 바람에 일행이 납치되고 말다니, 정말 무슨 말씀을 드려야 할지……."

"그녀가 납치된 건 저희 미스 때문이기도 하니까 개의치 마세요. 그런데, 당신은 애셜리의 관계자인가요?"

"애셜리를 아나요?!"

리스의 예상대로, 그녀가 애셜리가 말한 여성이 틀림없어 보였다.

가짜일 가능성도 생각해봤지만, 애셜리에 관해 질문을 해보니 본인이 틀림없어 보였다. 그래서 우리는 그녀를 구한 경위를 설명했다.

"아…… 다행이야. 그 애는 무사한 거군요."

"만나게 해드릴 수 있지만, 그 전에 부탁을 드리고 싶은 게 있어요. 협력해주지 않겠어요?"

"여러분은 애셜리와 저를 구해준 은인이에요. 제가 할 수 있는 일이라면 뭐든 말만 해주세요."

"이 두 사람과 함께 지금의 미라교에 맞서 싸울 신도들을 찾아가 줬으면 해요."

리스가 납치당하는 결과가 벌어지기는 했지만, 이 여성을 구한 건 보람은 분명 있다.

지금의 미라교와 싸우려 할 신도들이 있는 장소는 정보상에게 들었지만, 우리끼리 그들과 접촉하는 건 번거로울 것이다.

애셜리는 최대한 안전한 곳을 확보한 후에 마을에 들여보내고 싶고, 아만다가 있으면 그들과 접촉하는 것도 손쉬울 것이다.

"너희는 그녀와 함께 가서 신도들에게 성녀가 무사하다는 것을 알려. 아마 그것만으로도 사기가 높아질 테니, 앞으로의 행동이 편해질 거야."

"그녀를 호위하는 건가요. 그럼 시리우스 님은 리스를 구하러 가실 거군요?"

"나도 형님과 같이 리스 누나를 구하러 갈래!"

"너희는 얼굴이 알려졌으니 안 돼. 우선 적에 대해 파악할 겸, 일단 나 혼자서 쳐들어갈 생각이거든."

리스를 납치한 베이그는 명백하게 내 적이다.

즉, 미라교와 싸우게 되었으니 적의 대장인 두르가의 면상도

한 번 봐두고 싶다.

"하지만 모험가분이 신전에 들어가는 건 어려울 거예요. 저같은 신도도 애셜리의 관계자가 아니라면 신전에는 함부로 들어갈 수 없거든요."

"문제없어. 신도가 아니라 사자라면……. 아, 왔네."

"기다리게 해서 미안해. 그 애를 설득하는데 조금 시간이 걸려버렸네."

친숙한 기척을 느끼고 고개를 돌려보니, 그곳에는 온몸을 가리는 로브를 걸친 피아가 눈에 들어왔다.

"피아 누나? 누나가 왜 여기 있는 거야?"

"그야 시리우스가 불렀기 때문이야. 자아, 가지고 왔어."

피아가 건네준 천을 본 남매가 고개를 갸웃거렸지만, 그 천에 엘리시온의 문양이 새겨져 있는 걸 보고 그것이 무엇인지 눈치챈 것 같았다.

"그건 리펠 님에게 받았던……."

"그래. 장래의 근위기사로서 받은 망토야. 이걸 걸치면 엘리시온의 사자라고 우길 수 있겠지."

지금까지는 이것을 쓸 기회가 없어서 마차에 두기만 했다.

권력에 의지하는 것을 좋아하지 않지만, 리스를 위해 이용하기로 했다. 이것을 준 리펠 공주 또한 바라는 바일 것이다.

"지금 바로 신전에 향할 거지? 내가 당신의 파트너로서 함께 간다면 더 신빙성이 있을 거야."

"피아도 같이 갈 거야?"

"당연하잖아. 리스를 납치한 건방진 꼬맹이의 얼굴을 보고 싶거든."

피아는 웃고 있지만, 꽤 화가 난 것 같았다.

그녀에게 있어 리스는 자신과 마찬가지로 정령이 보이는 동료일 뿐만 아니라, 귀여운 동생 같은 존재다.

설득이 힘들 것 같을 뿐만 아니라, 피아의 말도 일리가 있기에 함께 가자고 했다.

"그럼 계획대로 하자. 저 자식들이 감히 누구를 건드린 건지 똑똑하게 알려주는 거야."

물론 리스가 왕족이라는 사실을 밝힐 생각이 없다.

대신 그녀가 엘리시온에서 성녀라 불리는 점을 잘 이용할 생각이다.

그런다고 순순히 리스를 풀어줄 것인지는 알 수 없지만, 멋대로 군 것에 대한 답례를 톡톡히 해주기로 할까.

"행동을 시작하자."

남매와 아만다가 이동한 후, 나와 피아는 이 마을의 중심에 존재하는 미라교의 총본산인 신전으로 향했다.

엘리시온의 사자로서 이곳을 방문했다는 설정인 만큼, 대로 한복판을 당당히 걷고 있는 우리는 꽤 눈에 띠었다.

아니…… 정확하게 말하자면 눈에 띄는 건 내가 아니라 피아다.

현재 내 옆에서 걷고 있는 피아는 변장용 귀걸이를 뺐을 뿐만 아니라, 후드도 걸치지 않아 엘프의 얼굴을 훤히 드러냈다.

"변장을 풀어도 괜찮아?"

"조금이라도 확률을 높이는 편이 좋지 않겠어? 게다가 엘리시온에는 매직 마스터라 불리는 유명한 엘프가 있잖아."

나를 보좌하는 이가 엘프라면, 매직 마스터의 관계자라고 여겨서 신빙성이 더 높아질 거라는 건가.

문제는 피아의 흔치 않은 미모에 끌려 우리에게 시비를 거는 녀석들이지만, 내가 걸친 호화로운 망토를 보고 상당한 신분을 지닌 자라고 생각한 건지 그냥 쳐다보기만 했다.

하지만 그중에는 호기심을 참지 못하고 말을 거는 이도 다소 있었다.

"거기 아가씨. 혹시 미라교에 흥미가 없나? 내가 가르쳐줄 수도 있는데 말이지."

피아에게 말을 건 남자가 걸친 호화로운 법의를 보니, 미라교에서도 꽤 신분이 높은 신도 같았다.

평범한 포교활동처럼 보이기도 하지만, 눈을 보니 피아에게 흑심을 품고 말을 건 게 틀림없어 보였다.

피아는 그런 신도를 향해 가볍게 고개를 숙이더니 담담한 어조로 말했다.

"지금은 일을 하고 있는 중이니 사양하겠어요. 저는 여기 계신 이분 이외의 명령에 따를 생각이 없으니까요."

아무래도 내 비서로 위장할 생각인 것 같았다.

피아가 철벽이나 다름없는 태도를 무너뜨리는 건 무리라고 생각한 것인지, 그 남자는 나에게 말을 걸었다.

"너희는 신전으로 향하는 거지? 괜찮다면 내가 안내를…… 히익?!"

하지만 내 살기 어린 시선을 받더니, 그 남자는 부리나케 도망쳤다.

미라교가 얼마나 대단한지 모르겠지만, 상대의 지위도 가늠 못하는 녀석이 방해를 하지는 말아줬으면 좋겠다.

내가 방해 좀 작작하라는 듯이 코웃음을 치자, 비서 같은 표정을 푼 피아가 입가를 손으로 가리며 웃었다.

"후후……. 차분해 보이지만, 실은 화상을 입을 정도로 뜨거운 상태 같네."

"당연하잖아. 빨리 리스를 건드린 죄의 대가를 치르게 해주고 싶거든."

이대로 있다간 진짜로 엘리시온에서 정예병을 보내서 미라교를 멸망…… 같은 사태도 충분히 벌어질 수 있다. 리스를 끔찍하게 아끼는 그 아버지와 언니라면 그런 짓을 하고도 남는다.

왠지 리스가 걱정이 되기 시작했으니, 또 '콜'로 확인을 해볼까.

"리스. 네 쪽은 좀 어때?"

『아, 시리우스 씨. 방에 갇혀 있기는 하지만, 나는 무사해.』

일전의 보고 때와 마찬가지로, 여전히 방에 갇혀 있을 뿐인 것 같았다.

납치해서 방치해두는 것도 이상하지만, 베이그는 신전에 도착하자마자 호화로운 법의를 입은 신자에게 불려가서 돌아오지 않는 것 같았다.

호출에 순순히 응하는 걸 보면, 그 남자가 바로 대주교인 두르가일 것이다.

"정찰을 마친 후에 데리러 갈 테니까, 방심하지 말고 기다려."

『응, 조심해.』

목소리로 볼 때, 리스는 불안이나 공포를 느끼는 것 같지는 않았다. 적어도 아직까지는 강행돌파를 할 필요는 없을 것 같았다.

산 위에 위치한 미라교의 신전은 꽤 멀기에, 나는 피아와 정령마법에 대해 이야기하면서 걸음을 옮겼다.

"정령마법은 주위에 존재하는 정령의 숫자에 의해 위력이 달라지지?"

"응. 같은 속성의 정령이 많을수록, 위력만이 아니라 마력의 소모량도 달라지고, 마법의 발동도 빨라져."

정령마법이란 것은 술사가 정령에게 마력을 부여해서 발동시키는 마법이다. 간단히 말해, 술사를 대신해 정령이 마법을 쓰는 것에 가깝다.

그리고 정령은 근처에 있는 동일 속성 정령과 협력하는 습성을 지녔다고 한다.

"실은 마을 밖에서 기다리면서 가볍게 하늘을 날아봤는데, 이일대는 바람의 정령이 적어서 예상 이상으로 마력이 소모됐어. 원래 1의 마력으로 쓸 수 있었던 마법을, 지금은 두 배 가량의 마력을 들여야 발동시킬 수 있는 것에 가까워."

"그러고 보니, 리스도 물의 정령이 적다고 말했어."

"나는 바람의 정령만 보이지만, 그 꼬맹이가 날뛰는 바람에 이 일대에서는 불의 정령이 많은 걸지도 몰라."

일전에 피아에게 들은 이야기에 따르면, 정령마법을 쓰면 쓸수록 주위의 정령이 활성화되며, 같은 속성의 정령이 늘어난다고 한다.

예를 들어, 바람의 정령마법을 쓸수록 바람의 정령이 활성화되고, 같은 속성의 정령을 불러 모은다. 그러면 다른 속성의 정령은 도망치듯 다른 곳으로 이동하는 것 같다.

물론 그렇게 모여드는 정령의 양에도 한도가 있으며, 같은 정령으로 가득 채우는 것은 무리라고 한다. 불의 정령이 많은데도 물의 정령마법을 쓸 수 있는 것도 그런 이유 때문이라고 한다.

"그 성기사라 불리는 애가 포니아 주변에서 빈번하게 마물을 퇴치한다며? 그래서 이 일대가 불의 정령으로 가득 찬 거라고 생각해."

"물의 정령이 적은데다, 호쿠토에게 버금가는 마물이 있으니 당하는 것도 무리는 아니려나……."

아마 염랑이 없고, 대등한 조건이었다면 리스는 베이그에게 이겼을 것이다.

하지만 대등하게 싸울 수 있는 상황 같은 건 룰이 존재하는 놀이나 시합에서나 가능하다.

제자들도 강해졌으며, 세 사람이 힘을 합친다면 상급 모험가 집단이나 전설의 마물이 아니라면 충분히 해볼 만할 거라고 생각했다. 그런데 이런 상황이 벌어질 줄이야.

판단이 약간 물렀던 것일지도 모른다고 반성하고 있을 때, 피아가 눈을 가늘게 뜨면서 내 어깨를 두드렸다.

"정말, 네가 그렇게 풀이 죽을 필요는 없어. 리스에게는 미안한 말이지만, 이건 그 애가 멋대로 행동한 결과잖아."

"풀이 죽은 건 아니지만, 방심한 건 사실이야. 다음에는 이런 일이 없도록 조심해야겠어."

"긍정적이네. 하지만 진짜로 조심해야 할 사람은 정령이 보이는 나와 리스야. 너는 너무 어렵게 생각하지 말고, 평소처럼 우리 뒤에서 떡하니 있어주면 돼. 그것만으로 우리는 마음이 든든해질 테고, 안심도 될 거야."

"……그래. 고마워, 피아."

"후후, 별거 아냐. 이래봬도 나는 누나거든."

정신적인 면에서 은근슬쩍 버팀목이 되어주고 있는 피아의 이 상냥함이 기분 좋게 느껴졌다.

이렇게 믿음직한 피아와 만나서, 그리고 그녀가 나와 함께 해주는 것을 감사하게 생각해야 할지도 모르겠는걸.

한동안 계단을 올라간 우리는 미라교의 총본산인 신전 앞에 도착했다.

가까이 가보니 미라교의 신전은 예상 이상으로 거대했으며, 신전의 꼭대기에 존재하는 미라교의 상징인 태양 문양 또한 고개를 치켜들어야 눈에 들어올 정도다.

이렇게 거대한 건조물을 세운 것을 보면, 미라교의 규모는 내 예상보다 더 거대할지도 모른다.

애셜리의 이야기에 따르면, 신전의 정면 문 너머는 거대한 예배당이며, 거기까지는 일반적인 신도도 자유롭게 드나들 수 있다고 한다.

그리고 정면 입구 옆에 있는 평범한 문 너머는 거주구역이며, 그곳에는 미라교에서 지위가 높은 신도만이 드나들 수 있다.

당연히 그 입구를 경비하고 있는 신도가 두 명 정도 있었지만, 나는 개의치 않으며 다가갔다.

"이 너머는 미라교의 관계자만이 드나들 수 있습니다. 기도를 드릴 거면 저쪽에 있는 예배당을 이용해주십시오."

"매우 시급한 일로 찾아왔소. 미라교를 이끈다는 대주교와 면회가 하고 싶으니, 연락을 부탁하오."

"그런 일정은 잡혀 있지 않습니다. 대주교님은 바쁘신 분이니, 예배당에 있는 접수처에 용거를 전달해주시죠."

자아…… 이제부터는 일국의 사자로 행동해야겠는걸.

신도들은 지당한 소리를 늘어놓으며 우리를 쫓아내려 했지만, 나는 망토에 그려진 엘리시온의 문양을 신도에게 보여주며 위엄 넘치는 목소리로 말했다.

"나는 메리페스트 대륙의 엘리시온 국 차기 여왕이신 리펠 님의 근위기사다. 포니아에는 어떤 분의 호위로서 오게 됐다."

"어, 어……."

"하지만 내가 잠시 눈을 뗀 사이에 호위 대상자가 모습을 감췄다. 마을 사람들에게 물어보니 미라교의 성기사라 불리는 자에게 끌려갔다고 하더군. 나보다 키가 작고 푸른 머리카락을 길게 기른 아름다운 여성인데……. 당신들은 아는 바 없나?"

"아…… 딱히……."

처음에는 미심쩍은 눈길로 쳐다봤지만, 리스의 특징을 이야기하자마자 그들의 표정이 희미하게 변화했다. 베이그와 함께 이곳을 통과했을 가능성이 큰 것 같군. 동요한 것 같으니, 이참에 밀어붙이도록 할까.

"그 여성은 엘리시온에 있어 매우 중요한 분이다. 이곳에 있는지 없는지 대주교님에게 직접 물어보고 싶다."

"시간을 많이 빼앗지는 않을 테니, 저희의 이야기만이라도 전해주지 않겠어요? 이대로 면회조차 시켜주지 않는다면, 미라교에서 문전박대를 당해다고 엘리시온에 보고할 수밖에 없으니까요."

"자, 잠시만 기다려주십시오!"

엘리시온의 이름이 이곳까지 퍼져 있을지는 알 수 없지만, 나의 당당한 태도와 멋들어진 문양이 새겨진 망토, 그리고 흔히볼 수 없는 종족인 엘프를 데리고 있는 점 때문에 가짜라고 단정 지으며 쫓아내지 못하는 것 같았다.

예상대로 자신들이 판단을 내릴 수 없는 사안이라고 판단한 듯한 두 신도는 한 명이 확인을 위해 안으로 들어갔다.

팔짱을 낀 채 조용히 기다리고 있을 때, 면회 허가가 내려졌는지 우리는 신전 안으로 안내됐다.

도중에 무기를 맡긴 후, 묘하게 긴장한 듯한 신도의 안내를 받으며 건물 안을 걷고 있던 나와 피아는 신전 중심에 가까운 방 앞으로 안내됐다. 도중에 '서치'를 써보니, 리스는 다른 방에 있는 것 같았다.

"이 방에서 대주교님께서 기다리고 있습니다."

"꽤 안쪽까지 들어온 것 같은데, 여기는 뭐하는 방이지?"

"대주교님의 집무실이자, 지위가 높은 분들과 면회하시는 방이기도 합니다. 성기사님도 안에서 기다리고 계십니다."

그렇게 말한 신도고 곧 자리를 비우자, 나는 마음을 단단히 먹으며 문에 노크를 했다. 그리고 대답이 들려온 후에 안으로 들어갔다.

"잘 오셨습니다. 자아, 자리에 앉으시죠."

방에 들어가 보니, 좋은 나무로 만들어진 책상 앞에 대주교로 보이는 남자가 앉아서 미소 짓고 있었다.

나이는 40대 정도로 보였다.

호화로운 법의를 입었으며, 관록이 느껴지는 수염을 기른 얼굴로 온화한 미소를 짓고 있는 모습은 애셜리를 함정에 빠뜨릴 것 같은 사람 같아 보이지 않았다.

하지만 한순간, 방에 들어선 우리를 향했던 그 날카로운 시선을 나는 놓치지 않았다.

그런 대주교의 옆에는 아까 멀찍이서 봤던 베이그가 서 있었지만, 멋대로 불꽃을 날려댈 때와는 달리 얌전히 시립해 있었다. 공격을 해오려는 기색은 없지만, 우리는 함정을 경계하며 의자에 앉아 자기소개를 했다.

"처음 뵙겠습니다. 저는 엘리시온 국, 차기 여왕의 근위기사

인 시리우스라고 합니다."

"시리우스? 그러고 보니 일전에 투무제에서 우승한 자도……."

"접니다. 우선 바쁘신 와중에 이렇게 만나주셔서 감사합니다."

"아뇨. 그 유명한 엘리시온의 관계자일 뿐만 아니라, 투무제의 우승자이신 분과의 만남을 거절할 이유는 없죠. 참, 소개가 늦었습니다. 저는 미라교의 대주교인 두르가라고 합니다."

두르가가 책상 너머로 손을 내밀자, 나는 그 손을 잡았다.

흐음…… 손의 감촉으로 볼 때, 두르가는 무기를 다룬 적이 없는 것 같았다. 완전히 문관 타입인 것 같았다.

그리고 내 옆에 서 있는 피아를 소개하자, 두르가의 눈빛이 변했다.

"호오…… 경비에게 들었습니다만, 아름다운 여성을 데리고 다니시는 군요."

"예. 저의 연인이자, 보좌인 피아라고 합니다."

"피아입니다. 그 유명한 미라교의 대주교님을 만나 영광이에요."

"오오…… 이렇게 젊은 나이에 높은 지위와 연인을 손에 넣다니, 시리우스 님은 뛰어난 재능을 지니셨나 보군요."

피아를 향한 두르가의 눈이 미세하게나마 욕망으로 번들거렸다.

그런 두르가와 달리, 베이그는 탐욕에 찬 눈빛을 훤히 드러내며 피아를 쳐다보고 있었다.

"이쪽은 저의 아들이자, 미라교의 성기사라는 직책을 지닌 베이그라고 합니다. 자아, 베이그. 인사를 하렴."

"베이그라고 한다. 너, 예쁜 엘프를 데리고 다니는 구나. 어떻게 잡은 거야?"

"베이그! 손님에게 무례를 범하지 마라!"

겉모습은 다르지만, 같은 여성을 탐내는 점은 비슷했다.

두르가는 본성을 숨기지 않는 베이그를 말리려 했지만, 그는 폭주를 멈추지 않았다.

"괜찮잖아. 예쁜 걸 보고 예쁘다고 말하는 것뿐인데 뭐가 잘못됐는데? 어이, 엘프. 저런 남자 말고 나와……."

"어머, 기품이 부족한 어린애한테는 흥미가 없답니다. 관심을 꺼주면 고맙겠군요."

"흐음……."

리스를 납치한 베이그 때문에 화가 난 것인지, 피아는 주저 없이 할 말을 다했다.

베이그는 그런 피아의 태도가 재미있다는 듯이 미소를 짓고 있는 걸 보면, 힘으로라도 자신에게 굴복시키려는 생각인 게 틀림없다.

서로를 노려보고 있는 두 사람 때문에 주위에 긴장감이 흘렀지만, 아직은 싸울 때가 아니다.

나는 가볍게 헛기침을 한 후, 분위기를 바꾸기 위해 두르가에게 질문을 던졌다.

"그러고 보니 미라교에는 성녀라 불리는 여성이 있다면서요? 사실 저는 성녀라 불리는 다른 여성을 알죠. 괜찮다면 미라교의 성녀와 만나보고 싶군요."

"유감이지만, 그건 무리입니다. 부끄러운 이야기지만, 그녀는

115

미라교의 성녀가 아니라 배신자라, 저희가 지금 쫓고 있죠."

"배신자? 흉흉한 이야기군요."

그 후, 두르가는 애슐리가 쫓기게 된 이유를 이야기해줬다. 그리고 그 내용은 애슐리가 말한 내용과 별반 다르지 않았다.

차이점은 내가 성녀를 잘 모른다는 것을 알더니, 애슐리가 모든 악의 근원으로 단정 짓듯 설명한 점이다.

"곤란한 이들에게 미소 지으며 손을 내밀었으면서, 보이지 않는 곳에서 헌납을 가장한 공갈을 하고 있었더군요. 아직 어린데 말이죠. 정말 개탄스러운 일입니다."

"즉, 미라교를 은신처로 삼아서 악행을 저지른 건가요. 미라 님도 화내실 만하군요."

"미라 님은 만인에게 평등한 사랑의 여신이시지만, 자신을 더럽힌 자들에게는 인정사정없으시죠. 그러니 저에게 배신자에게 천벌을 내리라는 신탁을 내리신 것도 납득이 됩니다."

"그렇군요. 그런 악인은 저도 못 본 척할 수 없으니, 눈에 띄면 바로 보고 드리겠습니다."

"아직 잡지 못했으니 협력해주시면 감사하겠습니다. 하지만 결코 죽이지는 말아주셨으면 합니다. 미라 님 앞에서 죄에 합당한 대가를 받게 해주고 싶으니까요."

나는 두르가의 눈썹과 시선에 주목하면서 그의 인물됨을 관찰했다.

그런 식으로 한동안 이야기를 이어가며 두르가의 성격을 얼추 파악한 나는 옆에 있는 베이그가 짜증에 사로잡혔다는 점을 눈치챘다.

또 베이그가 대화를 방해하면 곤란하니, 그가 입을 열기 전에 본론에 들어가도록 할까.

"이야, 미라교의 이야기가 너무 재미있어서 본론을 깜빡했군요. 저는 신경 쓰이는 일이 있으면, 그것에 집중하는 버릇이 있어서 말이죠."

"미라교에 흥미가 있으시다면 얼마든지 이야기를 드리죠. 그런데…… 본론이라면, 여러분이 찾는 사람 말인가요?"

"그렇습니다. 엘리시온에서 성녀라 불릴 만큼 물마법이 뛰어난 여성인데, 우리나라의 차기 여왕일 뿐만 아니라 그 유명한 매직 마스터도 아끼는 분이시죠."

"그런 분이……."

표정에는 변함이 없지만, 희미하게 동요한 것을 보면 내가 설명하는 인물이 리스라는 사실을 눈치챈 것 같았다.

왕족뿐만 아니라, 그 유명한 매직 마스터의 이름까지 언급했으니 무시할 수 없으리라. 참고로 로드벨과 리스는 케이크 마니아로서 친분을 쌓고 있으니 거짓말은 아니다.

두르가가 뭐라고 대답할지 갈등하고 있을 때, 나는 그에게 대답할 틈을 주지 않으며 단숨에 몰아붙였다.

"저는 수행을 위해 여행을 떠나는 성녀를 호위하라는 지시를 리펠 차기 여왕께 받아 함께 하고 있습니다. 하지만 그녀는 새로운 마을에 방문할 때마다 곳곳을 둘러보는 버릇이 있어서 말이죠. 그래서 잠시 눈을 뗐다 하면 이렇게 헤어지고 만답니다. 그래서 마을 사람들을 상대로 탐문을 해봤더니, 성기사라 불리는 자가 끌고 갔다더군요."

"그래요. 그래서⋯⋯."

"만약 그녀의 몸에 무슨 일이 있다면 왕녀만이 아니라 매직 마스터도 나설 가능성이 있죠. 일이 커지기 전에 찾고 싶습니다만, 그녀를 못 보셨습니까?"

"그, 그게⋯⋯."

"몰라."

내가 완곡하게 리스를 돌려달라고 말하자, 베이그는 책상을 내려치면서 거절했다.

"뭐?! 베이그, 너⋯⋯."

"느닷없이 쳐들어와서 나를 납치범 취급해? 직접 보지도 않았으면서 남한테 누명을 씌우다니, 엘리시온이라는 나라의 근위 기사도 별거 아니네."

확실히 납치범이라는 누명을 쓰면 불쾌하겠지만, 목격정보 또한 다수 존재하는 만큼 증거는 충분하다고 생각한다.

불꽃을 이용해 협박하면 얼마든지 정보 조작을 할 수 있다고 생각하는 걸까.

"⋯⋯진짜로 모른다는 겁니까?"

"당연하지. 파란머리의 여자는 얼마든지 있다고. 내가 데려온 건 다른 여자야."

"그럼 그 여성을 만나게 해주겠습니까? 제가 찾는 여성이 맞는지 확인하고 싶습니다."

"그 녀석이라면 옛날 옛적에 쫓아버렸어! 아마 이 근처를 어슬렁거리고 있을걸?"

하는 소리가 어린애 수준이며, 태도 또한 뭔가를 숨기는 티를 내고 있지만, 베이그는 계속 잡아뗐다.

베이그의 분노에 정령이 반응한 건지, 그의 주위에 불꽃이 일렁이면서 방 안의 기온을 약간 높였다.

두르가는 이 방이 불타는 것을 막기 위해 베이그를 말리려 했지만, 말을 거는데도 무시할 뿐만 아니라 불꽃이 무서워서 다가가지 못하는 것 같았다.

"정령마법은 때때로 무시무시하거든. 내가 화를 내면 멋대로 불꽃을 만들어낸다고. 그러니 내가 실수로 불을 지르기 전에……."

"아, 알았습니다. 이곳에 없다면 실례하도록 하죠."

정보는 충분히 얻었기에, 이쯤에서 관두도록 할까.

두르가는 몰라도, 베이그는 리스를 돌려줄 생각이 없는 것 같았다. 정보상의 이야기대로, 이 남자는 부모 대신인 두르가조차 제어하지 못하는 존재가 되어가고 있다는 것을 알았다.

나는 협박에 굴복한 척을 하면서 테이블에 손을 짚으면서 몸을 일으킨 후, 고개를 숙였다.

"그럼 성기사님의 말에 따라 마을을 다시 살펴보도록 하죠. 시간을 빼앗아서 죄송합니다."

"아…… 저, 저희야말로 도움이 못 되어 죄송합니다. 괜찮다면 예배당에서 미라 님께 기도를 드리지 않겠습니까? 미라 님께서 여러분을 인도해줄지도 모릅니다."

"멋대로 돌아다니는 여자라며? 마을 밖으로 나가버린 거 아냐?"

"너는 닥치고 있어!"

"흠, 그 가능성도 고려하도록 하죠. 그럼 실례하겠습니다."

금방이라도 다툴 듯한 두 사람한테서 돌아선 나는 몰래 웃음을 흘리면서 방을 나섰다.

두르가들과 오랫동안 이야기를 나눠서 그런지, 신전 밖으로 나와 보니 어느새 땅거미가 지고 있었다.

맡겨둔 무기를 돌려받은 우리가 신전을 벗어나서 여관을 찾는 척 돌아다니고 있을 때, 피아가 작은 목소리로 나에게 말을 걸었다.

"저기, 시리우스. 왜 협박에 굴복한 척하면서 나온 거야? 그냥 아까 리스를 내놓으라고 딱 잘라 말해도 되지 않아?"

"우선 리스를 납치한 게 얼마나 위험한 짓인지 가르쳐준 다음, 어떤 반응을 보이는지 알고 싶었거든."

"결국 그 다 큰 어린애가 불같이 화만 냈을 뿐이잖아."

"아니, 우리가 자리를 비운 후의 반응 말이야. 사실 지금 그 녀석들의 대화를 내가 다 듣고 있거든."

방을 나서기 직전, 나는 테이블 뒷면에 특수마법진이 그려진 마석을 설치해뒀다.

그 마석에는 내가 새롭게 개발한 마법진이 새겨져 있으며, 마력을 흘려 넣어서 발동시키면 주위의 소리를 흡수하게 되어 있다. 『콜』의 마법진을 만들다 우연히 발견한 실패작 중 하나다.

또한 매우 가는 '스트링'을 마석에 연결해뒀으며, 이 '스트링'을 통해 마석 주위의 소리와 대화를 들을 수 있다. 즉, 유선식 도청기 같은 것이다.

 상황에 따라 매우 편리한 물건이지만, 한 번 발동시키면 마석에 담긴 마력이 계속 소모되면서 한 시간도 지나지 않아 마력이 바닥나서 평범한 돌로 변하기에 활용하기가 어렵다. 참고로 밖에서 마력 공급을 해줄 수도 있지만, 마력 소모가 극심하기 때문에 의미가 없다.

 '스트링'을 계속 발동시켜야만 하는데다, 비싸고 희소한 마석을 소모품처럼 쓰는 건 주머니 사정에 타격을 주기 때문에 이 마석은 많이 만들 수 없었다.

 그런 도청기에서 들려온 베이그와 두르가의 대화는 이러했다.

 『너는 대체 무슨 생각인 거냐! 나라뿐만 아니라, 그 매직 마스터까지 적으로 돌릴 거냐?!』

 『어이, 그 자식이 엘리시온에 돌아가서 매직 마스터에게 이 일을 알리는데 시간이 얼마나 거리겠냐고. 그때까지 그 여자를 조교해서 인질로 삼으면 돼.』

 『겨우 여자 하나 때문에 그런 위험을 감수할 수는 없다.』

 『괜찮잖아. 애초에 그 자식이 자기 나라에 보고를 못하면 문제될 게 없어. 내 불꽃이면 그 정도는 식은 죽 먹기라고.』

 『그 녀석은 투무제 우승자다. 그렇게 쉽게 해치울 수는 없을 거다.』

『어이, 투무제라고 해봤자, 하나같이 무기로 싸우는 바보들이지? 내 불꽃을 이길 수 있는 녀석 따위는 없어.』

『그건 그렇지만…….』

『그 녀석만 처리하면 그 엘프도 손에 넣을 수 있을걸? 네가 그 여자를 눈독들인 건 나도 알고 있단 말이야.』

『으음…… 어쩔 수 없지. 하지만 마을 한복판에서 죽이지는 마라. 투무제의 우승자인 만큼 증거가 남을 수도 있거든.』

『시끄러워. 내 방식에 참견하지 마! 너 따위가 언제까지 나한테 명령을 내릴 거냐고!』

『너를 거둬서 지금까지 길러준 사람은 바로 나다! 그런데 요즘은 명령 이외의 일로 폐만 끼쳐대지 않느냐. 네가 친 사고를 수습하는 게 얼마나 힘든지 알기는 하는 거냐!』

『내 불꽃이면 뭐든 할 수 있다는 걸 가르쳐준 건 바로 너잖아? 그걸 실천하고 있을 뿐인데, 왜 내가 잔소리를 들어야 하는 거냐고!』

『한도라는 걸 좀 알아라! 협박만으로 일이 잘 풀릴…….』

『하아…… 빌어먹을! 설교 좀 작작해!』

그 후, 베이그는 불꽃으로 두르가가 입 다물게 만들었다.

이것은 우리가 나간 후에 저 두 사람이 나눈 대화이며, 우리를 어떻게 생각하는지 훤히 드러나는 내용이었다.

그 즈음에서 마석의 마력이 바닥나서 목소리가 들리지 않기에 '스트링'을 해제하며 방금 대화를 피아에게 알려줬다. 피아는 진심으로 어이없다는 표정을 지으며 신전을 올려다보았다.

"아이 교육을 잘못시키면 저런 애로 자랄 수도 있구나. 우리 애는 키울 때는 조심해야지."

너무 엄격하지도 않고, 너무 어리광을 받아주지도 않아야 한다. ……교육이라는 건 정말 어려운 것이다.

뭐, 내 제자들은 솔직하고 착한 애로 자라줘서 그런 문제로 고생하지는 않았다.

은근슬쩍 자식이 가지고 싶다는 어필을 한 피아에게서 시선을 뗀 나는 헛기침을 하면서 이야기를 바꿨다.

"뭐, 그렇게 하자. 아무튼, 저 녀석들의 마음속을 확인했으니 리스를 구하러 가볼까. 신전에는 없다고 딱 잘라 말했으니까, 리스가 없어져도 문제는 안 되겠지."

"애초에 우리와 만나게 해줄 생각도 없는 것 같아."

"틀림없어. 에밀리아와 레우스도 마차로 돌아간 것 같으니까, 피아도 마차에 가서 기다려줘."

남매에게는 두르가와 싸울 신도들과 이야기를 마친 후에 우리의 마차로 돌아오라고 전해뒀다.

아무래도 아만다도 함께 있는 것 같은데, 이미 마을 밖으로 나온 걸 보면 딱히 문제는 없어 보였다.

"그럼 먼저 돌아가 있을게. 멋지게 리스를 납치해서 돌아와."

"다녀올게."

나는 피아에게 망토를 건넨 후, 남들의 눈에 띄지 않도록 뒷골목으로 들어갔다.

전생에서 쌓은 기술, 그리고 '에어 스텝'과 '스트링'이 있으면 이 세계에서 내가 잠입할 수 없는 건물은 거의 없다고 해도 과언이 아니다.

계단이 아니라 절벽을 올라가면 누구에게도 들키지 않겠지만, 나는 바위 뒤편에 숨어서 상황을 살펴보았다. 이미 리스의 위치는 파악했고, 베이그는 어찌 되겠지만…… 문제는 바로 염랑이다.

호쿠토에 버금가는 탐지능력을 지닌 것 같으니, 내가 신전에 다가가기만 해도 위치가 발각될지도 모른다.

지금 장비로 염랑과 베이그를 동시에 상대하는 건 위험하니, 염랑에게는 신전 밖으로 내보내도록 도움을 받기로 했다.

아까 '콜'로 전해뒀으니, 슬슬 할 때가 됐는데…….

『……아우…… 아우우…….』

바람을 타고 호쿠토의 울음소리가 희미하게 들려온 순간, 염랑은 신전 옥상에 나타나더니 마을을 향해 몸을 날렸다. 그리고 가옥의 지붕을 발판 삼아 마을 밖으로 사라졌다.

역시 호쿠토 같은 존재가 나타나면, 염랑도 가만히 있을 수 없는 것 같았다.

참고로 호쿠토에게는 염랑과 싸우지 말고 유인만 해달라고 전해뒀다. 이제 싸울 수밖에 없는 상황이지만, 리스를 구출한 후에 그 녀석들과 본격적으로 싸우기로 했다.

"부탁한다, 호쿠토."

무리를 하지 말라고 전한 후, 나는 '스트링'을 당기며 신전으로 침입했다.

아직 리스에게 위험이 닥치지는 않은 것 같았기에, 나는 바로 그녀를 구출하지 않고 신전 내부를 돌아다녔다.

당연히 신전 안에도 경비가 있지만, '서치'로 위치를 파악할 수 있기 때문에 피하는 건 간단했다. 사각지대와 건물 뒤편에 숨으면서 신전 안을 수색하던 나는 중요한 자료가 있다는 창고를 찾았다.

내가 찾는 건 돈이 될 만한 것이 아니라, 부정행위를 폭로할 증거다.

적당한 것들을 몇 개 찾아서 품에 넣었을 때, '서치'의 반응을 통해 베이그가 리스의 곁으로 향하고 있다는 걸 안 나는 그에 맞춰 이동을 시작했다.

리스가 잡혀 있는 장소는 신전 안뜰에 있는 건물이며, 신도들의 이야기에 따르면 그곳은 베이그의 방이라고 한다.

내가 그곳에 도착했을 즈음, 베이그는 안뜰을 경비하고 있는 자와 한창 이야기 중이었다. 한동안 아무도 다가오지 못하게 하라고 명령한 것 같으며, 베이그는 주위에 아무도 없는지 확인한 후에야 건물 안으로 들어갔다.

베이그가 먼저 안에 들어갔지만, 어차피 나는 그에게도 볼일이 있으니 문제될 것은 없었다.

리스에게 내가 왔다는 것을 알린 후에 건물에 다가가서 창문을 통해 안을 보니, 베이그와 리스가 이야기를 나누는 장면이 보였다.

"거 되게 시리우스, 시리우스하고 떠들어대네. 유감이지만 그 녀석은 네가 여기 없는 줄 알고 돌아갔어."

"시리우스 씨가 순순히 돌아갈 것 같아?"

"뭐, 그렇게 생각하는 건 네 마음이지. 내일 즈음에는 시꺼멓게 탄 그 녀석의 시체도 가지고 올 테니까, 기대하고 있으라고."

"⋯⋯왜 자기 힘을 그런 식으로밖에 못 쓰는 거야? 정령은 네 명령에 따르는 도구가 아냐!"

"도구 맞거든? 내 명령에 무조건 따르니까 말이야."

"도구가 아냐! 정령은 친구야!"

리스는 정령이 보이는 자로서, 베이그의 방금 발언을 용납할 수 없는 것 같았다.

리스가 대꾸를 할수록 베이그는 언짢아했지만, 그녀는 겁먹지 않으며 맞섰다.

안심해도 되는 상황이 아니지만, 평소 좀처럼 화를 내지 않는 리스가 저렇게 화를 내고 있는 것이다. 나는 안으로 들어가지 않고 차분히 기회를 엿보기로 했다.

"그렇게 힘으로 남을 위협하기만 하다 보면, 네가 곤란할 때는 아무도 도와주지 않을 거야!"

"내가 곤란해져? 내 화염에 맞설 수 있는 놈은 없다고."

"너보다 강한 사람은 이 세상에 얼마든지 있어! 게다가 자신의 힘에 의해 자멸하는 경우도 있다는 걸, 내 소중한 사람이 가르쳐줬어."

"흥, 아까부터 건방진 소리만 늘어놓네. 두 번 다시 그딴 소리를 못하게 지금 바로 내가 길들여줄까?"

"그럼 내가 너를 길들여주지."

"응? 누구…… 커억?!"

몰래 '스트링'을 늘려서 베이그의 발목을 휘감은 후에 내 마력을 적당히 흘려 넣자, 마치 전생에서의 스턴건에 맞은 것처럼 그는 온몸을 부르르 떨며 쓰러졌다.

상대를 강제로 무력화시키는 방법 중 하나이며, 나는 적당히 '스턴'이라고 이름 붙였다.

하지만 전력을 다하면 육체를 파괴할 만큼 위력이 강하기 때문에, 상대를 무력화시킬 정도만 힘조절을 하는 것이 어려운 기술이기도 했다.

"커……억……."

"의식이 남아 있나 보군. 어이, 내 말이 들려?"

아무래도 베이그는 목과 눈은 움직일 수 있는지, 원망에 찬 눈길로 나를 노려보았다.

"이 자식…… 아까…… 그……."

"그 잘난 불꽃도 쓸 수 없으면 아무 소용없지. 자기보다 약하다고 얕보던 상대에게 당해서 바닥을 뒹구는 기분이 어때?"

"죽여……버리……겠……어."

베이그는 이를 악물면서 몸을 일으키려 했지만, 완전히 몸이 마비된 탓에 입만 겨우겨우 놀리는 것 같았다.

아마 한 시간 정도 지나면 움직일 수 있겠지만, 그 정도면 용건을 알리고 도망치기에는 충분한 시간이다.

"일부러 여기에 온 건 너한테 할 말이 있거든. 하지만 그 전에……."

고개를 돌려보니, 손을 뻗은 채 꼼짝도 못하고 있는 리스의 모습이 눈에 들어왔다.

아무래도 우리에게 폐를 끼친 게 마음에 걸린 나머지 나에게 다가오지 못하는 것 같았다.

내가 개의치 말라는 듯이 손짓을 하자, 리스는 미소를 지으면서 내 품에 뛰어들었다.

그대로 안아서 머리를 쓰다듬어주자, 리스는 눈물을 흘리며 나를 올려다보았다.

"시리우스 씨, 고마워. 그리고…… 미안해."

"리스가 무사해서 다행이야. 이제 안심해도 돼."

"응!"

리스가 남들을 매료시킬 만큼 아름다운 미소를 짓는 것을 보면, 트라우마 같은 건 없어 보였다.

우선 안심해도 되겠다고 생각하며 내가 한숨을 내쉬었을 즈음, 바닥에 쓰러져 있던 베이그가 분통을 터뜨렸다.

"그……그 녀석은…… 내…… 거다……."

"아냐. 리스는 내 거야."

"어엇?!"

여성을 그런 식으로 말하는 걸 좋아하지 않지만, 이 녀석한테는 딱 잘라 말해두지 않으면 직성이 풀리지 않았다.

리스는 내 말을 듣고 얼굴을 붉히더니, 얼굴을 가리려는 듯이 내 품에 얼굴을 묻었다.

개인적으로는 좀 부적절한 대사라고 생각하지만, 그녀가 마음에 들어 하는 것 같으니 문제는 없을 것이다.

얼굴이 벌게진 리스는 아직 안심할 상황이 아니라는 것을 안 건지 나한테서 떨어지며 뒤편으로 이동했다. 내가 뭘 하려는 건지 이해한 것 같았다.

그런 리스의 머리를 쓰다듬어준 후, 나는 차가운 눈길로 베이그를 내려다보았다.

"자아. 자기가 얼마나 좁아터진 세계에 속해 있는지, 똑똑히 이해했지?"

"그…… 자식…… 대체…… 어디……."

"염랑이라면 지금쯤 마을 밖에서 내 파트너와 술래잡기를 하고 있을 거야. 정령한테 너무 의지하니까, 이렇게 간단히 제압당한 거지."

"내…… 불꽃……이라면…… 너…… 따위……."

"뭐, 너 같은 녀석은 능력을 쓰지 못한 상태에서 제압당해봤자 패배를 인정하지 않겠지. 그럼 기회를 주도록 할까."

이 자리에서 베이그를 처리하는 건 간단하지만, 현재 짜둔 작전을 고려해보면 너무 일찍 처리하는 거라는 생각이 들었다.

"포니아의 남동쪽에 바위뿐인 황야가 있지? 내일 아침, 염랑과 너만 그곳으로 와. 나와 파트너가 너희를 상대해주지."

하지만 가장 큰 이유는 바로 내 억지다.

리스를 납치한 것을 후회하게 만들어주고 싶을 뿐만 아니라, 완벽하게 박살을 내줘서 자기 자신을 되돌아볼 기회를 주고 싶었다. 그럴 기회가 한 번 정도는 이 녀석에게 찾아와도 괜찮지 않을까.

그 외에도 정령마법이 만능이 아니라는 것을 저 녀석에게 똑똑히 알려주고 싶다.

"염랑 말고 다른 패거리를 데려와도 돼. 그럴 경우, 너는 자기 힘에 자신이 없는 약자에 지나지 않은 게 되겠지만 말이야."

"……얕보지…… 마……."

"이런 꼴사나운 모습을 알려지고 싶지는 않지? 잘 생각해보고 행동하라고."

지금까지의 관찰을 통해 이 녀석이 인내심이 없다는 것은 이해했다. 그래서 적당히 도발하면 넘어올 거라고 생각했지만, 혹시 몰라 나를 더욱 증오하게 되도록 부추겼다.

마지막으로 경멸에 찬 코웃음을 흘린 후, 나는 리스를 데리고 건물을 나섰다.

베이그의 방에서 나와 보니, 해가 완전히 졌는지 밖은 어두워져 있었다.

지금이라면 하늘을 날더라도 남들 눈에 띠지는 않을 것이다. 나는 리스를 꼭 안으며 '에어 스텝'으로 하늘을 가르며 신전을 탈출했다.

마을을 내려다보며 이동한 나는 신전에서 충분히 멀어진 후에 '콜'로 리스를 구했다는 것을 호쿠토에게 알렸다.

"작전 종료야. 그 녀석을 따돌리고 돌아와. 무슨 일 있으면 신호를 보내고."

호쿠토를 쫓아간 염랑은 낮에 봤던 것처럼 정령의 힘을 빌린 상태가 아니었다. 그러니 호쿠토가 마음만 먹으면 충분히 따돌릴 수 있을 것이다.

그건 그렇고 이 상황은 엘리시온에서 리스를 납치했을 때와 똑같다.

당시의 리스는 갑작스러운 상황 속에서 얼이 나간 듯한 반응만 보였지만, 지금의 리스는 한숨을 을 내쉬며 의기소침한 듯한 반응을 보였다.

"왜 그래? 표정이 안 좋은걸."

"아…… 응. 안심이 되니 다른 사람들에게 폐를 끼친 게 신경 쓰여서 말이야…… ."

"나는 개의치 않지만, 에밀리아와 레우스는 신경을 써주는 편이 좋을 거야. 눈앞에서 리스가 납치당한 탓에 많이 의기소침한 것 같았거든."

"응. 뭘 하면 좋을지는 모르겠지만, 상황이 좀 나아지면 맛있는 걸 잔뜩 만들어서 줄래. 물론 모두에게 말이야."

"그게 좋겠는걸. 고대하고 있을게."

우리가 먹을 음식은 주로 내가 만들지만, 리스는 자주 나를 도우면서 요리 실력이 꽤나 좋아졌다.

어떤 요리를 만들어달라고 할지 생각하고 있을 때, 리스가 나를 올려다보며 진지한 표정으로 생각에 잠겨 있다는 것을 눈치챘다.

표정을 보아하니…… 뭔가 중요한 걸 전하려는 걸지도 모른다.

생각을 방해하지 않기 위해 입을 다물고 있을 때, 그제야 생각이 정리된 듯한 리스가 천천히 입을 열었다.

"시리우스 씨. 잡혀 있는 동안 계속 생각했는데…… 역시 나는 남을 희생시킬 수 없을 것 같아. 만약 애설리와 상관이 없는 사람이 희생될 뻔했더라도, 나는 그 사람을 구했을 거야."

"……그래."

"목숨이 위험에 처한 사람이 악당이라면 체념할 수 있을지도 몰라. 하지만 내 힘으로 구할 수 있는 사람은 구하고 싶다는 생각이 계속 들어."

"그 바람에 소중한 이들이 위험해지더라도 말이야?"

"그 말을 들으니 난감해지네. 하지만…… 내가 구할 수 있는 사람을 구하지 않고 내팽개친다면, 분명 나는 나 자신을 용서하지 못할 거야. 내 안에 있는 소중한 무언가가 부서지고 말 듯한…… 그런 느낌이 들어."

역시 리스는 너무 상냥한걸.

현실을 알고, 이번처럼 험한 일을 겪었는데도, 남을 구하려할 정도니까 말이야.

"다른 사람들에게 폐를 끼칠지도 모르지만, 그래도 나는 마음이 가는 대로 살고 싶어. 언니가 나에게 말한 것처럼, 더욱 폐를 끼칠 거야. 그것만은…… 절대 관둘 수 없어."

설마, 이렇게 당당하게 폐를 끼치겠다는 소리를 할 줄이야.

남들의 안색을 살피며 폐를 끼치지 않으려하던 시절과 다르게, 리스는 자신의 주장을 관철할 수 있을 정도로 성장한 것 같았다.

"……그게 리스가 선택한 길이구나. 언젠가 둘 중 하나의 목숨을 선택해야만 하는 힘든 상황에 처할지도 몰라."

"그래도 나는…… 둘 다 구하고 싶어. 모든 이를 구하려 드는 것 자체가 거만한 생각이라는 건 알아. 그래도 나는 구하고 싶어."

"하하, 정말 제멋대로네. 그럼 그런 생각에 걸맞을 정도로 강해져야겠는걸."

리스는 그 물러터진 생각에 발목을 잡힐지도 모르지만, 그렇게 상냥하기에 자연스럽게 남을 매료시키며, 남들이 그녀를 도와주고 싶어 하게 되는 것이다.

리스의 상냥함은 단점이나 장점인걸.

제자의 장점을 망치는 것은 내 주의에 어긋나며, 무엇보다 리스 본인이 선택한 길이니 스승으로서 응원해주고 싶다.

내가 미소를 지어주자, 리스는 각오를 다지듯 천천히 고개를 끄덕였다.

"나는 더 강해지고 싶어. 시리우스 씨처럼 자신의 억지를 관철할 수 있게 될래."

"응? 리스는 내가 제멋대로인 남자 같아 보이는 거야?"

"아, 아냐! 나쁜 의미가 아니라, 시리우스 씨처럼 자신의 뜻을 굽히지 않는 억지랄까…… 정말, 알면서 물어보지 마!"

내가 놀리는 듯한 어조로 그렇게 말하자, 리스는 볼을 부풀리면서 비난 섞인 시선으로 쳐다보았다. 하지만 곧 표정을 풀며 상냥한 미소를 지었다.

드디어 평소와 같은 모습으로 돌아온 것 같으니, 나도 리스의 결의에 대답하기로 했다.

"리스. 이번 일도 포함해서 하는 말인데, 나는 리스가 폐를 끼친다고 단 한 번도 생각한 적 없어. 물론 에밀리아와 레우스, 그리고 피아도 같은 생각일 거야."

"하지만 나 때문에 이런 일에……."

"확실히 상황이 예상과 달라지기는 했지만, 리스 덕분에 구원받은 생명이 있어. 게다가 내가 몇 번이나 가르쳐줬잖아. 소중한 건 후회를 하는 게 아니라, 경험으로써 자신의 양식으로 삼는 거야."

실패를 몰라선 진정한 강함을 손에 넣을 수 없다.

그리고 제자를 돕는 것도 스승의 역할이리라.

"리스가 이상적이라 생각하는 데로 일이 풀릴 수 있도록, 나도 최선을 다해 도울 거야. 그러니까 실패를 두려워하지 않으며 앞으로 나아가. 그게 스승인 나의 소망이야."

"응! 시리우스 씨의 제자로서, 그리고…… 연인으로서 부끄럽지 않을 만큼 강해질 거야."

그리고 리스는 고개를 살짝 내밀면서 내 볼에 입맞춤을 한 후, 미소를 지었다.

"그래. 나는 목숨을 걸고 너희를 지켜나가겠어."

자신이 나아갈 길을 발견한 리스는 더욱 강해질 뿐만 아니라, 성장할 수 있을 것이다.

나는 그녀가 보여줄 앞으로의 성장을 고대하며, 하늘을 가르며 나아갔다.

마을 인근의 숲으로 내려가서 마차를 숨겨둔 장소로 향하자, 우리가 돌아오기만 기다리고 있던 남매가 부리나케 뛰어와서 리스를 꼭 껴안았다.

"리스!"

"리스 누나!"

"우왓?!"

어릴 적부터 단련을 해온 남매가 힘껏 끌어안은 탓에 리스는 괴로워 보였지만, 남매의 애정을 느끼고 기뻐하는 것 같았다.

"다, 다녀왔어. 걱정을 끼쳐서 미안해. 나 때문에 일이 이렇게……."

"리스 탓이 아니에요. 저희 모두의 힘이 부족했던 거예요."

"그딴 녀석한테 밀린 우리 잘못이야. 형님의 제자로서 너무 한심해……."

"……고마워. 저기 말이야. 나…… 강해질게. 이제 두 번 다시 당하지 않도록, 반드시 강해질게."

남매는 리스의 말을 당황했지만, 곧 미소를 지으면서 하이파이브를 했다.

그 뒤를 이어 이번 일로 가장 죄책감을 느끼고 있던 애셜리가 금방이라도 울음을 터뜨릴 듯한 표정으로 리스의 손을 꼭 움켜잡았다. 그 옆에는 아만다가 있었으며, 몇 번이나 고개를 숙이며 리스가 무사히 돌아온 것을 기뻐하고 있었다.

"리스 씨! 무사해서…… 무사해서 정말 다행이에요."

"아까 구해주셔서 정말 감사합니다. 하지만 저 탓에 그런 위험한 일을 겪으시다니…… 정말 죄송해요."

"아뇨. 이렇게 서로가 무사하니 너무 개의치 마세요. 그리고 역시 당신은 애설리와 아는 사이였네요."

"예! 리스 님이 구해주신 덕분에, 이렇게 애설리와 다시 만날 수 있었어요. 정말 감사해요."

"니, 님이라고 부르지 마세요! 아만다 씨가 저보다 나이가 많으시고, 저는 평범한 모험가에 불과해요."

리스는 부끄러워했지만, 아만다가 무사한 것은 리스가 나섰기 때문이다. 그러니 고맙다는 말을 들을 자격이 있다고 생각한다.

그리고 마지막으로 리스에게 다가간 피아는 아무 말 없이 그녀를 꼭 안아줬다.

"……어서 와. 앞으로는 너무 걱정 끼치지 말아줘."

말은 짧지만, 피아의 마음이 충분히 전해진 것 같았다.

마치 리펠 공주와 포옹을 하고 있는 것처럼, 리스는 눈을 감으며 자신의 몸을 맡겼다.

그리고 호쿠토가 무사히 돌아온 후, 우리는 약간 늦은 저녁을 먹었다.

인원이 많아져서 식량이 금방 동나는 건 아닌지 애설리가 걱정했지만, 에밀리아는 개의치 말라는 듯이 수프가 담긴 접시를 건넸다.

"머지않아 포니아에서 식량을 보충하면 되니까, 사양하지 말고 드세요. 시리우스 님, 제 말 맞죠?"

"에밀리아의 말이 맞아. 내일은 바쁠 테니까 많이 먹고 푹 쉬어둬."

"하지만 저는 이걸로 충분해요. 여러분과 다르게 할 수 있는 일이 적으니까요."

"무슨 소리를 하는 거야. 내일은 애설리도 마을에 가서 중요한 일을 해야 해. 몸 상태가 나빠지기라도 하면 곤란하니까, 많이 먹어둬."

"예?!"

식사를 마친 후에 전할 생각이었지만, 이 상황에서는 미리 알려두는 편이 좋을 것 같았다. 에밀리아에게 애설리의 접시에 수프를 더 담아주라고 부탁한 후, 나는 다른 이들의 시선이 나를 향하는 것을 확인하며 입을 열었다.

"우선 애설리는 포니아에 잠복해 있는 신도들의 이야기를 들었지?"

"예! 다들 무사해서 다행이에요."

"내일은 그 신도들과 합류해서 준비를 마친 후에는 단숨에 신전으로 쳐들어갈 거야. 이것만 있으면, 너를 도와주는 신도가 늘어날 거야."

나는 신전에 잠입했을 때 손에 넣었던 증거품, 그리고 미라교에게 압수당했던 물건들을 애설리 앞에 꺼내놓았다.

"이건…… 메지나 씨가 도둑맞았다던 가보예요!"

"이것 좀 봐. 이건 게르다 님이 항상 지니고 다니시던 사모님의 유품이야. 잃어버렸다는 이야기는 들었는데……."

이 물건들이 눈에 익은지 두 사람은 깜짝 놀랐다.

적당한 물건을 대충 가지고 왔는데, 중요한 직책을 맡은 신도들의 물건이었다니 운이 좋았다.

"시리우스 님. 이게 대체 어디서 난 거죠?"

"소중한 물건을 두르가에서 압수당한 탓에 어쩔 수 없이 미라교를 따르던 신도들도 있을 거야. 그러니 이것들을 직접 보여줘서 아군으로 삼는 거지."

원래 애셜리 일행…… 미라교의 문제인 만큼 자력으로 해결하는 편이 가장 좋으리라.

만약 우리가 중심이 되어 문제를 해결하더라도, 애셜리와 그녀의 동지들은 성장하지 못한다. 우리가 떠난 후에 또 비슷한 문제가 일어난다면, 아무것도 못하는 사태가 발생할 수도 있는 것이다.

그래서 그녀들을 도와주기로 결심한 후에 이런 식으로 아군을 모을 수단을 찾아주고, 두르가의 약점을 찾아서 애셜리 일행에게 주는 등, 후방지원 느낌으로 도움을 줄 생각이었다.

"화, 확실히 이게 있으면 저희 편이 늘어날 거예요. 하지만, 그래도 내일 바로 결행하는 건 너무 서두르는 것 아닐까요?"

"나도 실은 좀 더 상황을 지켜볼 생각이었는데, 그럴 수가 없게 됐어."

원래 예정은 우선 애셜리의 편에 설 사람을 모은 후, 두르가의 약점을 공략해서 신전 측을 약체화시킨 다음에 쳐들어갈 심산이었다.

하지만 제자들이 성기사인 베이그와 마주친 데다, 리스마저 납치되고 말았다.

즉, 그 자식들은 우리에게 시비를 건 것이나 다름없는 거다. 그래서 후방지원을 관두고 본격적으로 애설리를 도와주며 두르가들을 박살 내기로 결정했다.

게다가 그 염랑은 신도들이 어떻게 할 수 있는 존재가 아니다.

"하지만 아군은 기대할 수 없을지도 몰라요. 두르가에게는 성기사인 베이그가 있으니까, 그를 두려워하는 이들이 애설리의 편에 서는 건……."

"그 점은 걱정할 필요 없어. 내일, 그 성기사는 마을 밖으로 나갈 거야. 예정이 앞당겨진 건 그 때문이야."

내가 아까 베이그를 해치우지 않은 건 두르가가 괜히 경계를 하지 못하게 하기 위해서다.

자존심이 강한 베이그가 남에게 자신이 당했다는 사실을 보고할 리가 없으며, 부모 대신인 두르가를 성가시게 여기는 걸 보면 그에게도 알릴 가능성은 낮다.

그의 반응을 볼 때 나에게 복수를 하러 나타날 가능성이 크며, 항상 제멋대로 행동하는 베이그가 아침부터 신전 밖으로 나가더라도 다들 위화감을 느끼지는 않으리라.

평소와 같은 일상, 그리고 무슨 일이 벌어져도 성기사가 알아서 해줄 거라는 생각…….

그 틈을 이용해 애설리 일행이 행동을 나서며 신전과 두르가를 제압한다……는 작전이다.

제자들은 내 설명을 듣고 납득한 것처럼 고개를 끄덕였지만, 애슐리와 아만다는 수프가 목에 걸렸는지 몇 번이나 기침을 했다. 아마 내가 베이그와 싸운다는 말을 듣고 놀랐으리라.

"뭐, 시간을 끄는 건 자신 있거든. 나 혼자서 상대할 건데, 일이 끝날 때까지 그 녀석이 마을에 못 가게 할 테니까 안심해."

"그, 그런 걱정을 하는 게 아니에요! 그 사람과 싸워서 무사할리가 없어요. 리스 씨에 이어 시리우스 님에게도 무슨 일이 생긴다면……."

"확실히 불꽃은 엄청나지만, 그 녀석은 자기 힘을 휘둘러댈 뿐인 꼬맹이야. 준비만 철저히 하면 방법은 얼마든지 있어."

"하지만……!"

"애슐리. 네 심정은 이해하지만 좀 진정해. ……응?"

애슐리는 애원하는 듯한 표정으로 나에게 다가왔지만, 리스가 그런 그녀를 달랬다.

덕분에 애슐리는 조금 진정했지만 납득은 못 한 건지, 필사적인 눈길로 나를 응시했다.

"시간을 끄는 데만 집중하다, 신전 제압이 끝난 후에 다 같이 싸우면 돼. 문제는 염랑인데, 나에게는……."

"멍!"

내가 고개를 옆으로 돌리자, 호쿠토는 꼬리를 흔들며 자신에게 맡기라는 듯이 짖었다.

염랑에게서 자신과 비슷한 분위기를 감지한 건지, 호쿠토도 의욕이 넘쳤다.

"보다시피, 믿음직한 파트너도 있거든. 애초에 애셜리에게는 나를 걱정할 여유가 있어? 두르가의 악행을 폭로하더라도, 미라교 전체의 불신을 씻어낼 수는 없을 거야."

"……예."

지금의 미라교가 주는 달콤한 꿀에 현혹되어 타락한 신도도 많을 것이다.

그런 신도들을 다시 정신 차리게 하고, 마을 사람들의 신뢰를 되찾는 등, 애셜리가 할 일은 산더미처럼 많다. 오히려 미라교를 되찾은 후가 더 힘드리라.

두르가는 성기사와 염랑 이외의 병력을 몰래 보유하고 있을지도 모르니, 나와 호쿠토 이외에는 전원이 신전에 가기로 했다.

"두르가가 저지른 악행의 증거는 신전 안에 얼마든지 있으니까, 두르가만 제압하면 어떻게든 될 거야. 상대에게 병력을 집중시킬 틈을 주지 않으면서, 전원이 한꺼번에 두르가와 신전을 제압하는 거야."

"저기, 형님. 나도 성기사 자식과 싸우고 싶어. 리스 누나를 납치한 그 자식을 두들겨 패줘야 직성이 풀릴 것 같아."

그러고 보니 일전에 레우스는 염랑에게 맞서지 못했을 뿐만 아니라, 리스가 납치되는 걸 보고 있어야만 했지.

그래서 분한 건 이해하지만, 나와 호쿠토 이외에 가장 강한 자는 바로 레우스다.

"다른 사람들을 지키며 활로를 열 사람은 바로 너뿐이야. 그리고 미안하지만, 그 녀석은 나 혼자서 상대하고 싶어."

게다가…… 돌이킬 수 없는 지경에 이른 남자라면, 확실하게 숨통을 끊어줘야 할 필요가 있다. 그 광경을 다른 제자들에게 보여주고 싶지는 않다.

"그렇구나. 그럼 그 녀석을 두들겨 패는 역할은 형님에게 맡기고, 나는 내가 할 수 있는 일을 하겠어."

"그래. 지금의 너라면 충분히 해낼 수 있을 거야. 잘 부탁해."

레우스는 중요한 역할을 맡아서 그런지 순순히 고개를 끄덕였다.

그 외에도 설명을 해야 할 일이 있지만, 가장 중요한 걸 물어야 한다는 점을 깜빡했다.

"그러고 보니 내가 멋대로 작전을 짜기는 했는데, 애셜리는 이걸로 괜찮겠어? 혹시 다른 생각이 있다면 얼마든지 말해."

"아뇨. 저는 딱히 없어요. 이런 일을 경험한 적이 없는 제가 함부로 참견을 해서, 계획을 엉망으로 만들 수도 없으니까요. 게다가 여러분이 이렇게 믿고 의지하는 시리우스 님이라면, 분명 잘 해주실 거라고 믿어요."

"저도 애셜리와 같은 생각이에요. 여러분이 아니었으면, 저는 이 자리에 있지도 못할 테니까요."

두 사람 다 어느새 우리를 신뢰하는 것 같은데, 딱히 반론이 없다니 그냥 넘어가기로 했다.

그대로 세세한 협의를 하면서 작전이 얼추 정해졌을 즈음, 우리는 내일에 대비해 쉬기로 했다.

모닥불을 중심으로 각자가 쉬고 있는 사이, 나는 장비를 점검하고 있었다.

베이그는 그저 멋대로 날려댈 뿐이지만, 약간만 방심해도 치명상을 입을 수 있을 만큼 강력한 불꽃을 날리기에 철저하게 점검을 해야만 한다.

에밀리아가 끓여준 홍차를 마시면서 나이프를 갈고 있을 때, 방금까지 아만다와 이야기를 나누던 애설리가 나에게 다가와서 고개를 숙였다.

"시리우스 님, 저희에게 이렇게 신경을 써주셔서 감사합니다. 이번에는 아무것도 해드리지 못하지만, 꼭 답례를 하겠어요."

"아직 아무것도 끝나지 않았으니까, 그런 말을 하기엔 일러. 게다가 우리한테도 싸울 이유가 있거든."

바돔의 은밀한 의뢰 때문에 시작한 일이지만, 우리를 건드린 녀석을 가만히 놔둘 수는 없다.

간단히 말하자면 응분의 대가를 치르게 해주기 위해, 그리고 겸사겸사 애설리…… 미라교를 구하는 것뿐이다.

"그러니까 우리는 개의치 말고, 너는 두르가를 어떻게 하는 것만 생각해. 애설리는 미라교를 구하기 위해 일어선 성녀잖아?"

"미라교에서 쫓겨난 제가 성녀를 자처할 자격이 있을까요?"

"너를 성녀로 정한 건 주위 사람들이야. 그리고 만약 틀리더라도, 한 명의 신도로서 나서면 돼."

"……시리우스 님에게는 성녀라는 직책 또한 아무런 의미가 없군요."

"중요한 건 직책이 아니라 본인의 의지거든. 실제로 네 주위에는 성녀가 아닌데도 너를 따르는 사람들이 있잖아?"

고개를 돌린 애셜리는 상냥한 눈길로 자신을 응시하는 아만다와 시선이 마주치더니, 납득한 것처럼 고개를 끄덕였다.

하지만 자신의 버팀목이 되어주는 이는 있더라도, 본인은 아직 순수할 뿐만 아니라 정신적으로 앳되기에 말주변이 좋은 두르가에게 또 속아 넘어갈 가능성도 있다.

감정을 제어할 수 없어 돌이킬 수 없는 행동을 취할지도 모르니, 조언을 해주는 편이 좋을지도 모른다.

"잘 들어, 애셜리. 내일, 너는 온갖 문제에 직면하며 선택을 강요받게 될 거야. 하지만, 자신의 원점을 망각하면 안 돼."

"원점……인가요."

"무슨 일이 있든, 미라교를 지키고 싶다고 결의했을 때의 마음을 잊지 말라는 거야. 우리는 적과 싸우지만, 네가 싸울 상대는 자기 자신인 거지."

"……예!"

애셜리는 힘차게 대답했지만, 이런 것은 감정의 문제다. 실제로 그런 상황에 직면하지 않으면 어떻게 될지 모르니, 뒷일은 애셜리의 마음에 달려 있으리라.

다들 만족하는 결과를 얻기를 바라면서, 나는 다가온 호쿠토의 머리를 쓰다듬어줬다.

"시리우스 님……."

"미안하지만, 내일은 다른 애들을 부탁해."

"맡겨만 주세요. 그것보다, 슬슬 저의 차례일 것 같은데……."

"크응……."

"호쿠토 씨는 이미 충분히 시리우스 님의 손길을 느끼셨잖아요. 다음은 제 차례예요!"

"그럼 다음은 나야."

"알았으니까 다투지 마."

여전히 나에게 어리광을 부리는 두 사람과 한 마리를 상대하는 사이, 밤은 깊어갔다.

작전 결행일의 아침…… 나와 호쿠토는 베이그에게 말해줬던 결전장소로 향했다.

　나는 고저차가 심한 장소에 서 있었으며, 다양한 크기의 바위가 주위를 굴러다니고 있는 불모지다. 주위를 개의치 않으며 싸우기에 딱 좋은 장소다.

　게다가 포니아 마을에서 한 시간 거리의 장소인 만큼, 신전에서 무슨 일이 터졌다는 것을 알기 힘들며, 이변을 감지하더라도 금세 돌아가지는 못할 것이다.

　평소 장비에 화염 대책 삼아 수제 망토를 걸친 나는 적당한 크기의 바위에 앉아서 옆에 있는 호쿠토를 쓰다듬어주며 베이그를 기다렸다.

　"……늦네. 슬슬 도착할 때가 됐는데 말이지."

　"멍!"

　내 '서치'와 호쿠토의 감각을 통해 뭔가가 다가온다는 것은 눈치챘지만, 걸음이 느렸다.

　시간이 더 걸릴 것 같으니, 나는 휴대용 빗으로 호쿠토를 빗겨주기 시작했다.

　"크응……."

　"역시 너는 여기를 좋아하는 구나. 변함이 없는걸……."

　호쿠토에게 빗질을 해주면서 슬슬 제자들이 행동을 시작할 즈음이 됐다는 생각이 들었을 즈음…… 갑자기 발생한 열기가 내 볼을 쓰다듬었다.

"죽어버려어어어어──!"

고개를 들어보니, 거대한 불덩어리가 나를 향해 떨어졌다.

그 위력은 바위를 노리며 지상에 커다란 구멍을 만들 정도였다. 정통으로 맞는다면 나뿐만 아니라 호쿠토도 위험할 것이다.

"……기습치고는 허술한걸."

"멍!"

갑작스러운 공격이지만 살기를 전혀 감추지 못해서야 의미가 없다. 도중까지 바위 뒤에 숨어서 접근한 것만으로, 몰래 공격을 하려는 작정이라는 것을 뻔히 알 수 있었다.

호쿠토의 등에 타고 이동한 내가 떨어진 곳에서 불덩어리의 위력을 관찰하고 있을 때, 바위 뒤편에서 모습을 드러낸 베이그가 나를 노려보았다.

"쳇, 빌어먹을!"

『그러니까 무의미하다고 말했을 텐데? 인간 쪽은 모르겠지만, 저기 있는 건 나와 비슷한 존재다.』

베이그의 옆에는 어이없다는 듯한 반응을 보이고 있는 염랑도 있었다.

이미 불꽃의 정령이 힘을 빌려주고 있는 건지 염랑의 몸에서 뿜어져 나오는 불꽃은 격렬했으며, 호쿠토보다 몸집이 훨씬 컸다.

호쿠토가 경계심을 드러내며 으르렁거리는 가운데, 나는 대놓고 한숨을 내쉬며 베이그를 쳐다보았다.

"방금 그건 나한테 기습을 당한 것에 대한 앙갚음이냐? 너한테는 안 맞는 것 같으니까 관둬."

"시끄러워! 야비한 기습으로 이긴 자식이……!"

"네가 빈틈투성이니까 기습을 당하는 거야. 혹시 어제 내 손으로 죽여주는 편이 나았으려나?"

"헛소리 마아앗!"

내가 가벼운 어조로 한 말에 분노한 베이그가 불덩어리를 수없이 만들어내서 나를 향해 날리자, 나는 근처에 있던 바위 뒤편에 숨었다.

질보다 양으로 우선시한 불덩어리로는 바위를 부수지 못하는 것 같지만, 쉴 새 없이 공격을 퍼부으니 고개를 내밀 수가 없었다.

각도를 계산해 쏜 '매그넘'을 바위에 튕겨나가게 해서 베이그를 노리려던 순간…… 내 발치에 거대한 그림자가 생겨났다. 그것을 보고 고개를 치켜들자, 염랑이 발을 치켜들며 나를 향해 쇄도하고 있었다.

『흥. 금방 끝내…….』

"멍!"

반사적으로 몸을 날린 호쿠토가 염랑의 발톱을 막아줬지만, 그 충격에 의해 호쿠토와 염랑은 반대편으로 튕겨나며 착지했다.

호쿠토가 그 와중에 발톱으로 공격을 날린 건지 염랑의 몸은 찢어져 있었지만, 그 상처는 곧 불꽃에 의해 재생됐다.

그리고 호쿠토는 아까 공격을 하며 휘두른 앞발의 털이 약간 타들어가 있었다. 염랑의 온몸에서 뿜어져 나오는 불꽃의 여파에 의해 탄 것 같았다.

호쿠토의 털은 튼튼할 뿐만 아니라 불꽃에도 내성을 지녔지만, 염랑의 불꽃은 그 이상으로 강한 건가.

『후후…… 꽤 하는군. 역시 백랑인가.』

"크르르릉……."

불꽃의 정령에 의해 힘이 증폭된 덕분에 몸을 순식간에 재생시켰을 뿐만 아니라, 함부로 다가갈 수도 없을 줄이야. 정말 귀찮은 상대다.

장거리에서의 공격 방법이 얼마 없는 호쿠토에게 있어서는 매우 상성이 나쁜 상대지만…….

"……믿어도 되지?"

"멍!"

"……좋아. 부탁한다, 호쿠토."

나는 그런 염랑과 싸우라고 호쿠토에게 명령했다.

나도 함께 싸울 수도 있지만, 리스처럼 물로 공격을 막을 수 없는 우리로선 광범위 공격을 동시에 받게 되면 골치 아파진다. 게다가 상대는 불에 의해 아군에게 피해를 끼칠 가능성이 적으니, 차라리 떨어져서 따로 싸우는 편이 나을 것이다.

무엇보다 호쿠토가 싸우고 싶어 했다. 나는 그 의지를 존중해 주고 싶다.

『네놈 혼자서 나를 쓰러뜨리겠다는 거냐?』

"……멍!"

호쿠토는 내 지시를 받자마자 도약하더니, 고지대에서 염랑을 내려다보며 울부짖었다.

아무래도 도발을 한 것 같았다. 그 모습을 본 염랑은 즐거운 듯이 웃으면서 온몸에 두른 불꽃을 활성화시켰다.

『좋다. 그 하찮은 도발에 넘어가주지. 어이, 나는 저 녀석과 싸우고 오겠다!』

"멋대로 해! 내 표적은 저 자식이라고!"

『흥, 또 한심하게 당하지나 마라.』

"닥쳐! 정정당당하게 싸우면 내 불꽃에 이길 수 있는 놈은 없어."

『뒷일은 나도 모른다.』

염랑은 그렇게 말하며 도약했고, 호쿠토는 우리와 거리를 두려는 듯이 몸을 날렸다.

그제야 베이그도 조그마한 불덩어리로는 효과가 없다는 것을 눈치챈 것인지, 공격을 멈추며 도발을 하듯 외쳤다.

"숨어 있지 말고 튀어나와! 어제 나를 비겁하게 습격했을 때의 그 잘난 태도는 어디 간 건데?"

"어쩔 수 없지. 이러면 됐어?"

내가 불꽃에 의해 겉이 타버린 바위 뒤편에서 모습을 드러내자, 베이그는 고지대로 올라가서 나를 내려다보았다.

이미 불꽃을 꽤 날렸지만, 보아하니 베이그는 지쳐 보이지 않았다. 아마 주위에 불꽃의 정령이 많아서 마력을 거의 소모하지 않은 것 같았다.

리스도 물의 정령이 많은 호수 주변에서는 마법을 아무리 써도 괜찮았다. 정령마법은 엄청난 힘이지만, 정령의 숫자와 지형

에 의해 본인에게 가해지는 부담이 달라진다.

"너는 단숨에 죽이지 않겠어. 죽지 않을 만큼만 네 몸을 태운 다음, 실컷 괴롭힌 후에 죽여주마!"

"아무리 강력한 불꽃이라도 제대로 다루지 못한다면 의미가 없지. 그걸 네 몸에 똑똑히 가르쳐주마."

나는 여유를 과시하듯 손짓을 하며 도발했다.

화나게 해서 상대의 빈틈과 방심을 유도하려고 한 거지만, 가장 큰 이유는 바로 상대가 전력을 다하게 하기 위해서다.

이런 상대는 전력을 다하는 상태에서 박살을 내줘서 자신감을 자근자근 밟아줘야 정신을 차리거든.

내 거만한 태도가 마음에 들지 않는 건지, 베이그는 크게 숨을 들이마시며 외쳤다.

"너희들! 저 녀석의 퇴로를 막아!"

그 순간, 주위의 지면에서 격렬한 불꽃이 뿜어져 나오더니, 나를 중심으로 소용돌이치기 시작했다.

하지만 불꽃은 일정거리를 유지하고 있었으며, 나는 불꽃의 회오리 중심에 갇힌 상태였다.

"그리고…… 이걸로 끝이다!"

그 뒤를 이어 베이그는 불꽃의 소용돌이보다 거대한 불덩어리를 만들어내더니, 내 머리 위로 그것을 이동시켰다.

불꽃의 소용돌이로 내 움직임을 봉쇄한 상태에서 저 불덩어리로 공격하려는 건가.

"자아, 이제 어쩔 거야? 도망칠 수 있으면 도망쳐보라고!"

"머리 좀 썼군. 미라교를 강탈한 녀석 밑에서 자라서 그런지 머리가 좀 돌아가는걸."

"뭐, 어디로 도망치든 내 불꽃에 타버리겠지만 말이야. 하지만 지금 바로 무릎을 꿇고 엉엉 울며 사과하면 용서해줄 수도 있거든?"

저 녀석의 성격을 생각하면, 울면서 사과해도 용서할 리가 없다.

어차피 사과할 생각은 눈곱만큼도 없기에, 나는 망토를 펄럭이며 자세를 낮춘 후, 마력을 끌어 올렸다.

"흥! 배짱 한번 좋군. 그럼 소원대로…… 불태워주마앗!"

그리고 베이그가 손을 휘두른 순간, 불꽃의 소용돌이조차 삼켜버릴 듯한 불덩어리가 나를 향해 날아왔다.

───── 호쿠토 ─────

호쿠토는 적당한 전장을 찾아 황야를 질주하며 생각했다.

방금 주인인 시리우스를 구하기 위해 염랑과 격돌한 순간, 이 염랑이 어제보다 강해졌다는 것을 이해했다.

그 사실을 증명하듯, 어제는 마음만 먹으면 얼마든지 따돌릴 수 있었던 염랑이 지금은 태연한 얼굴로 따라오고 있었다.

염랑이 자신보다 강하다는 것을 인식한 호쿠토는 이길 방법을 찾으면서 내달렸다.

『대체 어디까지 가려는 거냐! 이제 그만 나와 싸워라!』

등 뒤에서 날아온 불덩어리를 옆으로 몸을 날려 피한 호쿠토는 주인과 충분히 거리를 벌렸다고 생각하며 착지와 동시에 뒤를 돌아보았다.

그러자 염랑도 멈춰 섰고, 두 늑대를 거리를 둔 채 대치했다.

『드디어 싸울 마음이 든 거냐. 어젯밤에는 놓쳤지만, 이번에는 기대도 하지 마라.』

염랑은 호쿠토를 놓쳐서 정말 분했던 건지 감정을 겉으로 드러내듯 온몸으로 격렬한 불꽃을 뿜었다.

『설마 이런 곳에서 인간과 함께하는 백랑과 만날 줄은 몰랐다.』

"멍!"

"흐음…… 이름이 호쿠토라고? 게다가 네놈…… 설마 말을 못 하는 거냐?』

호쿠토는 예의 삼아 자신의 이름을 밝혔지만, 염랑은 그 말을 무시할 뿐만 아니라 비웃음을 터뜨렸다.

『하하하! 이거 걸작이군! 백랑이 저속한 인간에게 이름을 받았다고? 게다가 말도 못 한다니……. 네놈은 아직 어린애군.』

"멍…… 멍!"

염랑이 주인에게 받은 이름을 헐뜯자, 호쿠토는 분노를 드러냈다. 염랑은 한참을 웃은 후에 흥미롭다는 듯한 눈빛을 머금었다.

『유심히 보니 옛날에 만났던 백랑보다 훨씬 작고, 그 절망적이기까지 했던 힘의 차이도 느껴지지 않는 군. 이거 전력을 다할 필요도 없겠는걸.』

"멍!"

『자기소개를 하라고 되게 난리군. 나는 네놈처럼 인간에게 이름을

받을 만큼 타락하지는 않았다. 나는 염랑…… 그 이상도 그 이하도
아니다.』

"멍…… 멍!"

자기도 인간 밑에 있으면서 잘난 척하지 말라고 호쿠토가 말
하자, 염랑은 불똥을 토하며 입을 열었다.

『흥. 나는 인간 밑에 들어간 적 없다. 그 녀석은 인간 중에서
도 꽤나 어리석은 존재지만, 정령의 힘만은 매우 매력적이지.』

염랑은 이름대로 불꽃을 조종하는 늑대 마물이지만, 불의 정
령으로부터 힘을 빌리는 건 아니다.

지금은 베이그가 염랑에게 힘을 빌려주라고 불의 정령에게 지
시를 내려뒀기 때문에, 이 정도의 능력을 발휘할 수 있는 것이다.

『나는 그 어리석은 인간을 이용하는 것뿐이다. 그리고 불의 정
령이 나에게 힘을 빌려주면, 이런 것도 간단히 할 수 있지!』

염랑이 두른 불꽃이 한 층 더 커지더니, 하늘에 생겨난 커다란
불덩어리가 일제히 호쿠토를 향해 쏟아졌다. 그야말로 불꽃의
비라고 해도 과언이 아니지만, 주인이 쓰는 마법에 익숙한 호쿠
토를 맞추기에는 압도적일 정도로 느렸다.

호쿠토는 몰려드는 불덩어리를 세밀한 스텝으로 피하고, 앞발
과 꼬리로 자신에게 명중할 듯한 불꽃만 쳐내며 최소한의 움직
임으로 공격을 피했다.

그리고 호쿠토는 탄막의 틈을 가르듯 움직이며 근처의 바위를
꼬리로 부숴서 날렸다. 하지만 염랑이 입으로 토한 불꽃이 그
바위 조각을 전부 막아냈다.

커다란 바위 조각 하나가 불꽃을 뚫어 염랑의 발에 구멍을 냈지만, 역시 불꽃이 뿜어져 나오더니 곧 재생됐다.

『부질없는 짓이다! 정령이 나에게 힘을 빌려주는 한, 내 몸은 불멸이다!』

"멍!"

부질없는지를 결정한 사람은 자신이라고 말한 호쿠토는 다시 한 번 바위를 부숴서 날리는 것과 동시에 자신 또한 돌격을 감행했다.

『할 줄 아는 게 이런 것뿐이냐! 역시 어린애…… 음?!』

염랑은 바위 조각과 함께 상대를 불태우려 했지만, 호쿠토는 불이 닿기 직전에 옆으로 몸을 날리면서 염랑의 옆으로 이동했다.

거의 순간이동에 가까운 속도로 측면에 이동한 호쿠토는 멈춰 서지 않으며 발톱을 휘둘러 염랑의 목을 절단했다.

"멍!"

염랑이 두른 불꽃의 여파로 앞발의 털이 타버렸지만, 호쿠토는 쉬지 않고 공격했다.

발톱으로 찢으며 그대로 상대를 지나치더니, 앞발을 축으로 삼으며 크게 회전하면서 마력이 담긴 꼬리로 염랑의 몸을 찢었다.

그렇게 염랑의 몸을 몇 번이나 찢은 후에 호쿠토는 거리를 벌렸지만, 염랑은 아무 일도 없었다는 듯이 재생됐다.

『어린애라고 해도 내 불꽃을 두려워하지 않으며 공격할 줄이야. 역시 백랑답지만, 네놈의 공격은 나에게 통하지 않는다. 네가 언제까지 버틸 수 있을지 정말 고대되는걸.』

"……멍!"

『……호오, 눈치챈 건가.』

어젯밤, 호쿠토는 시리우스와 염랑에 관한 정보를 공유했다.

염랑의 몸은 불꽃으로 형성되어 있기 때문에 구멍을 내거나 갈가리 찢어도 자신의 마력으로 불꽃을 활성화시키면 재생할 수 있다.

즉, 염랑의 마력이 바닥난다면 불꽃을 만들어낼 수 없어서 해치울 수 있지만, 현재 염랑은 불의 정령에게 힘을 빌리고 있는 상태다.

염랑은 불의 정령 덕분에 마력을 거의 소모하지 않으며 싸울 수 있다. 무한히 존재한다는 정령이 힘이 다할 리가 없으니, 지금의 염랑은 무적이라 해도 과언이 아니다.

하지만…… 생물에게는 약점이 존재한다.

'서치'라고 하는 독특한 탐사 마법을 쓸 수 있는 시리우스, 그리고 마력의 감각이 예민한 호쿠토는 염랑의 약점을 파악했다.

『그렇다. 내 핵을 노리는 게 정답이지. 하지만…… 그걸 알아서 뭘 어쩔 거지?』

"……멍."

『내 핵이 어디 있을 거라고 생각하지? 머리? 가슴? 핵이 고정되어 있는지도 알지 못할 텐데?』

하지만…… 염랑의 몸에 핵으로 추정되는 마력 덩어리가 있다는 점은 알았지만, 그것이 몸 안을 자유자재로 움직이고 있었다. 아까 연속공격으로 그 핵을 노려봤지만, 염랑은 날카로운 감각으로 그 사실을 눈치채고 핵을 옮겨 공격을 피했다.

만약 시리우스였다면 '매그넘'을 연속으로 쏴서 핵의 위치를 유도한 후에 최종적으로는 도탄(跳彈)으로 꿰뚫었을 것이다.

『아무래도 변변찮은 공격수단을 가지고 있지 않은 것 같군. 뭐, 진화하지 못한 어린애니까 어쩔 수 없나.』

"멍?"

호쿠토가 진화라는 단어를 이해하지 못해 고개를 갸웃거리자, 염랑은 어이없다는 듯이 한숨을 토했다.

아직 자신에게 숨겨진 무언가가 존재한다는 것을 호쿠토는 눈치챘지만, 그 점에 대해 생각할 여유는 없었다.

『어디…… 난이도를 조금 올려볼까. 네놈이 힘이 다하는 게 먼저일지, 내 핵에 공격을 명중시키는 게 먼저일지…… 어디 한번 시험해보자.』

불의 정령에게서 힘을 빌린 염랑의 몸에서 한층 더 강한 불꽃이 뿜어져 나오자, 염랑의 몸은 한눈에 알 수 있을 만큼 커졌다.

염랑의 몸집은 애초부터 호쿠토의 곱절 정도였으며, 인간이라면 숨도 쉬기 어려울 정도의 열기를 자아내고 있었다. 이대로 접근전을 벌여선 아무리 백랑일지라도 치명상을 입을 것이다.

보통은 공포를 느끼며 움츠러들어야 정상이겠지만…….

"……멍!"

『호오, 해보자는 거냐. 그럼 덤벼봐라.』

호쿠토는 더욱 무시무시한 존재…… 주인의 스승과 싸우며 살아왔다.

그 스승과 싸우며 느낀 공포에 비하면, 눈앞의 염랑 정도는 아무것도 아니다. 그리고 시리우스와 재회하기 전에는 자신보다 거대한 상대와도 몇 번이나 싸운 적이 있다.

호쿠토는 겁먹지 않으며 앞으로 나서더니, 염랑을 향해 발톱을 휘둘렀다.

수많은 불꽃을 피한 호쿠토는 자신의 몸이 타들어가는 것도 개의치 않으면서 염랑의 발을 찢었지만…… 또 재생되었다.

발치에서 뿜어져 나온 불꽃기둥을 종이 한 장 차이로 피한 후, 꼬리로 염랑의 몸통을 찢었지만…… 재생됐다.

『왜 그러지? 움직임이 둔해지기 시작했구나!』

"멍!"

몸 곳곳이 타들어갔고, 아름답던 새하얀 털이 검은 색으로 물들어갔지만, 호쿠토는 멈추지 않았다.

주인은 자신을 믿어서 염랑을 맡겨줬다.

그 신뢰를 배신하고 싶지 않으며, 앞으로도 주인과 함께 하기 위해서는 자신보다 강한 상대도 쓰러뜨릴 수 있어야 한다고 생각했다.

호쿠토는 결코 자신이 실력에 만족한 적이 없다. 자신보다 강한 존재는 이 세상에 얼마든지 존재한다는 사실을 알기 때문이다.

『자아, 이건 어떻게 피할 거지?』

염랑이 광범위를 뒤덮는 불꽃의 벽을 펼치자, 호쿠토는 공중으로 뛰어오르며 피했다.

상공으로 날아오른 호쿠토를 노리며 수많은 불덩어리가 날아왔지만, 호쿠토는 발톱을 휘둘러 그것들을 찢으면서 지상에 착지했다.

『꽤 끈질기군. 하지만 네놈의 약점을 알 것 같은걸.』

"크르르릉……."

『더 놀아줄까도 생각했지만, 저쪽도 신경 쓰여서 말이야. 슬슬 끝내도록 할까.』

회피 이외의 방어수단을 지니지 못한 호쿠토가 광범위 공격에 대처하기 힘들어 한다는 사실을 눈치챈 것이리라.

호쿠토의 숨통을 끊기로 작정한 염랑은 불의 정령에게서 빌린 힘을 최대한 끌어 올리더니, 몸을 더욱 부풀렸다.

이제 올려봐야 할 만큼 거대해진 염랑의 몸은 이미 늑대의 형상을 하고 있지 않았으며, 거대한 불꽃의 벽으로 변모했다.

『이렇게 커졌으니 네놈의 손톱이나 꼬리도 나에게 통하지 않겠지! 내 불꽃으로 잿더미로 만들어주마!』

그리고 호쿠토를 삼키기 위해 불꽃의 해일이 된 염랑이 지상을 불태우며 밀려왔다.

자신에게 죽음을 안겨주고도 남을 불꽃이 자신을 집어삼키려던 순간, 호쿠토는…….

"……멍!"

이 때를 기다렸다는 듯이…… 힘차게 울부짖으면서 그대로 후퇴했다.

염랑은 도망칠 줄 알았던 호쿠토가 거리를 약간 벌리기만 했기에 의아해했지만, 딱히 당황하지 않으며 불꽃의 벽을 유지했다.

『어디로 도망치든 소용없다! 내 불꽃은 무한히 네놈을 쫓을 거다!』

하지만…… 염랑은 착각에 사로잡혀 있었다.

호쿠토가 후퇴를 한 것은 도망치기 위해서가 아니라, 혼신의 일격을 날리기 위해서였던 것이다.

"아우우우우우우우우우우우우우우우————!!"

그 순간…… 호쿠토의 입에서는 대지를 뒤흔드는 포효와 함께 어마어마한 양의 마력이 뿜어져 나왔다.

그저 울부짖으며 마력을 뿜기만 한 것 같지만, 호쿠토가 뿜은 방대한 마력은 포효를 통해 비틀리더니 거대한 소용돌이가 되어 염랑을 덮쳤다.

땅을 도려내고, 바위를 분쇄하며, 호쿠토의 전방에 있는 모든 것을 뒤덮는 파괴의 소용돌이가 밀어닥치자, 몸을 거대하게 키운 염랑은 그 공격을 그저 막아낼 수밖에 없었다.

『겨, 겨우 이딴 공격에……!』

만약 염랑이 늑대의 형태를 유지하고 있었다면, 핵을 중심으로 불꽃을 응집해서 호쿠토의 공격을 막아내거나 견뎌낼 수 있었을지도 모른다.

하지만 지금의 염랑은 자신의 몸으로 호쿠토를 삼키기 위해 몸을 거대하게 펼친 탓에 불꽃을 핵에 모으지 못했으며, 제대로 방어를 하지 못하며 파괴의 소용돌이에 휘말렸다.

　결국 정령의 힘에 취해, 백랑이 아니라 호쿠토 자체의 힘을 잘못 가늠한 염랑이 이런 사태를 초래한 것이다.

『크……크아아아아아아아아아아아아아아————?!』

　격렬한 마력의 소용돌이에 온몸에 찢겨나간 염랑은 몸이 깎여나가듯 작아졌다. 마력의 성질 때문인지 수백 미터 정도 뻗어나간 파괴의 소용돌이가 흔적도 없이 사라졌지만, 거기에 휘말린 지형은 완전히 변하고 말았다.

　대지에 뿌리를 내리고 있던 나무도, 높게 솟은 바위도 전부 파괴되었으며, 호쿠토의 눈앞에는 바위의 파편과 돌멩이만이 굴러다니고 있었다.

　그리고 그 공간 안에서 유일하게 목숨을 부지하고 있던 존재가 신음을 흘렸다.

『이……이럴…… 수가…….』

　그것은 바로 인간보다도 작아진 염랑이었다.

　염랑은 겨우겨우 목숨을 부지했지만, 이제 늑대의 형태를 유지하는 것도 어려운지 조그마한 불덩어리에 지나지 않았다.

　원래라면 정령의 힘에 의해 바로 재생할 수 있겠지만, 어찌 된 영문인지 염랑의 몸은 회복되지 않았다.

『큭…… 어, 어째서지?! 왜…… 정령이 힘을 빌려주지 않는 거냐!』

　정령이 보이지 않는 호쿠토와 염랑을 알 수 없지만, 현재 염랑의 주위에는 불의 정령이 존재하지 않았다.

원인은 호쿠토의 공격에 의해 정령이 전부 휩쓸려 나가면서, 이 주변이 일종의 공백지대가 되어버린 것이다.

물론 시간이 지나면 정령이 돌아올 것이다.

하지만 염랑은 정령이 변덕스럽다는 것을 몰랐다.

『그 녀석한테…… 무슨 일이 생긴 건가?』

그뿐만 아니라, 염랑은 정령에게 지시를 내리는 베이그에게 무슨 일이 생긴 거라고 착각했다.

실제로는 아까 전의 소용돌이 때문에 기분이 상한 정령들이 힘을 빌려주는 것을 싫어하고 있다……는 어이없는 이유인데 말이다.

만약 정령과 신뢰를 쌓은 리스와 피아였다면 다시 도와줄지도 모르지만, 도구처럼 이용만 하던 베이그의 명령으로는 이것이 한계인 것 같았다.

어린애처럼 제멋대로에, 본능에 따라 행동한다……. 그것이 정령의 특징이기도 했다.

『아쉽지만…… 그 녀석과 합류해야겠군…….』

염랑은 심각하게 대미지를 입었으며, 자신의 힘만으로는 원래 상태로 회복하기 위해서는 한나절 정도 걸릴 것이다.

이제 체면 같은 것을 따질 때가 아니라고 생각한 염랑은 평소의 2할도 되지 않는 속도로 호쿠토가 보는 앞에서 도망치기 시작했지만…….

"……크응."

호쿠토 또한 아까 공격을 펼치느라 몸과 마음이 피폐해진 탓에 제대로 움직일 수가 없었다.

대기 중의 마력을 흡수하며 잠시 휴식을 취하면 다시 뛸 수 있겠지만, 이 기회를 놓칠 수는 없다.

호쿠토는 온몸에서 느껴지는 고통과 피로를 참으면서 염랑을 쫓기 시작했다.

─── 시리우스 ───

베이그는 지면에서 뿜어져 나온 불꽃의 벽에 둘러싸인 나를 향해 거대한 불덩어리를 날렸다.

저 불덩어리…… 아까 기습적으로 날렸던 것과 마찬가지로 정통으로 맞는다면 치명상을 입을 것이다. 하지만 저 녀석은 성격과 나를 향한 원한을 생각해볼 때, 일격에 결판을 낼 듯한 공격을 과연 할까?

유심히 생각해보니 불덩어리의 속도는 느렸으며, 주위를 감싼 불꽃의 벽 또한 돌파하려고 하면 충분히 가능한 화력이었다. 이건 아마도…….

"나를 불로 그을리는 게 목표인가. 취미 한번 나쁜 녀석이군."

주위의 옅은 불꽃과 머리 위에 있는 거대한 불덩어리…… 도망칠 수 없는 상황에서 어떤 선택을 내릴지는 뻔했다.

즉, 주위의 불꽃을 통과하게 해서 적당히 화상을 입힌 다음에 서서히 고통을 가할 생각인 것이다.

"저 녀석의 술수에 넘어가 주도록 할까."

내가 그렇게 중얼거리면서 불꽃의 벽을 향해 몸을 날린 순간, 불덩어리는 내가 방금까지 서 있었던 곳에 떨어지며 지면에 커다란 구멍을 만들었다.

내가 그 광경을 좀 떨어진 곳에서 쳐다보고 있을 때, 아까부터 웃고 있던 베이그는 언짢은 표정을 지었다.

"……이 자식, 무슨 짓을 한 거야?"

"뭐 문제라도 있어?"

"그걸 말이라고 하냐?! 저 불을 돌파했는데 왜 멀쩡한 거냐고!"

화력은 그렇게 강하지 않더라도, 불꽃의 벽을 무턱대고 돌파하면 무사할 리가 없다.

하지만 나는 화상을 고사하고 걸치고 있는 망토에 그을음 하나 묻지 않았다.

"순순히 대답해줄 것 같아? 남에게 묻지 말고, 직접 생각해보는 게 어때?"

"짜증날 정도로 여유가 넘치네!"

이번에는 화력이 강해진 불꽃의 벽을 만들어냈으니, 무턱대로 돌파하려고 하다간 불타버리고 말 것이다.

그러니 하늘로 도망칠 수밖에 없지만, 상공을 향해 뿜어진 불꽃이 도중에 방향을 바꾸더니 내가 있는 중심을 향해 쏟아졌다.

불꽃을 능숙하게 조종하고 있지만, 리스와 피아에 비하면 부족해 보이는걸.

하지만 위력은 나무랄 곳이 없었기에, 나는 또 불꽃의 벽을 돌파하며 그 공격 범위에서 벗어났다. 그리고 나와 망토는 여전히 멀쩡했다.

"뭘 어떻게 한 거지?! 내 불꽃을 완벽하게 막아낼 수 있을 리가 없다고!"

"상대가 불꽃을 쓴다는 걸 아는데, 대책을 세우지 않았을 리가 없잖아?"

"그럼 정통으로 맞춰주마!"

베이그가 손을 치켜들자, 공중에 생겨난 오십여 개나 되는 불덩어리가 기관총처럼 나를 향해 쏟아졌다.

저 불덩어리 하나하나도 위력이 상당해 보였으며, 바위 뒤에 숨는다고 무사할 거라는 확신이 들지 않았다.

"……해볼까."

나는 이 상황을 정면 돌파하기로 마음먹었다.

상대와 나 사이의 거리는 대략 수백 미터……. 그리고 상대가 고지대에 있으니 정면에서 접근하는 건 꽤 힘들 것 같았다.

하지만…… 때로는 이런 행동을 하면서 옛날의 감을 되찾는 것도 좋으리라.

나는 '부스트'를 발동시키면서 불덩어리를 향해 몸을 날렸다.

"흥! 이걸로 끝…… 앗?!"

베이그가 불덩어리를 연이어 날려댔지만, 전쟁터에서 내가 겪었던 탄환 폭풍에 비하면 별것 아니었다. 불덩어리는 총의 탄환보다 느릴 뿐만 아니라, 마법으로 육체를 강화한 지금의 나라면 불덩어리가 비처럼 쏟아지더라도 전혀 위험이 되지 않을 것이다.

불덩어리의 탄도를 간파한 후, 발놀림과 몸놀림으로 그걸 피하면서 서서히 전진했다.

그 와중에는 미처 피할 수 없는 불덩어리도 있었지만, '임팩트'를 날려서 요격하면서 계속 나아갔다.

"이 자식이!"

내가 불덩어리의 비를 무사히 돌파하자, 이번에는 지면에서 커다란 불꽃이 뿜어져 나오면서 화염으로 된 벽을 형성했다.

하지만 나는 속도를 늦추지 않으며 계속 내달렸으며, 불꽃에 닿기 직전에 망토를 앞으로 내밀면서 마력을 흘러 넣었다.

"발사!"

그와 동시에 망토에 새겨둔 '임팩트'의 마법진이 발동되더니, 나를 중심으로 전방위를 향해 충격파가 발생하면서 불꽃의 벽만이 아니라 주위의 열기까지 날려버렸다.

불꽃은 금세 다시 뿜어져 나왔지만, 그 사이에 나는 이미 벽을 돌파했다.

"아닛?!"

"아무래도 보였나 보군."

그렇다. 불꽃의 벽을 무사히 돌파할 수 있었던 것은 내가 만든 이 망토 덕분이다.

엘리시온에 서식하는 케이크 마니아…… 로드벨이 쓰던 특수한 망토는 마력을 흘러 넣으면 내 '매그넘'도 빗나가게 할 정도의 바람을 자신의 주위에 형성한다.

그 바람을 '임팩트'로 치환한 것이 바로 이 망토다.

전생의 탱크에 탑재되어 있던, 충격으로 공격을 상쇄시키는 폭발 반응 장갑(리액티브 아머)을 이미지해서 만든 망토이며, 마력의 소모가 극심하다는 단점이 존재한다.

그래서 나 말고는 다룰 수 없는 물건이지만, 베이그 같은 녀석을 상대할 때는 도움이 될 것 같아서 준비했다.

"봤다시피, 그 정도 불꽃은 나한테 안 통해. 네 실력은 이것밖에 안 되는 거냐?"

정령마법을 쓸 수 있는 자와의 전투 경험을 쌓기 위해, 나는 전력을 다하는 베이그와 싸우고 싶었다.

정령에 대해서는 모르는 점이 많으며, 미래에 정령이 폭주해서 리스와 피아를 힘으로 막아야 하는 사태가 벌어질 수도 있다. 그러니 이 남자를 가지고 연습을 해두자고 생각한 것이다.

내 도발에 걸려든 베이그가 이를 악물면서 나를 노려보더니, 마력을 끌어 올리며 두 손을 펼쳤다.

"그래…… 알았어. 이제 너를 후회하게 만들겠다는 생각 같은 건 전부 집어치우겠어. 네가 바라는 대로, 전력을 다해 죽여주마!"

이번에는 이백 여개나 되는 불덩어리를 만들어서 공격했지만, 내가 할 일에는 변함이 없다.

병렬사고(멀티태스크)로 탄도를 간파하고, 최소한의 움직임으로 회피하며, '임팩트'로 요격하는 것을 반복했다.

그 외에도 수많은 불덩어리로 내 퇴로를 막듯 전방위에 쏘기도 했지만, 망토의 능력으로 한꺼번에 전부 날려버렸다.

"불덩어리의 숫자를 늘린다고 나한테 이길 수 있다고 생각하는 거라면, 그건 착각이야."

그것보다는 공격의 다채로움에 중점을 둬야 한다고 생각하지만, 그러지 않고도 적을 쓰러뜨렸으니 어쩔 수 없는 걸지도 모른다. 즉, 진정한 강자와 싸워본 적이 없는 것이다.

"뭐가 어떻게 된 거야?! 왜 공격이 명중하지 않는 거냐고!"

이대로 뛰어가서 고지대의 바로 아래…… 베이그의 위치에서 보면 사각지대인 곳으로 향하자, 불덩어리를 이용한 공격이 갑자기 중단됐다.

리스와 피아였다면 정령에게 탐지를 지시하며 공격을 하겠지만, 베이그는 자신의 시각정보만으로 싸우고 있는 것 같다. 자존심이 강한 만큼 정령에게 의지하기 싫은 것일지도 모른다.

그리고 내 모습이 보이지 않자, 베이그는 혀를 차면서 더욱 강력한 불덩어리를 손바닥에 만들어냈다.

"이걸 먹여줄 테니까, 빨리 튀어나오라고!"

내가 모습을 드러낸 순간에 공격을 명중시킬 생각인 것이리라.

베이그가 불덩어리를 유지하며 주위를 경계하고 있는 가운데, 나는 고지대의 벽을 박차 올라 베이그의 정면에 모습을 드러냈다.

"그딴 망토로 이걸 막아낼 수 있을 것 같아?!"

"그건 무리겠지만……."

베이그는 공중으로 몸을 날린 탓에 무방비한 나를 불덩어리를 날렸지만, 나는 '에어 스텝'으로 옆으로 이동해 공격을 피했다.

허공을 박차는 나를 본 베이그가 경악한 사이, 발판을 하나 더 만들어낸 나는 삼각 뛰기의 요령으로 단숨에 그에게 쇄도한 후…….

"공격을 명중시킬 기량이 부족한걸. '임팩트'."

"커억?!"

베이그의 복부에 손을 대며 제로 거리에서 '임팩트'를 날렸다. 물론 전력을 다하면 배에 구멍을 만들어버릴 테니, 주먹으로 조금 세게 때린 정도로 위력을 조절했다.

하지만…… 베이그는 고지대에서 내던져져서 지상에 낙하고 있는데도 낙법을 취하지 않았다.

아무래도 복부의 통증 때문에 자신이 처한 상황을 이해하지 못하는 것 같았다.

"어쩔 수 없는 녀석이군."

정령에게 지나치게 의지하며 싸워온 탓에 고통에 익숙하지 못할 뿐만 아니라, 몸을 거의 단련하지 않은 것 같았다.

베이그를 때리면서 걸어뒀던 '스트링'을 잡아당겨 낙하 충격을 약간 줄여준 후, 그를 지상에 내던졌다.

그런데도 충격을 꽤 받은 것 같지만, 지면을 굴러다니며 괴로워하는 것을 보면 괜찮을 거다.

나도 아래로 내려간 후, 구토를 하며 몸을 웅크리고 있는 베이그를 향해 걸어갔다.

"자기 실력이 이제 이해됐어? 정령마법을 쓸 수 있다고 해봤자, 너는 평범한 인간이라는 것도 말이지."

"빌어먹……을……. 뭐가 어떻게 된 거야."

베이그는 고통스러워하며 인상을 찡그렸지만, 내가 다가오는 것을 느끼더니 불덩어리를 날렸다. 하지만 집중이 되지 않은 상태에서 날린 불덩어리는 약했으며, 나는 검으로 간단히 베었다.

그리고 검에 어린 불꽃을 털어내고 검집에 넣은 후, 나는 타이르는 듯한 어조로 말했다.

"세상이 얼마나 넓은지 모른 채 정령마법만 의지하니까, 이렇게 되는 거야."

"거들먹거리지 마!"

"너는 이렇게 지면에 널브러져 있잖아? 그러니 내가 거들먹거리는 것도 무리는 아니라고 생각하는데 말이지."

"나는 아직 지지 않았어!"

고통을 참으며 크게 숨을 들이마신 베이그가 손을 내젓자 내 발치에서 불꽃이 뿜어져 나왔고, 나는 뒤편으로 몸을 날려 피했다.

그것이 나를 물러나게 하기 위한 공격이라는 사실을 눈치챘을 때, 베이그의 몸에서 거대한 마력이 뿜어져 나오면서 불길한 예감이 엄습했다.

"마음껏 날뛰어라! 불꽃이여, 모든 것을 태워버려!"

예상대로 제자들을 궁지에 몰았던 광범위 불꽃 공격이 펼쳐지더니, 베이그가 서 있는 곳을 제외한 이 일대가 전부 불꽃에 휩싸였다.

망토가 뿜은 충격파의 범위는 그렇게 넓지 않으며, 한걸음에 불의 범위 밖까지 벗어날 수 없는 이 상황에서는 크게 도움이 되지 않는다.

리스라면 물로 몸을 감싸서 막을 수 있겠지만, 나의 무속성 마법으로는 막을 수단이 없다.

하지만…… 그렇다면 다른 수단을 취하면 된다.

"미안하지만, 그 마법은 이미 봤어."

베이그가 마력을 뿜기 직전, 나는 반사적으로 '크리에이트'의 마법진이 새겨진 마석을 지면에 떨어뜨려서 돔 모양의 방벽을 만들어냈다.

"발버둥을 쳐봤자 부질없다고!"

내가 흙의 방벽을 만들어내는 광경을 본 베이그는 고함을 지르면서 수많은 불덩어리를 방벽을 향해 날렸다. 희소한 마석으로 만든 방벽이라 튼튼하지만, 불덩어리에 의해 무너지기 시작한 부분도 있었다. 아무래도 오랫동안 버티지는 못할 것 같았다.

하다못해 주위의 불꽃이 잦아들 때까지 버텨줬으면 하지만, 베이그의 맹공 때문에 그건 힘들어 보였다.

"나오지 않을 거라면, 그대로 타 죽어버려!"

베이그가 또 거대한 불덩어리를 날리자, 방벽이 드디어 뚫렸다.

동시에 방벽 전체를 삼킬 듯한 불기둥이 피어오르더니, 커다란 구멍을 만들어냈다.

"하아…… 하아……. 꼴, 좋다!"

아까 대미지를 입은 데다 전력을 다해 마법을 날린 탓인지, 베이그도 지친 것 같았다.

그제야 일대의 불꽃이 진화되더니, 불덩어리에 의해 흔적도 없이 박살이 난 방벽과 거대한 구멍을 확인한 베이그는 주위에 울려 퍼질 정도로 크게 웃음을 터뜨렸다.

"하…… 하하하! 그래! 맞아! 내가 더 강해! 내 불꽃이면 무엇이든……."

"이겼다고 생각하기에는 아직 이르지 않아?"

내가 뒤편에서 날린 '스트링'으로 베이그의 발을 묶은 후, 어제와 마찬가지로 마력을 흘려 넣었다.

"윽?! 태워라!"

하지만 베이그는 자신의 발치에 불꽃을 만들어내서 내 '스트링'을 끊었다.

반사 신경을 좋은 것 같지만…….

"같은 방법에 또 걸려들 것 같아?!"

"한 방으로 끝일 거라고 생각했어?"

"……어?"

'스트링'을 자르고 안심한 베이그의 왼팔을…… 나는 나이프로 잘랐다.

베이그가 허공을 가르는 왼손을 믿기지 않는다는 심정으로 쳐다보는 가운데, 나는 상대의 멱살을 잡고 그대로 지면에 내동댕이치듯 집어던졌다.

그리고 나는 왼팔로 피를 흩뿌리면서 지면을 구르고 있는 베이그를 내려다보면서 말했다.

"공격을 한 번 막아냈다고 방심하니까 이렇게 되는 거야. 싸움이라는 걸 좀 더 학습하는 편이 좋았겠는걸."

"아…… 아아아아아아?! 내…… 내 팔이! 어, 어째서야?! 어째서…… 네가 살아 있는 거냐고!"

"부서질 거라는 걸 아는데, 계속 방벽 뒤에 숨어 있을 리가 없잖아?"

방벽이 버텨주는 사이에 마법진으로 지하통로를 만든 나는 그곳을 통해 불꽃의 범위 밖으로 이동했다.

그리고 일대의 불꽃이 잦아든 후, 베이그가 승리를 확신하며 웃고 있는 틈을 이용해 그의 등 뒤로 몰래 다가간 것이다.

"자아, 이걸로 정령마법이 만능이 아니라는 건 이해했으려나?"

"젠장…… 젠장……. 이럴 리가 없어. 내……내 불꽃은…… 그 누구에게도 지지 않아!"

아직도 패배를 인정하지 않는 건가…….

이렇게 되면 자존심이 아니라 과거의 경험에 기인하고 있는 걸지도 모른다.

하지만 이런 식으로 정령을 이용하게 두면 리스가 슬퍼할 테니, 한 대 더 때려서 마음을 꺾어버리는 편이 좋겠다고 생각한 바로 그때, 등 뒤에서 살기가 느껴져서 뒤를 돌아보니…….

"성기사께서 당하게 두지는 않겠다!"

애셜리와 만났을 때 봤던, 전신갑옷을 장비한 근위기사 같은 남자가 검을 치켜들고 있었다.

나는 그 검을 나이프로 막아내면서 팔을 움켜쥔 후, 상대의 등 뒤로 가서 지면에 쓰러뜨릴 생각이었다. 하지만 머리 위에서 불덩어리와 바위 덩어리가 연이어 날아왔기에 나는 옆으로 몸을 날리며 피했다.

미처 피하지 못한 남자가 불덩어리와 바위에 맞았지만, 나는 개의치 않으며 '서치'로 주위를 확인했다. 그러자 나를 포위하고 있는 녀석이 있다는 것을 눈치챘다.

방금까지 베이그의 공격을 피하는데 집중하느라 광범위 탐지를 소홀히 하고 있었던 것 같았다.

내가 한숨을 내쉬며 반성하고 있을 때, 얼굴을 가리는 가면과 법의를 걸친 신도가 쓰러진 베이그에게 다가갔다. 딱 봐도 베이그의 지원군 같아 보였다. 하지만 베이그는 기뻐하지 않았다. 오히려 지긋지긋하다는 듯이 상대를 노려보았다.

"이 자식……. 뭐 하러 온 거야?"

"두르가 님의 명입니다. 오늘 아침에 베이그 님께서 외출하신 후, 요즘 들어 성기사님의 행동이 과하니 감시를 하라고 하셨지요."

"헛소리 하지 마! 너희는 돌아가서 그 자식이나 지켜!"

"이런 상태에서 돌아갈 수는 없습니다. 저희는 방금 이곳에 도착했습니다만…… 설마 이렇게 당하셨을 줄은 상상도 못했습니다."

"당한 게 아냐! 저 녀석의 망토 때문에 고전하는 것뿐이라고!"

대화를 들어보니, 이 녀석들은 두르가의 전속 호위병인 것 같았다.

그래도 저 남자에게서 느껴지는 분위기…… 뒷세계에서 살아가는 녀석 같군. 그런 인재의 필요성을 두르가는 이해하고 있는 건가.

"하지만 궁지에 몰린 건 엄연한 사실입니다. 당신이 뭐라 하든 저희도 가세하겠습니다."

"그러니까 나 혼자서…… 끄아아아아앗!"

베이그가 말을 이으려던 순간, 가면을 쓴 신도가 불꽃을 써서 베이그의 절단된 부분을 불태웠다.

자중지란……은 아닌 것 같았다. 아무래도 상처 부위를 지져서 지혈을 한 것 같았다.

"으윽…… 크으…… 이, 게 무슨 짓이……야."

"잊었습니까? 당신은 물마법에 의한 치료가 거의 효력이 없죠. 느긋하게 치료를 할 시간이 없으니, 응급처리를 했습니다. 이해해주십시오."

"젠장……. 대체…… 왜……."

"화가 나신 것도 이해합니다만, 그 분노는 상대에게 퍼부어주시죠. 저희가 발을 묶겠습니다."

행동 하나하나에서 머뭇거림이 느껴지지 않는 건, 뒷세계에서 오랫동안 생활했기 때문이리라.

그런 녀석들이 베이그의 지금 상태를 보고도 나에게 덤빈다는 것은 승산이 있다고 판단했기 때문이리라. 베이그의 태도에 따라 약간 과격한 훈육 수준에서 마칠 생각이었지만, 아무래도 생각을 바꿔야 할 것 같았다.

머릿속의 스위치를 전투용으로 변환하며 나이프를 뽑아들자, 가면의 신도가 앞으로 나오며 나에게 말을 건넸다.

"기다리게 해서 죄송합니다. 이제부터는 저희가 상대해드리죠."

"혹시나 해서 묻겠는데, 너희는 저 애와 다르게 내 실력을 이해하고 있지?"

"예…… 알고 있습니다. 저희와 동류지만, 당신은 압도적으로 뛰어난 능력을 지니고 있죠."

"그래도 싸울 거야?"

"일이니까요. 게다가 저희도 쉬이 당하지는 않을 겁니다."

가면을 쓴 신도는 두 손으로 나이프를 거머쥔 순간, 고지대에 선 신도들이 일제히 마법을 날렸다.

아까 사용한 '서치'의 반응에 따르면, 나를 포위한 녀석은 총 열두 명이다.

감시치고는 많지만, 베이그 같은 말썽쟁이가 상대라면 그 정도는 필요할지도 모른다.

한 명은 아군의 마법에 휘말려 죽었으니, 남은 건 리더로 보이는 가면 쓴 신도와 갑옷을 걸친 남자 여섯 명, 그리고 고지대에서 마법으로 엄호하고 있는 네 명 뿐이다.

"단숨에 몰아붙이세요!"

"""예!"""

각양각색의 마법이 쏟아졌지만, 베이그보다 수준이 떨어지는 마법을 피하는 건 손쉬웠다.

약간 여유롭게 회피하자, 마법 공격이 끊긴 틈을 노리듯 신도 세 명이 무기를 휘두르며 나에게 달려들었다.

마법의 타이밍에 맞춰 접근전을 시도하는 연계는 대단하지만, 아직 물러터진 부분도 많았다.

나는 그 셋 중 창을 쥔 자를 향해 몸을 날린 후, 검으로 창을 막으며 몸을 회전시키며 그대로 뒤편으로 이동한 뒤…….

"아니…… 커억?!"

"······우선 한 명."

상대의 숨뇌에 나이프를 찔러 넣었다.

숨통이 끊긴 남자를 다른 두 명을 향해 던지자, 그들이 움직임이 약간 흐트러졌다.

그 틈에 상대의 옆을 스쳐지나가며 나이프를 휘두르자, 그 둘은 목에서 피를 뿜으며 쓰러졌다.

"······이걸로 세 명."

하지만 상대는 움츠러들지 않으며 또 마법을 날렸지만, 나는 하늘을 날면서 공격을 피하는 것과 동시에 몸을 비틀며 투척용 나이프 두 개를 던졌다.

그 나이프는 멀리서 마법을 날리던 신도의 이마에 꽂혔고, 그 신도가 쏜 마법은 전혀 다른 방향으로 날아가며 사라졌다.

"다섯 명째······."

"솜씨가 대단하군요. 하지만 아직 멀었습니다!"

가면을 쓴 신도가 내가 착지한 순간을 노리며 등 뒤에서 나이프를 휘둘렀지만, 나는 검을 뽑아서 그 공격을 막는 것과 동시에 나이프를 휘둘러서 신도의 팔을 잘랐다.

실은 일격에 해치울 생각이었지만, 이 녀석에게는 물어볼 게 있기 때문에 숨통을 끊어버리지는 않았다.

하지만 이 녀석의 표적은 내가 아닌 것 같았다.

"큭?! 하지만 이렇게 가깝다면······ '플레임'."

가면을 쓴 신도가 노린 것은 바로 내 망토였다.

팔 하나를 희생시켜서 내 망토를 움켜잡더니, 재빨리 영창을 마친 불꽃 마법으로 망토를 태운 것이다.

꽤나 빠른 행동이었기에 마법진을 발동시킬 틈도 없이 불이 망토에 퍼져나갔다. 이 녀석은 이제 써먹을 수 없겠는걸.

내가 반사적으로 그 신도를 걷어차서 거리를 벌린 후, 불이 붙은 망토를 벗어서 내던진 순간…… 수많은 불덩어리가 나를 포위했다.

"망토만 없으면…… 이걸 막을 수 없겠지!"

아무래도 이걸 노린 것 같았다.

힘을 소모했기 때문인지 불덩어리는 서른 개도 되지 않았지만, 이것들이 전방위에서 날아온다면 전부 피할 수는 없으리라.

베이그는 나에게 반응할 틈을 주지 않으려는 듯이 손을 휘둘러서 불덩어리를 일제히 날렸다.

"이번에야말로 죽어라!"

'서치' 전개.

숫자…… 전방 열여덟, 측면 열하나, 후방 스물.

각도, 위치, 오차…… 수정.

'샷건'에 의한 요격 개시.

"하앗!"

순식간에 탐색을 마친 나는 마력의 산탄을 날리는 '샷건'을 양손으로 펼치며 몸을 회전시켜서 모든 불덩어리를 격추했다.

혼신의 일격이 간단히 막히고 말자, 베이그 뿐만이 아니라 가면을 쓴 신도도 얼이 나간 것 같았다.

"아……니?"

"설마 이 정도일 줄은……."

"이 정도는 단련만 하면 누구든 할 수 있지."

불덩어리의 숫자도 아까보다 적었고, 내 몸도 충분히 달아올랐기에 가능했다.

당당히 서 있는 나를 보고 상대도 공포를 느낀 것 같지만, 도망칠 생각은 없어 보였다.

"겁먹지 마! 저렇게 마법을 쏴댔으니, 저 녀석의 마력도 슬슬 바닥났을 거다."

"성기사님, 저희도 또 빈틈을 만들겠습니다. 이번에야말로 부탁드립니다."

"으……!"

베이그는 몰라도 다른 녀석들은 실력 차를 실감했을 텐데도 나에게 계속 덤볐다.

무모하다고 해도 과언이 아니지만, 뒷세계에서 사는 이 녀석들에게 있어서는 그렇지 않을지도 모른다.

승산이 없을지라도, 자신의 임무를 완수하는 프로 의식…… 같은 걸까.

그래서 나는 이들의 예의에 따라, 주저 없이 싸우기로 했다.

"내가 앞으로…… 커억?!"

방패가 되기 위해 앞으로 나선 신도의 머리가 내가 쏜 '매그넘'에 의해 박살 났다.

"이걸로 여섯 명째……. 다음은……."

손가락을 내밀기만 해도 사람의 목숨을 빼앗을 수 있는 마법에 다들 숨을 삼키는 가운데, 베이그한테 큰 변화가 발생했다.

명확한 죽음이 자신의 눈앞에 존재한다는 사실을 그제야 이해한 건지, 자기도 저렇게 되고 싶지 않다는 생각을 하며 무의식적으로 한 걸음 물러선 것이 방아쇠가 된 것처럼……

"아…… 아아아아아앗?!"

비명을 지르며, 부리나케 도망친 것이다.

나는 베이그를 놔줄 생각은 없었기에 쫓아가려고 했지만, 가면을 쓴 신도는 남은 팔로 나이프를 거머쥐며 나를 막아섰다.

"자신의 목숨을 걸고 지키는 건 좋지만, 저 남자에게 그럴 만한 가치가 있을까?"

"가치 같은 건 상관없습니다. 저는 주어진 임무를 수행할 뿐이죠."

자신의 목숨보다 주어진 임무를 수행하는 것을 최우선으로 여기라는 교육을 받은 것이리라. 이미 죽음을 각오한 상대가 무슨 짓을 할지 모르니, 베이그의 추적은 뒤로 미루는 편이 좋을 것 같았다. 다행스럽게도 저 녀석의 발은 그렇게 빠르지 않으니까 말이다.

"임무는 베이그를 지키는 거지? 미안하지만, 그건 포기해줘야겠어."

"그럼 어쩔 수 없죠. 저희의 목숨으로 조금이라도 시간을 벌겠습니다."

자신을 소모품으로 생각하는 녀석은 전생에서도 흔히 봤다.

동정은 하지만, 나도 물러설 수는 없다. 방해를 한다면 그저 제거할 뿐이다.

"너희 같은 녀석들은 신전 쪽에도 꽤 있겠지. 시간을 버는 게 목적이라면, 내 질문에 대답해주지 않겠어?"

"…………."

혹시나 하는 마음에 물어봤지만, 역시 입을 열지는 않나.

하지만 베이그의 반응을 볼 때 이쪽에 꽤 많은 인원을 할애한 것 같으니, 어느 정도 추측은 가능했다.

"흐음…… 그 녀석은 자신의 호위에도 신경 쓸 테니, 저쪽에도 한 열 명은 남아 있으려나?"

"대답할 수 없습니다."

이곳과 신전에 있는 녀석을 합쳐서, 정예는 얼추 스무 명 정도일 것이다.

세계적으로 볼 때 중간 규모의 마을인 포니아에서는 충분한 숫자겠지만, 가면을 쓴 신도의 몸에서는 희미하게 긴장이 흘렀다.

"아무래도 정곡을 찌른 것 같네. 가면으로 얼굴은 가리고 있지만, 동요하고 있는 게 느껴져."

"……당신은 정체가 뭐죠?"

"제자를 기르면서 여행 중인 평범한 모험가야."

내가 이야기는 이것으로 끝이라는 듯이 전투태세를 취하자, 상대도 무기를 치켜들며 다시 나에게 달려들었다.

상대가 휘두른 검은 나이프로 흘려내고, 내지른 창끝을 피하는 것과 동시에 창대를 잡아당기며 상대의 목을 벴다.

고지대에 있는 두 신도가 마법을 펼쳤지만, 방금 해치운 신도를 방패삼아서 막은 후에 '매그넘'을 연사해서 그들의 머리를 꿰뚫었다.

그리고 남은 두 명…… 가면을 쓴 신도와 갑옷을 입은 신도가 다가왔지만, 나는 위화감을 느꼈기에 반사적으로 '서치'를 발동시켰다.

결사의 각오로 다가오는 두 사람의 복부에서 강한 마력 반응이 느껴진 순간…… 나는 무언가를 눈치챘다.

"자폭인가?!"

몸에 단 폭탄으로 적인 나와 함께 죽을 생각인 것 같았다.

이 세계에서 폭탄은 존재하지 않지만, 발동하면 불꽃에 의한 폭발을 일으키는 마법진이 존재한다. 그리고 저 두 사람의 배에 그것이 새겨져 있는 것이리라.

이미 마법진은 발동된 것 같으니 머리를 꿰뚫더라도 마법은 발동할 것이다.

"저희의 목숨을 대가로 당신을 해치우…… 큭?!"

그래서 나는 '샷건'으로 마법진과 함께 저 두 사람의 복부를 꿰뚫었다.

마법진이 상해서 그런지 마법은 발동되지 않았으며, 두 신도는 자신들의 복부에 생긴 커다란 구멍을 힐끔 쳐다보더니 그대로 무너지듯 쓰러졌다.

"역시…… 무리……였나요."

"그래도 너는 임무에 충실했어. 그건 자랑스럽게 여겨도 돼."

"그렇……습니까."

위로에 지나지 않는 말이겠지만, 가면이 벗겨진 그 신도는 만족스러운 표정을 짓고 있었다.

그러고 보니…… 이렇게 소모품처럼 여겨지는 병사와 아이들을 줄이기 위해, 전생의 내 파트너는 싸웠지.

"……가볼까."

나는 전생이 떠오른 바람에 약간 감상에 젖었지만, 아직 할 일이 남아 있다.

마음이 꺾였을지라도, 위험한 존재라는 사실에는 변함없는 베이그를 막기 위해, 나는 하늘을 가르며 그를 추적했다.

─────── 베이그 ───────

"하아…… 하아……."

마을이…… 너무 멀다.

젠장, 이런 곳까지 불러내다니…… 빌어먹을!

"왜야……. 왜냐고……. 왜냔 말이다!"

왜…… 내가 이런 비참한 꼴이 된 거야?

왼팔이 잘린 데다, 꼴사납게 도망칠 수밖에 없다니…… 빌어먹을!

나는 정령마법을 쓸 수 있는 성기사님이라고!

내 불꽃이라면 그 어떤 녀석도 불태울 수 있는데, 왜…….

『이걸로 여섯 명째……. 다음은…….』

"히익?!"

그 눈빛……

아까부터 그 자식의 눈빛이 머릿속에서 사라지지 않아!

비슷한 눈빛을 지닌 녀석이 두르가의 근처에도 있었지만, 그 자식의 눈빛은 명백하게 다르다.

그 녀석은 인간이 아니라, 괴물이다.

"빌어먹을! 그 개는 대체 뭘 하고 있는 거냐고! 괴물은 괴물이 상대해야 할 거 아냐!"

기왕 힘을 빌려줬는데, 개 한 마리 죽이는데 얼마나 걸리는 거냐고!

하나같이 쓸모없는 놈들이다!

그 바람에 내가 이렇게 도망이나 치는……

"아냐……. 나는 도망치는 게 아냐! 마을 녀석들을 이용해서 괴물을 해치우러 가는 것뿐이라고!"

본의는 아니지만, 두르가에게 의지할 수밖에 없다.

그 녀석에게 작전을 짜달라고 하는 수밖에…… 아니다. 그 여자를 이용하면 될 것이다.

일부러 구하러 왔던 그 여자를 방패로 삼는다면…….

"그 괴물을 죽일 수…… 앗?!"

희망이 어렴풋이 보이기 시작한 순간, 갑자기 지면이 사라지며 나는 낙하했다.

"으으…… 젠장, 왜 이런 곳에 구멍이 있는 거냐고!"

아무래도 나는 구멍에 빠진 것 같았다.

내 키만한 깊이에 두 손을 펼칠 수 있을 만큼 넓은 구멍이었다. 이런 게 대체 언제 생긴 건지 의아해 하며 고개를 든 순간…… 나는 반사적으로 비명을 질렀다.

"히익?!"

"얼이 나간 것 같군. 일부러 떨어뜨릴 수고를 덜었는걸."

그 자식이 나를 내려다보고 있었다.

이상해. 내가 먼저 도망쳤는데, 왜 벌써 따라잡힌 거지?!

아무튼 구멍에서 빠져나가려 했지만, 한 손으로는 기어 올라갈 수가 없었다. 그래도 필사적으로 기어 올라가려고 한 순간, 그 자식이 구멍 안으로 들어왔다.

"네, 네가 왜 여기 있는 거야?! 그, 그 자식들은 어떻게 됐어?!"

"그야 물론 처리했지."

"뭐?! 시간도 제대로 못 버는 쓰레기들이…… 커억?!"

그 순간, 나는 안면을 두들겨 맞고 지면을 뒹굴었다.

바로 몸을 일으켜서 저 자식을 두들겨 패주려고 했지만, 다리가 떨려서 몸을 일으킬 수가 없었다.

"명령 때문이라고 해도 너를 지키려고 했던 자들이거든? 그런 어처구니없는 소리를 늘어놓지 마."

"시끄러워! 나한테 명령하지 마!"

"반성은 고사하고 분노 때문에 머리가 돌아가지 않나 보군. 어쩔 수 없지. 더는 희생자가 생기지 않도록, 너도 죽일 수밖에 없겠는걸."

죽여?

설마, 이 구멍은…….

"눈치챘어? 이게 네 무덤이다."

"무덤?! 시, 싫어! 나는 죽고 싶지 않아!"

"그럼 하나만 묻지. 너는 목숨을 구걸하던 녀석을 살려준 적이 있어?"

"윽?!"

목숨을 구걸한 본인뿐만 아니라, 가족도 태워서 죽였다.

하지만 두르가 자식이 본보기 삼아 철저하게 죽이라고 해서, 내가 의도적으로 그런 건 아니다.

"그, 그건 두르가 자식이 시켜서 억지로 한 거야!"

"억지로 한 것치고는 꽤나 즐거워했다고 들었어. 그리고 어찌 되었든 간에 네가 한 짓이라는 사실에는 변함이 없지."

그 녀석이 그렇게 말하며 기묘한 마법을 쓰는 손가락으로 나를 겨누자, 나는 필사적으로 애원했다.

"나, 나는 마을 밖의 위험한 마물을 퇴치한다고. 나를 죽이면 마을 주변의 마물 퇴치는 누가 할 거지? 마을 녀석들이 마물에게 습격을 당해도 괜찮은 거냐?!"

"너는 퇴치가 아니라, 울분을 풀려고 그런 거잖아? 그 마을에서 싸울 수 있는 사람은 너뿐만도 아니고, 너한테만 계속 맡겨두면 다른 녀석들이 성장하지 않거든."

"나를 죽이면 두르가 자식이 입 다물고 있지 않을걸? 그 녀석이라면 너한테 현상금을……."

"그래? 처음 만났을 때, 두르가는 너 때문에 골머리를 썩이고 있는 것처럼 보였지. 지금은 권력을 손에 쥐었으니, 너를 처리할 생각도 하고 있을걸?"

"으…… 윽……."

젠장, 그 자식이라면 그러고도 남아.

싫어……. 죽고 싶지 않아.

"부, 부탁이야! 목숨만 살려줘! 이제 두 번 다시 불꽃으로 사람을 태우지 않을 거고, 네 제자들한테도 아무 짓도 하지 않을 테니까…… 응?"

"…………."

아주 약간이지만 살기가 누그러든 것 같은 느낌이 들었다.

혹시 이 녀석은…… 제자를 원하는 건가?

그렇다면…….

"시, 실은 네 실력에 반했어! 짐꾼이든 뭐든 다 될 테니까, 나를 제자로 삼아줘!"

나는 두르가의 도구로서 길러진 존재다.

그 녀석은 내 아버지인 척하지만 자식 대접을 받은 적은 거의 없고, 그 녀석에게 고마움을 느끼지도 않는다. 오히려 요즘 들어 참견만 해대니, 슬슬 처리해버리고 싶던 참이다.

잠깐만……. 이 녀석과 힘을 합치면 두르가도 손쉽게 처리할 수 있는 거 아냐?

그리고 이 녀석의 제자가 되는 건 굴욕적이지만, 제자한테는 빈틈을 보이기도 할 것이다. 두르가를 처리한 후, 언젠가 허를 찔러서 이 녀석을 해치우면 된다.

나는 체면을 내팽개치며 무릎을 꿇은 후, 고개를 숙이며 부탁했다.

"내가 얼마나 강한지는 봤지? 이제부터는 너를 위해 불꽃을……."

『아니, 네놈의 힘은…… 내가 쓰겠다!』

"쳇!"

갑자기 그 녀석이 혀를 차더니, 내 뒤편을 향해 마법을 날렸다.

아직 두르가의 수하가 남아 있는 건가?

마침 잘됐다. 내가 그 녀석을 제거해서 제자가 되기 위한 발판으로 삼도록 할까.

"……어?"

불꽃으로 간단히 해치워버릴 작정으로 몸을 일으킨 순간, 등 뒤에서 충격이 가해지더니 내 가슴에서 무언가가 튀어 나왔다.

이건…… 불꽃이 내 가슴을 꿰뚫었어?

아니, 나는 아직 정령에게 부탁을 하지 않았는데? 애초에 그 녀석들이 이런 짓을 할 리가…….

『자아, 정령에게 전해라. 나에게 모든 힘을 바치라고 말이다.』

이 불꽃…… 설마 그 개인가?!

"헛소리……."

『말대꾸를 할 여유는 없을 텐데? 서둘러라! 안 그러면……..』

"컥?! 크아아아아아——?!"

내 몸 안이 타들어가듯…….

나…… 대체 어떻게…… 정령들! 어떻게든…… 해봐!

『오오…… 멋지군! 이 힘만 있으면, 백랑도 두렵지……?!』

뜨거워…… 아파…… 뜨거워!

빨리…… 빨리빨리빨리빨리빨리빨리빨리빨리……

『힘이 너무 강해?! 어이, 그만해라! 더는 정령의 힘을……
크아아아아──?!』

물…… 물을…… 그…… 여자가…….

"큰일났군. 설마 마을로 가고 있는 건가?"

"크응……."

"지금은 풀 죽을 때가 아냐. 쫓아가자, 호쿠토!"

"멍!"

《지키고 싶은 것》

─────── 레우스 ───────

형님과 헤어진 우리는 포니아의 마을에 잠입한 후, 두르가의 방식에 반대하는 성녀파 신도들과 합류했다.

신전의 신도들에게 들켰다간 문제가 발생할 애셜리를 어떻게 마을로 들여보낼지 고민했지만, 마을의 문을 지키는 사람이 아군인 시간대를 형님이 가르쳐줬기 때문에 수월하게 들어갈 수 있었다. 그 문지기……엄청 근엄해 보였는데, 애셜리를 보자마자 울먹거렸다.

그리고 아만다 씨에게 안내를 받으며 애셜리의 편…… 성녀파의 은신처에 가보니, 애셜리를 본 신도들이 허겁지겁 우리를 향해 뛰어왔다.

"성녀님?!"

"오오, 성녀님이시다!"

"여러분…… 무사해서 다행이에요."

"성녀님이야말로, 무사하셔서 정말 다행입니다!"

"어이, 다른 사람들에게 성녀님이 무사하시다는 걸 전해!"

아군이 적다는 아만다 씨의 말대로, 이곳에 있는 신도의 숫자는 열 명도 채 되지 않았다. 두르가를 따르는 척하며 숨어 있던 사람들을 합쳐도 그리 많지는 않은 것 같았다.

그만큼 이곳에 있는 신자들은 애설리를 진심으로 따르는 건지, 그녀가 무사하다는 사실을 알고 눈물을 보이며 기뻐했다.

그리고 사람들이 진정했을 즈음, 우리를 본 신도들이 고개를 갸웃거리며 애설리에게 물었다.

"그런데 성녀님. 이분들은 누구시죠?"

"이분들이 저를 구해주셨답니다. 그리고, 저희와 함께 두르가에게 맞서주실 든든한 분들이시죠."

"괜찮을까요? 만약 두르가의 수하라면⋯⋯."

"그런 걱정은 안하셔도 돼요. 만약 그랬다면, 저는 지금쯤 대주교님에게 잡혀 있을 테니까요."

우리가 의심받는 것도 당연하겠지만, 애설리가 미소를 지으며 한 말을 들은 신도들은 순순히 우리를 받아들였다. 왠지 형님과 우리 같은 관계네.

그 후에 우리가 고맙다는 말을 듣고 멋쩍어하고 있을 때, 신도들의 대표로 보이는 이가 진지한 표정을 짓고 있다는 걸 눈치챘다.

"성녀님. 무사하셔서 정말 기쁩니다만, 이 마을은 위험합니다. 서둘러 탈출하시는 게⋯⋯."

"아뇨⋯⋯. 이제 도망 다니는 건 관뒀어요. 저는 미라교를 되찾기 위해, 그리고 대주교님과 싸우기 위해 돌아온 거예요."

"'''성녀님?!'''"

신도들은 애설리의 말을 듣고 놀랐지만, 그게 당연할지도 모른다.

아만다 씨의 이야기에 따르면, 애슐리는 지금까지 무슨 일이 일어나든 다툼을 피했다고 한다. 그래서 아만다 씨도 어젯밤에 애슐리의 뜻을 알고 진심으로 놀랐다.

"미라교를 대주교님이 이끌게 된 후로 신도 여러분은 유복해졌어요. 하지만 일부분들만 그러할 뿐이며, 또한 그것은 미라교의 가르침에 반하는 일이죠."

미라교가 변한 후로 빈부격차가 심해졌지만, 신도들의 생활이 편해진 것은 엄연한 사실 같았다.

하지만 미라교의 이념은 신도들이 유복한 생활을 하는 게 아니라, 곤란한 이들을 향해 손을 뻗는 것이다. 나는 종교 같은 것에 딱히 관심이 없지만, 지금의 미라교가 잘못되었다는 것만은 이해가 됐다.

"저희가 아는 미라교는 자신만 유복해지는 것이 아니라, 남들과 행복을 공유하는 종교예요. 그렇기 때문에 저희는 미라교의 신도가 된 것이지 않나요?"

신도들을 향해 자신의 마음을 이야기하고 있는 애슐리의 손끝과 발은 희미하게 떨리고 있었다.

싸우기로 결심하기는 했지만, 자신의 억지 때문에 다른 이가 상처 입는 게 두려운 것이리라.

"그 가르침을 곡해한 대주교님을…… 아니, 두르가를 용서할 수는 없어요. 교황님께서 자리를 비우셨고, 추기경님 또한 쓰러지셨으니, 저희가 일어설 수밖에 없어요."

"하지만 성녀님. 저희는 아군이 적고, 두르가는 그 성기사를 거느리고 있습니다. 이대로 싸워봤자 이길 수 있을지……."

"그 점에 대해서 설명할게요. 레우스 씨, 이쪽으로 가져와주세요."

"응."

애슬리에게 부탁을 받아서 가지고 온 짐을 내려놓자, 신도들은 그 짐의 정체를 눈치채고 당황했다.

그리고 성기사인 베이그가 마을에 없고, 형님이 고안한 작전 또한 알려주자, 다들 눈빛이 강렬해졌다.

"미라교가 어긋나는 것을 더는 좌시할 수 없어요. 그러니 부탁드릴게요. 여러분의 힘을 빌려주세요."

애슬리의 필사적인 목소리를 들은 신도들은 잠시 동안 침묵했지만, 한 명…… 또 한 명 무릎을 꿇더니, 결국 전원이 그녀 앞에서 무릎을 꿇었다.

"고개를 들어주세요, 성녀님."

"원래부터 저희는 진정한 미라교를 믿으며 모인 자들입니다."

"그 작전을 실행할 거라면, 성녀님께서 돌아오신 지금이 바로 최고의 기회겠죠. 저희 일동은 기쁜 마음으로 성녀님의 힘이 되겠습니다."

"여러분…… 감사해요."

두르가에게 현혹되지 않은 것만 봐도, 이 자리에 모인 이들은 신앙심이라는 것이 두터운 신자일 것이다.

하지만 그뿐만 아니라 애슬리를 진심으로 좋아하는 것 같다는 생각이 들었다. 다들 아버지나 어머니 같은 상냥한 눈길로 애슬리를 쳐다보고 있는걸.

이렇게 신도들의 협력을 얻은 후에는 일사천리로 일이 진행됐다.

신도들은 흩어져서 두르가에게 어쩔 수 없이 따르고 있는 이들을 아군으로 만들었고, 지정된 시각에 신전 앞으로 모여달라 부탁했다.

그중에는 우리를 배신하고 두르가에게 보고를 하는 녀석도 있을 거라고 형님은 말했다. 그리고 설령 들통이 나더라도 상대방이 대처를 하기 전에 돌격하기로 했다. 재빨리, 그리고 임기응변에 따라…… 형님이 가르쳐준 것들을 활용할 좋은 기회인걸.

할 일은 많지만, 성기사와 싸우면서 얼굴이 알려진 우리는 애셜리의 호위로서 은신처에 남아 있기로 했다.

일단 언제든 행동을 할 수 있도록 방구석에서 몸을 풀고 있을 때, 누나들이 불안한 표정으로 방 안을 어슬렁거리는 애셜리에게 말을 거는 모습이 눈에 들어왔다.

"불안한 것도 당연하지만, 벌써부터 그렇게 긴장하면 신전에 가기 전에 지칠 거야."

"하지만 가만히 기다리기만 하는 것도 힘들어서……."

"마음이 진정되는 홍차를 준비했어요. 목이 마를 테니 같이 마시지 않겠어요?"

누나들의 말에 따라 함께 홍차를 마신 애셜리는 그제야 마음이 조금 진정된 것 같았다.

하지만 아직 불안해 보였기에, 리스 누나가 차와 함께 먹으려고 준비한 쿠키를 내밀었다.

"자아, 이걸 먹고 기운을 내자. 아침에도 많이 안 먹었잖아?"

"그다지 배가 고프지 않아서……."

"배가 고프지 않더라도, 먹은 양이 적다는 점에는 변함없어. 여차할 때 힘이 안 나면 큰일이니까, 조금이라도 먹어둬."

리스 누나가 웃으며 그렇게 말하자, 애셜리는 넘겨받은 쿠키를 깨작깨작 먹었다.

으음…… 나도 한 마디 해주는 편이 좋을까?

형님이라면 이럴 때 말로 안심을 시켜줄 테니, 나도 그러는 편이 좋을 것 같았다.

"저기, 애셜리. 무슨 일이 벌어져도 내가 지켜줄 테니까 걱정하지 않아도 돼. 그리고 애셜리는 애초에 생각이 너무 많아."

"레우스 님……."

"아무튼, 하고 싶은 말을 전부 그 두르가란 자식에게 해주면 돼. 나중 일을 이제부터 생각해봤자 아무 소용없다고 나는 생각하거든."

여러모로 복잡한 상황인 건 알지만, 그 자식이 나쁜 녀석인 건 틀림없으니까 말이다.

우선 나쁜 녀석들을 날려버리는데 집중하자고 전한 후, 나는 형님을 흉내 내듯 애셜리의 머리에 손을 얹었다.

"어머……."

"와아……."

"후후, 거봐. 할 수 있잖니."

누나들이 불가사의한 눈길로 나를 쳐다보고 있지만, 화를 내지 않는 걸 보면 내 발언에 문제가 있지는 않다고 봐도 되겠지?

안심이 되면서 허기가 진 건지, 배에서 꼬르륵 소리가 났다.

"누나, 나도 과자 좀 줘. 배가 고프네."

"""하아……."""

어라…… 왜 갑자기 어이없어 하는 듯한 눈길로 나를 쳐다보는 거지?

"역시 아직 멀었나 보네."

"응. 꼬르륵 소리가 안 났다면 멋져 보였을 거야."

"맞아요. 머리에 손을 얹기만 하지 말고, 그대로 상냥하게 쓰다듬어줬다면 완벽했겠죠."

"아하하…… 여러분, 고마워요. 조금이지만 마음이 편해졌어요."

왠지 마음이 복잡하지만, 애슐리가 웃고 있으니 괜찮으려나.

나는 누나가 한숨을 내쉬면서 준비해준 쿠키를 먹으면서 준비가 끝날 때까지 느긋하게 기다렸다.

"서, 성녀님께서……."

"그 남자…… 성녀님에게 어울리는 남자겠지?"

"나는 절대 인정 못 해!"

왠지…… 일을 마치고 돌아온 신도들이 무시무시한 눈길로 나를 쳐다보고 있는 느낌이 들지만, 신경 쓰면 지는 거겠지…….

응, 그래.

　그리고 준비를 마친 후, 이 짧은 시간 동안 아군을 백 명 가량 늘린 신도들은 작전대로 미라교의 신전으로 향했고……

『나와라, 두르가!』

『네가 하는 짓은 진정한 미라교에 반하는 행동이다!』

『성녀님께서 배교자일 리가 없어!』

　아만다 씨를 필두로 해서, 신전 앞에 모인 신도들이 두르가의 이름을 외쳐댔다.

　신전 앞에서 이렇게 소동을 일으키면 두르가 일당의 시선도 그쪽으로 향할 테니, 우리가 신전에 침입하기도 쉬워질 것이다.

　참고로 신전 안에는 애슐리를 비롯해 우리 네 명만 잠입했으며, 입구 앞의 소동을 이용해 잠입을 한 우리는 단숨에 두르가를 확보하기로 했다.

　적진에 돌입하는 것이니 인원을 더 늘리는 편이 좋을지도 모르지만, 일단 서둘러 두르가를 잡아야만 하는데다, 아군인 신도들은 싸움에 익숙하지 않기 때문에 오히려 짐만 될 가능성이 컸다. 차라리 소수정예로 단숨에 돌파하는 편이 나을 것이다.

　당연히 신도들은 애슐리가 신전에 잠입하는 것을 반대했지만, 신전 내부를 가장 잘 아는데다 두르가와 직접 이야기를 나누고 싶다고 애슐리가 말하자, 신도들은 투덜거리면서도 납득했다.

　그래서 조금이라도 애슐리의 도움이 되기 위해, 신도들은 필사적으로 고함을 지르는 것 같았다.

『네놈들은 뭐냐! 이런 데서 난리법석을 치는 건 미라 님께 실례라고 생각하지 않는 거냐!』

『그건 우리가 할 말이다. 미라교를 변질시킨 네놈들의 행위를 미라 님께서 한탄하고 계실 거다!』

『미라 님의 신탁을 의심하는 거냐!』

성녀파와 두르가파의 신도들이 고함을 지르며 다투는 가운데, 우리는 애셜리의 안내에 따라 신전 내부로 이어지는 비밀 통로에 도착했다.

신전이 세워진 산기슭에 조그마한 폭포가 있으며, 그 뒤에 숨겨져 있는 동굴인데…….

"……평범한 동굴처럼 보이네."

"바위가 깨져서 생긴 구멍 아닐까?"

그 동굴은 깊지 않아서 전혀 비밀통로로 보이지 않았다.

우리가 고개를 갸웃거리며 주위를 둘러보는 가운데, 애셜리가 근처에 있는 벽에 손을 대자 바위가 움직이면서 안으로 이어지는 길이 모습을 드러냈다.

"비밀통로답게 꽤 신경 써서 만들었네."

"교황님과 추기경님, 그리고 저만 아는 길이에요. 이곳을 이용하면 아무에게도 들키지 않고 신전 내부에 들어갈 수 있어요."

애셜리는 서늘한 공기가 감도는 동굴을 걸으면서 이 장소에 대해 설명했다.

"이곳이 비밀인 건 비밀통로일 뿐만 아니라, 미라교의 성역이기도 하기 때문이에요."

"그런 장소에 우리가 들어가도 되는 거야?"

"맞아. 내 마법으로 안뜰로 잠입했어도 괜찮지 않았을까?"

"비상시에는 얼마든지 이용해도 된다고 교황님께서 말씀하셨어요. 그리고 지금이 그때라고 생각해요."

"그럼 귀중한 체험을 하는 거잖아. 형님은 그런 걸 좋아하니까 아쉬워하겠네."

동굴을 한동안 나아가자 넓은 공간이 나타났고, 그곳에는 커다란 호수가 펼쳐져 있었다.

성역이라는 말을 듣고 잘 이해가 안 됐지만, 이 호수는 그렇게 불리는 게 납득이 될 만큼 신성한 장소였다.

그것도 그럴 것이, 나뿐만 아니라 누나들도 멍하니 쳐다볼 정도인 것이다.

"미라 님이 머문다고 일컬어지는 성스러운 호수예요. 다가가는 건 괜찮지만, 호수에 들어가지는 말아주세요."

"아름다운 장소네. 이런 상황만 아니라면 한동안 지켜보고 싶을 정도야."

"시리우스 님과 함께 오고 싶어요."

"좋아요. 나중에 추기경님에게 부탁드려볼게요. 여러분이라면 미라 님도 이해해주실 거예요."

한동안 쳐다보고 싶지만, 지금은 두르가를 잡는 게 우선이다.

호수 근처에 있는 문으로 향하는 애셜리를 내가 쫓아가고 있을 때, 호수를 쳐다보면서 멍하니 서 있는 리스 누나의 모습이 눈에 들어왔다.

"······그래. 그렇게 된 거구나."

"리스, 왜 그래? 슬슬 가자."

"아, 미안해. 금방 갈게."

"혹시 신경 쓰이는 일이라도 있어?"

"그런 건 아냐. 하지만 물이 너무 깨끗해서 정령도 기운이 넘치는 것 같네······."

무슨 일이 있는 것 같지만, 리스 누나의 분위기가 딱히 나빠 보이지는 않으니 문제는 없어 보였다.

그리고 문 앞에서 기다리고 있는 애셜리를 따라잡은 후, 우리는 작전을 확인하기 위해 둘러섰다.

"이 문 너머는 신전의 중심부에 있는 기도실이라 불리는 방이에요. 에밀리아 씨, 잘 부탁드려요."

"알았어요. 이제부터 저희는 우선 추기경이라는 분의 안전을 확보하러 가겠어요."

누나는 아만다 씨가 그려준 지도를 꺼내더니, 우리가 있는 위치를 손가락으로 가리켰다.

그리고 애셜리가 옆에서 손을 뻗더니, 어느 방으로 이어지는 루트를 가리키며 설명했다.

"기도실에서 추기경님의 방으로 향할 때는 이 루트를 이용하는 편이 가장 빠를 거예요."

"시리우스 님께서는 이 근처에서 약한 반응이 있다고 말씀하셨어요. 추기경이 거기에 있다고 생각해도 되겠죠."

"누나, 여기서부터는 전부 정면 돌파인 거지?"

"그래. 너는 애셜리와 우리의 말에 귀를 기울이면서, 막아서
는 적을 전부 해치워. 그 후에는 상황을 보며 지시를 내릴 테니
까, 차분하게 행동하자."

원래는 가장 나이가 많고 경험이 풍부한 피아 누나가 지휘를
하는 편이 좋겠지만, 쭉 혼자 여행을 해온 데다 제자로서도 가
장 막내라고 사양했다.

뒤편에서 엄호를 하는 편이 직성에도 맞는지, 다른 이들을 둘
러볼 수 있는 위치에서 동료들을 지켜보고 있었다. 형님이 전에
말했던 어드바이저 같은 역할이구나.

"애셜리. 당신이 해야 할 일은 알고 있죠?"

"예. 길 안내, 그리고 여러분을 따라가는 거예요."

"저희보다 앞서 나가려고 하면 안 돼요. 어떤 공격이 날아오
든……."

"우리가 지켜줄게. 앞쪽은 레우스, 너한테 맡길게."

"나만 믿어!"

우리는 회의를 마친 후, 신전 내부로 들어갔다.

"우랴아아아압──!"

"저, 적이…… 크억?!"

"대체 어디로…… 으윽?!"

기도실에는 아무도 없었지만, 그 방을 나서자마자 두르가의
호위로 보이는 갑옷 차림의 남성들에게 발각당한 바람에 나는
바로 검으로 때려서 기절시켰다.

"방금 그건 무슨 소리지?!"

"침입자다!"

"방해하지 마세요. '에어 샷'."

"너희가 나설 차례야!"

방금 발생한 소리를 듣고 나타난 호위는 누나와 피아 누나의 마법을 맞고 튕겨나더니, 그대로 벽과 격돌하며 꼼짝도 하지 않았다.

그중에는 먼 곳에서 마법을 쏘고 있는 녀석도 있지만, 리스 누나가 마법으로 전부 막아냈다.

리스 누나는 불덩어리를 물구슬로 상쇄시켰고, 날아오는 바위 또한 물로 감싸서 기세를 죽였다. 왠지 평소보다 컨디션이 좋아 보이는걸.

"너무 무리하는 거 아냐? 절반 정도는 내가 맡을게."

"지금은 물의 정령이 많아서 그런지 마력이 소모되지 않으니까 괜찮아. 아직 여유 있어."

"그럼 괜찮지만, 그래도 무리는 하지 마."

"젠장! 빨리 대주교님에게 알려!"

적의 목소리 때문에 누나들의 대화가 들리지 않지만, 두 사람의 표정을 보아하니 문제는 없어 보였다.

우리가 차례차례 호위들을 해치우며 통로를 나아가자, 2층이 뚫려 있는 장소에서 나이프를 쥔 신도가 뛰어내리며 애설리를 노렸다.

"이 배신자, 각오해라!"

"그렇게는 안 돼요!"

하지만 나보다 먼저 나선 누나가 상대의 나이프를 피하며 신도를 걷어찼다.

그리고 누나가 투척용 나이프를 던지자, 방금 차인 신도는 다시 균형을 잡으면서 손에 쥔 나이프로 그것을 막아냈다.

"역시 당신은 평범한 신도와 다른 것 같군요. 두르가에게 고용된 분인가요?"

"대답할 생각은 없다. 제법이지만, 우리 상대는 못 돼."

"제 공격이 나이프만이라고 생각하시면 안 되죠. '에어 샷'."

누나는 질문에 답할 생각이 없다는 듯이 평소처럼 마법을 날렸지만, 그 신도는 차분하게 옆으로 몸을 날리며 그 공격을 피했다.

바람 마법은 기본적으로 잘 보이지 않아서 피하기 어렵지만, 저 신도는 완전히 꿰뚫어 보며 피한 것 같았다.

"느리군. 다음은 이쪽…… 크윽?!"

하지만 누나가 몰래 날린 '에어 임팩트'가 신도의 옆에서 터지자, 상대는 그대로 벽에 내동댕이쳐졌다.

"두 마법을 동시에 썼을 가능성을 시야에 넣었어야 했을 것 같군요. 뭐, 제 말이 들리지 않겠지만요."

"한 명이라고 생각하지……."

"내가 할 말이다!"

몰래 숨어 있던 녀석이 누나를 노렸지만, 나를 잊으면 곤란하지.

누나라면 괜찮겠지만, 나는 옆에서 끼어든 녀석을 두들겨 패서 날려버렸다.

기척은 능숙하게 감추지만, 형님에 비하면 찾아달라고 외치는 거나 다름없어 보이는걸.

"다소 강하지만, 방심만 하지 않는다면 어떻게든 될 것 같군요."

"응. 우리도 충분히 잘 싸우는걸. 애설리, 내 뒤편에서 벗어나지 마!"

"예! 그건 그렇고, 미라 님의 신전에서 이렇게 상처 입는 자가 생기다니……."

"그런 생각은 원흉을 막은 후에 해. 안 그러면 상처 입는 사람이 더 늘어날 테니까, 지금은 앞으로 나아가는 것만 생각하는 거야!"

"윽?! 아, 알았어요!"

애설리는 적이 상처 입는 것을 보고 의기소침해졌지만, 피아 누나의 말을 듣고 마음을 다잡은 것 같았다.

그 후에도 몇 번이나 호위와 신도에게 습격을 당했지만, 우리는 그들을 전부 해치우며 나아갔다.

그리고 호화로운 융단이 깔린 문 앞에 도착하자, 애설리는 앞을 손가락으로 가리키며 외쳤다.

"여기가 추기경님의 방이에요!"

"누나, 방 안에 반응이 두 개 있어!"

"하나는 적일 가능성이 있지만, 망설일 시간은 없군요. 신중하면서도 대담하게 나가죠!"

문을 부술 듯이 걷어차며 뛰어 들어가 보니, 넓은 방구석에 놓인 침대 위에 한 노파가 누워 있었다.

에리나 씨보다 훨씬 나이가 많아 보이는 노파이며, 얼굴에 살점이 하나도 없는 것이 매우 쇠약해진 것 같았다.

"추기경님!"

"움직이지 마! 더 다가오면 이 사람의 목숨이 어찌 되든 상관없는 걸로 알겠다."

그 사람은 추기경이 틀림없어 보이지만, 우리가 아까 감지한 한 신도가 추기경의 목덜미에 나이프를 겨누고 있었다.

"곧 두르가 님께서 이곳에 오실 거다. 그때까지 얌전히 있어 주실까."

"잠깐만요! 그분을 상처 입히시는 건 절대 용납 못 해요. 인질이 필요하면 제가 되겠어요."

"거절한다. 지금은 함부로 움직일 수 있는 인질 따위는 필요 없거든."

여기서 도망친다면 몰라도, 그저 상대가 꼼짝 못하게 할 것이라면 움직이지 못하는 추기경을 인질로 잡는 편이 나을 것이다.

함부로 움직일 수 없는 상황 속에서 누나가 눈짓을 보내자, 나는 검을 치켜들며 한 걸음 앞으로 나섰다.

"뭐하는 거냐. 무기를 버리고 물러나라!"

"어이, 네 나이프와 내 검…… 어느 쪽이 더 빠를 것 같아?"

"내가 농담하는 것 같나? 네놈이 아무리 빨라도 이 상황에서는 아무 짓도 못할 텐데?"

"내가 매일 이 녀석을 휘두르기 때문에, 이제는 내 손처럼 다룰 수 있거든. 네 손만 베는 건 식은 죽 먹기야."

"저의 바람 마법도 빠르죠. 베었는지도 알 수 없다는 바람 칼날을 맞아보겠어요?"

"여러분, 관두세요. 추기경님을 위험에 처하게 할 수는……."

애설리가 말렸지만, 누나와 나는 개의치 않았다.

우리가 농담을 하는 게 아니라는 것을 알려준 후에 누나가 한 걸음 옆으로 이동하자, 상대의 시선이 약간 흐트러졌고…… 바로 그 순간, 우리는 움직였다.

"너희들…… 잘 노려."

"다들 부탁해."

피아 누나가 중얼거리자마자 신도의 손 언저리에 바람이 생겨나더니, 나이프를 쥔 손이 그대로 튕겨나갔다. 그 뒤를 이어 리스 누나가 날린 물구슬이 나이프를 쳐냈다.

그와 동시에 누나와 내가 몸을 날렸고, 동요한 신도를 제압해서 로프로 묶어버렸다.

"좋아, 이걸로 이 방은 괜찮아 보이네."

"애설리, 이분이 바로 추기경이신가요?"

"어…… 음…… 예! 이분이 바로 미라교의 추기경님이세요."

쉴 새 없이 변하는 상황 속에서 망연자실하던 애설리도 추기경이 무사하다는 사실을 알고 진정한 것 같았다.

아직까지는 순조롭네. 이제 두르가를 잡기만 하면 된다고 생각하며 마음을 다시 진정시키고 있을 때, 애설리가 금방이라도 울음을 터뜨릴 듯한 표정으로 중얼거렸다.

"추기경님. 이렇게 야위시다니……."

"그러고 보니 갑자기 몸이 나빠졌다고 했지? 혹시 독극물 같은 것에 당한 걸지도 몰라."

"에밀리아, 좀 살펴봐도 돼?"

"물론이죠. 이런 상태로 둘 수는 없으니까요."

침대를 중심으로 전원이 모인 후, 리스 누나의 마법으로 만들어낸 물이 추기경의 몸을 감쌌다.

그대로 잠시 치료를 이어가다 물이 사라진 후, 새파랗게 질려 있던 추기경의 얼굴이 다시 붉은 기운을 머금었다.

"휴우……. 얼추 끝났어. 시리우스 씨라면 더 상세한 증상을 알 수 있겠지만, 일단 목숨에는 지장이 없는 것 같으니 안심해."

"정말인가요?! 다행이에요……."

눈물을 흘리며 추기경의 손을 움켜쥐고 있는 애셜리의 모습을 보며 자연스레 미소를 짓고 있는 가운데, 나는 이쪽으로 다가오는 기척을 느끼고 검을 거머쥐었다.

누나들도 마찬가지로 전투태세를 취했을 즈음에 문이 열리더니, 신도 몇 명이 방 안으로 밀려 들어왔다. 하지만 내 시선은 그들의 뒤편에 있는 남자를 향했다.

"흥. 설마 이런 장소까지 쳐들어올 줄이야."

처음 보는 상대지만, 다른 신도들과는 명백하게 차이가 날 정도로 화려한 법의와 거만한 태도로 볼 때, 저 남자가 적들의 두목인 두르가 같았다.

그리고 전투를 할 수 없는 두 사람을 지키듯 선 우리를 둘러보던 두르가는 마지막으로 우리 뒤편에 있는 애셜리를 노려보았다.

"누가 잠입했다는 보고는 받았지만, 설마 과거에 성녀였던 애셜리일 줄이야."

"두르가……."

애셜리는 적의에 익숙하지 않은지 한순간 움츠러들었지만, 곧 지지 않겠다는 듯이 상대를 마주 노려보았다.

그 눈싸움은 한동안 계속되더니, 두르가는 시선을 피하지 않는 애셜리를 쳐다보며 귀찮다는 듯이 한숨을 내쉬었다.

"예전 같으면 바로 눈을 돌렸을 텐데, 조금은 성장한 것 같군."

"당연하죠! 다른 분들이 필사적으로 싸우고 있는데, 저만 물러설 수는 없으니까요."

"역시 밖에서 소란을 일으킨 녀석들은 네 녀석이 선동한 건가. 내 호위를 쓰러뜨릴 뿐만 아니라 미라교에 이렇게 혼란을 일으켜? 미라교의 성녀라 불렸던 자가 이런 행동을 했다는 게 믿기지가 않는군."

"저의 행동은 성녀로서 올바르지 않을지도 모르고, 미라 님을 배신하는 행위일지도 몰라요. 하지만 미라교에 혼란을 초래한 장본인은 바로 미라교의 가르침을 왜곡시킨 당신이에요!"

"흥, 조금은 세상물정이라는 건 배운 것 같군."

"저만 핍박을 당하는 거라면, 저는 아무 말도 하지 않았을 거예요. 하지만 미라교의 가르침을 곡해시켰을 뿐만 아니라 성기사를 이용해 수많은 희생자를 만들어낸 당신을 미라 님의 시도로서 용서할 수 없어요!"

애셜리는 용기를 쥐어짜내서 그렇게 말했지만, 두르가는 고개를 내저으며 머리 나쁜 애를 어르는 듯한 어조로 말했다.

"곡해? 아니지. 이건 미라교를 존속시키기 위해 필요한 조치였을 뿐이다."

"미라 님의 가르침을 곡해하고, 돈을 강제로 긁어모으는 것이 필요한 조치라고 생각할 수 없어요."

"난처하군. 전부터 생각했지만, 너는 현실이라는 것을 좀 더 직시하는 편이 좋을 거다. 우선 미라교는 마을 사람들의 헌납으로 유지되고 있다. 그건 알고 있겠지?"

"물론이죠. 미라교는 신도와 마을 사람들에 의해 유지되고 있으니까요. 행복을 나눈다…… 그것이 미라 님의 뜻이에요."

애셜리에게 들은 이야기에 따르면, 미라교는 마을 사람들과 미라교의 봉사를 받은 사람들이 내는 선의의 헌납을 통해 돈을 얻고 있다.

즉, 미라교의 존속 여부는 마을 사람들에게 달려 있는 것이다.

"하지만, 너는 미라교의 미래를 생각해본 적이 있나? 신탁만 내리며 우리에게 모습을 보이지 않는 미라 님이 영원토록 숭배를 받는 절대적인 존재라고 진심으로 생각하느냐?"

"미라 님이 존재하지 않는다는 건가요? 그렇지 않아요. 실제로 저는 몇 번이나 미라 님의 목소리를 들었어요!"

"그렇지 않아. 만약 마을 사람들이 미라 님의 존재를 불신하기 시작하면, 확고한 수입원이 없는 미라교는 붕괴되고 말지.

그렇기 때문에 나는 미라 님의 이름을 널리 알리는 것과 동시에 미라교를 유지하기 위한 자금을 모을 수 있게 만든 거다. 미라 님의 이름을 영원한 것으로 만들기 위해서는 때로는 그런 악함도 필요하지."

"교황님과 추기경님이 그런 변화를 추구하실 리가 없어요. 왜 당신이 멋대로 그런 걸 정한 거죠?!"

"교황은 순례 여행을 떠나 돌아오지를 않고, 추기경은 병에 걸린 후로 말도 제대로 못 하지. 그리고 너는 미라 님의 신탁에 따라 배신자가 된 죄인이다. 이 상황에서 나 말고 누가 그걸 정한다는 거지?"

"그럼 다른 분들과 상의해서……."

"어리석은 소리군. 신도들이 찬동했기 때문에 교의를 바꾼 거다. 조금만 생각해보면 알 수 있을 텐데?"

믿고 싶지 않지만, 두르가의 말도 일리가 있을지도 모른다.

두르가가 자신이 틀리지 않다고 딱 잘라 말하자, 애셜리는 대꾸를 하지 못했다.

"너와 생각은 다르지만, 나는 미라교의 미래를 생각하며 행동하고 있다. 이래도 내가 틀렸다는 거냐?"

"그렇지는…… 하지만……."

두르가는 승리를 확신한 것처럼 의기양양한 표정을 짓고 있었다.

애셜리가 할 말이 있다고 해서 지금까지 입 다물고 있었지만, 나도 더는 입을 다물고 있을 수 없었다.

"잠깐만 있어봐. 네 말은 어딘가 이상하다고."

"레우스 님?"

"너는 뭐지? 상관없는 녀석은 닥치고 있어라."

"아니, 그럴 수는 없어. 미라교를 위해서라고 떠들지만, 너는 그런 짓은 한 적이 없잖아."

미라교는 난처한 사람들을 위해 손을 뻗는 종교지만, 성기사를 이용해 집을 불태울 뿐만 아니라 다시 집을 세우지도 않았다.

미래를 위한다고 했지만, 그저 자기 앞가림만 생각하고 있는 것 같다고.

이건 내 감이지만…….

"뭐랄까, 너는 남의 돈을 갈취하는 것만 생각하는 악당과 같은 냄새만 난다고."

"침입자 따위가…… 헛소리를 지껄이지 마라."

"헛소리가 아니에요. 추기경이 짜기라도 한 타이밍에 쓰러지고, 여신의 가르침을 지켜온 성녀가 배교자라는 신탁이 내려지는 등, 당신한테 유리한 상황이 이어진 게 너무 미심쩍죠."

미라교에서 가장 이득을 취하고 있는 자가 바로 두르가다.

저 호화로운 법의와 장식품은 위에 선 자의 기품을 위한 것 치고는 지나쳤고, 진짜로 필요한 게 맞는지 의문이 들었다.

"그리고 가르침을 바꿨는데 다른 신도들이 찬동했다고 아까 말했죠? 성녀인 애셜리가 없어지면서, 당신의 입김만 닿는 신도만 남았을 거라고 생각하는데 말이에요."

"애초에 네가 들었다는 신탁은 진짜야? 방해꾼을 처분하라는 지시를 내리는 속 좁은 여신도 다 있나 보네."

"속으면 안 돼, 애셜리. 저 사람은 미라교를 존속시키기 위한 거라고 떠들면서, 결국 사리사욕만 채웠어. 마을의 상황과 성기사가 멋대로 행동하게 둔 게 가장 큰 증거야."

"여러분……."

말대꾸도 못하며 풀이 죽어 있던 애셜리는 우리의 말을 듣고 자신이 이곳에 온 의미를 떠올렸는지, 두르가를 똑바로 노려보았다.

애셜리의 눈빛에 힘이 돌아오자, 두르가는 머리를 긁적였다.

"쳇…… 베이그도 그렇고, 요즘 꼬맹이들은 내 생각대로 움직이지 않는군."

"당신은 어린애를 너무 얕봐요. 그리고 한 마디 더 하자면, 당신의 뜻대로 움직이기를 바란다면, 당신에 그에 걸맞게 행동해야겠죠."

"그래. 나는 형님의 명령이라면 뭐든 따를 거고."

"어른은 속여도, 애들 상대는 서툴군요."

"감히 나를 무시하는 거냐! 그냥 속아 넘어갔으면 다칠 일도 없었을 건데 말이다."

두르가는 뒤로 물러서면서 손가락을 튕기자, 주위에 있던 다섯 명의 신도들이 일제히 무기를 치켜들었다.

"남자 수인은 어찌 되든 상관없지만, 여자는 꼭 생포해라. 죽이기는 아깝거든."

그딴 소리나 늘어놓는 거야.

하지만 그런 일은 절대 벌어지지 않아. 누나들은 형님 거니까 말이지!

"겉모습은 좀 다르지만, 너는 어제 나를 찾아왔던 엘프지? 일부러 이렇게 와줘서 고맙다."

"어머, 내가 탐나는 거야? 하지만 미안하네. 그때도 말했지만, 나한테는 시리우스가 있어."

"흥, 어제 그렇게 우리를 협박해놓고 이런 곳에 나타날 줄이야. 엘리시온 이야기도 좀 미심쩍은걸."

"반은 진짜야."

"뭐, 아무래도 좋다. 미라교에 숨어든 불법 침입자인 너희는 이제 내 것이나 다름없지."

일부러 우리에게 모습을 드러낸 것은 그만큼 주위에 있는 녀석들이 강하기 때문이리라.

하지만 자신이 싸움에 방해된다는 것을 이해한 건지, 두르가가 방에서 나가려고 한 순간……

"다소 상처를 내도 되겠지만, 과하게는……"

"흩어져요!"

누나가 그렇게 외친 순간, 우리는 일제히 움직였다.

하지만 상대도 우리의 행동을 예상한 건지 앞으로 나선 나와 누나를 한 명씩 막아서더니, 다른 이들은 뒤편에 있는 누나들과 애셜리를 향해 조그마한 나이프를 던졌다.

아마 마비독을 묻힌 나이프 같은데, 피아 누나가 바람을 일으켜서 나이프를 전부 주위의 벽으로 날아가게 했다.

그리고 리스 누나가 답례라는 듯이 수많은 불구슬을 날려서 상대방의 움직임을 봉쇄했다. 아무래도 저쪽은 괜찮을 것 같았다.

"우리와 대치한 상태에서 한눈을 팔다니, 꽤나 얕보는 것 같군."

"그렇지 않아."

할아버지에게 받은 팔토시로 상대가 내지른 나이프를 쳐낸 후, 상대가 동시에 날린 발차기를 무릎으로 막아낸 나는 상대의 복부에 주먹을 꽂았다.

공교롭지만, 이 녀석은 나이프를 주로 사용하는 형님과 매일 대련을 한다고.

그 덕분에 적의 움직임이 보인다고나 할까…… 오히려 왜 발차기를 날린 후에 대비를 하지 않는지 고개를 갸웃거렸을 정도다.

"아, 이럴 때가 아닌가."

옆을 바라보니 누나도 상대의 팔을 잡아서 집어던지고 있었다. 그렇다면 나는 두르가를 놓치지 않도록 적의 숫자를 줄여 둬야겠다.

누나와 내가 두 명을 기절시킨 후, 남은 세 사람도 간단히 정리했다.

하지만 리스 누나의 마법이 위력적이었기 때문에, 내가 끼어들 틈이 없었다.

"진짜로 피곤하지 않은 거야? 방금도 상당한 양의 마력을 쓴 것 같은데 말이야."

"으음…… 아직 괜찮아. 실은 나도 놀랐어."

형님이 사용하는 '샷건' 이상의 물 탄환이 연속으로 발사되더니, 그대로 상대의 몸을 난타했다.

눈을 까뒤집은 채 쓰러진 저 세 사람은 아마 온몸이 멍투성이일 것이다. 리스 누나를 화나게 하면 엄청 무섭다는 걸 다시 한 번 실감했다.

아무튼 이것으로 두르가를 지키는 자들을 전부 정리했다.

우리가 순식간에 적들을 해치운 덕분에 두르가는 도망친 타이밍을 놓친 건지 이를 악문 채 우리를 노려보고 있었다.

"이익…… 도움이 안 되는 놈들. 이딴 녀석들이 뭐가 정예라는 거냐!"

"이게 대주교의 본성이구나. 성기사가 그런 애로 자란 것도 납득이 돼."

빨리 두르가를 잡아서, 밖에서 양동 작전 중인 아만다 씨들을 안심시켜줘야 한다.

뭔가 몰래 가지고 있을 가능성도 있기 때문에 차분히 다가갔지만, 두르가는 순순히 잡혔을 뿐만 아니라 로프에 묶이는데도 별다른 저항을 하지 않았다.

그리고 다 같이 둘러싸서 이번 일의 전말에 대해 여러모로 물어보니…….

"흥……. 성녀를 함정에 빠뜨린 건 내가 맞다. 적당한 이유를 대며 마을에서 돈을 뜯어낸 것도 사실이지."

생각과는 다르게 순순히 실토를 했다.

이럴 때는 절망을 하거나 살려달라며 매달리는 게 정상이라고 생각하지만, 이 녀석이 보이고 있는 여유는 대체 뭐지?

"꽤 여유가 넘치네. 자기가 처한 상황을 이해하고 있는 거야?"

"궁지에 몰렸다고 해서 내가 꼴사나운 모습을 보일 것 같아? 애초에 너희가 뭘 하든 결과는 달라지지 않거든."

"그게 무슨 소리죠?"

"네가 악행을 했다는 증거는 신전 안에 산더미처럼 있다는 걸 알고 있거든? 이제부터 사람들 앞에서 이실직고를 해줘야겠어."

"정말 그대로 되겠느냐?"

역시…… 뭔가 이상했다.

우리가 의문을 느끼는 가운데, 두르가는 여유 넘치는 어조로 이야기를 시작했다.

"내가 한 짓이 전부 밝혀지면, 신도들뿐만 아니라 미라교를 믿는 사람들 전원이 배신감을 느끼겠지? 그렇게 되면…… 미라교는 과연 어떻게 될까?"

즉, 이번 불상사가 알려지면 마을 사람들이 미라교에 불신감을 가지게 될 것이며, 두르가가 말한 것처럼 미라교가 붕괴될지도 모른다는 건가.

"게다가 신전 안에 있는 녀석들은 대부분 내 편이지. 내가 죄를 실토하더라도, 배교자가 된 계집의 말은 믿지 않을 것이다. 그리고 나와 마찬가지로 자기 이득만 챙긴 녀석도 있지. 순순히 죄를 실토할 리가 없는데다. 지금 이상의 혼란이 발생할 거다. 즉, 너희는 미라교를 붕괴시키려 하고 있는 거나 다름없어."

두르가는 우리가 미라교를 박살 내는 선택을 할 리가 없다고 확신하고 있기 때문에 여유를 부리는 건가.

"자아, 이제부터 교섭을 시작해볼까. 이제부터 나는 계집에 대한 신탁이 잘못되었다고 발표한 후, 너는 다시 성녀로 복직시켜주겠다. 계집뿐만 아니라 다른 신도도 신전으로 돌아올 수 있도록 손을 써주지. 물론 미라교의 교의 또한 원래대로 되돌려도 된다."

"헛소리하지 마! 네 탓에 얼마나 많은 사람들이 힘들어 했는지 알긴 하는 거냐!"

"확실히 여러 감정이 남겠지만, 너희만 참으면 되지. 그러면 전원이 신전으로 무사히 돌아올 수 있을 뿐만 아니라, 최악의 사태는 피할 수 있을 것이다."

"그게 그렇게 간단히 될까요?"

"나는 할 수 있다. 믿기지 않는다면 하나 더 추가해주지. 성녀와 신도들을 원래 지위로 되돌려준 후, 나는 대주교를 사임하고 이 마을을 떠나서 두 번 다시 돌아오지 않겠다고 맹세하마."

미라교를 이렇게 어지럽혀두고, 저런 소리를 잘도 하는군.

거만한 태도를 취하고 있지만, 이 녀석이 한 말에는 진실도 섞여 있다. 힘으로 해결하지 못한다는 건 바로 이런 것을 말하는 것이리라.

"느긋하게 생각할 시간은 없다. 사적인 일로 자리를 비운 성기사가 돌아오면, 너희는 전부 재가 될 테니까 말이야."

"성기사는 돌아오지 못할 테니까, 그런 걱정은 할 필요 없어."

"뭐?"

두르가 여유를 부리는 이유 중 하나는 성기사 같지만, 지금은 그런 것을 신경 쓰지 않아도 된다. 게다가 미라교의 미래를 결정한 사람은 우리가 아니다.

아까부터 아무 말 없이 이야기를 듣고 있던 애슐리에게 우리 모두의 시선이 향한 가운데, 두르가가 의기양양한 표정을 짓더니…….

"아무리 고민해봤자 답은 하나뿐이지. 네가 아끼는 미라교가 박살 나는 것을 원치 않는다면……."

"상관없어요."

애슐리는 단호한 어조로 말했다.

"……뭐가 상관없다는 거지?"

"그러니까, 전부 밝혀져도 상관없다는 거예요. 저는 이대로 신전 밖에 나가, 여러분에게 모든 진실을 공표할 거예요."

"제정신이냐?! 네가 지키려한 미라교가 사라져도……."

"당신의 제안에 따라 왜곡된 미라교는 더 이상 미라교가 아니에요. 저는 이제부터라도 가슴을 펴고 난처한 이들에게 손을 뻗고 싶어요."

그래. 거짓말로 점철된 상태에서 남을 도와봤자, 전혀 기쁘지 않을 거야.

"어떤 사람이 저에게 가르쳐줬어요. 무슨 일이 있어도 자신의 원점을 잊으면 안 된다고요. 그리고 저의 원점…… 지키고 싶은 미라교란 다 같이 웃고, 서로를 도와가며 나아가는 것이니까요."

형님은 여기까지 고려해서 애슐리에게 그런 말을 한 것일까?

아니…… 애슐리의 강한 마음이 두르가의 유혹을 떨쳐내고, 용기를 내며 앞으로 나아갈 결단을 내려준 것이다.

"네놈, 제정신이냐?! 정말 그걸로 괜찮겠느냐?!"

"예. 미라교가 어떻게 될지는 모르겠지만, 만약 교황님이 계셨다면 주저 없이 그러셨을 테죠."

애셜리가 웃으며 그렇게 말하자, 두르가는 입을 쩍 벌린 채 그대로 굳어버렸다.

"게다가…… 미라교가 사라지더라도, 저 혼자만은 미라 님의 신도로……."

"혼자는 아닐 거야. 당신을 가족처럼 여기는 사람도 있잖니."

"아, 그랬죠. 저는 그분들과 함께 계속 활동할 뿐이에요."

"……이렇게 어리석을 줄이야. 역시 그때 해치웠어야 했나."

기운 없는 목소리로 그딴 소리를 늘어놓아도 전혀 무섭지 않은걸.

"악당도 애셜리의 순수함은 이기지 못한 거군요."

"이걸로 결판은 난…… 걸까?"

"애셜리에게 있어서는 이제부터 본격적인 싸움이 시작되겠지만 말이야. 적어도 지금은 저희가 이겼다고 생각해."

"이제 형님과 호쿠토 씨만 돌아오면…… 윽?!"

그 순간…… 불길한 예감이 엄습하더니 내 꼬리와 귀가 엄청난 기세로 반응했다.

고개를 돌려보니, 누나도 나와 마찬가지로 창밖을 지그시 쳐다보고 있었다.

"왜, 왜 그래?! 에밀리아, 대체 무슨 일이야?"

뭔가…… 다가오고 있어?

이쪽을 향해 엄청난 무언가가 쳐들어오고 있는 듯한, 그런 느낌이 들었다.

나는 리스 누나에게 대답도 하지 않으며 이 방의 창문을 연 후, 형님이 향한 방향을 지그시 쳐다보니…….

"염랑……인가?"

산 너머에서 거대한 불꽃 덩어리가 모습을 드러냈다.

─────── 페어리스 ───────

에밀리아와 레우스가 저렇게 귀와 꼬리를 쫑긋 세우면서 경계하는 게 당연했다.

멀어서 정확한 위치는 알 수 없지만, 분명 이 신전보다 거대한 불꽃 덩어리가 이쪽을 향해 걸어오고 있었다.

"염랑……인가?"

레우스가 단언을 하지 않았던 것은 불꽃 덩어리가 겨우겨우 늑대 형상으로 보일 만큼 불안정했기 때문이다.

늑대답게 귀와 꼬리가 있지만, 두 발로 걷고 있기에 레우스가 변신한 듯한 모습에 가까웠다.

게다가 거대하기 때문에 신전 밖에 있던 신도뿐만 아니라 마을 사람들도 불꽃 덩어리를 발견하고 경악했다.

"저, 저게 뭐죠?!"

"잘 모르겠어. 적어도 염랑과 관련이 있을 것 같은데…….."

"어이! 대체 무슨 일이 벌어진 거야?!"

묶여 있는 탓에 밖이 보이지 않는 두르가가 시끄럽게 떠들어 댔지만, 우리는 그를 신경 쓸 여유가 없었다.

그런 와중에 누구보다 먼저 정신을 차린 에밀리아가 고함을 질렀다.

"시리우스 님?! 시리우스 님! 무사하신가요?!"

"형님! 괜찮아?! 형님!"

그, 그래! 저 방향은 시리우스 씨와 호쿠토가 향한 곳이다.

우리가 느닷없이 고함을 지른 바람에 애슬리는 놀란 것 같지만, 지금은 시리우스 씨의 안부를 확인하는 것이 우선이다.

필사적으로 시리우스 씨의 이름을 외치는 가운데…….

『……나는 무사하니까, 한꺼번에 고함을 지르지 말아줄래?』

찰나에 가까운 시간이 너무나도 길게 느껴지는 가운데, 시리우스의 목소리가 들려오자 우리는 안도의 한숨을 내쉬었다.

에밀리아와 시선을 교환하며 기뻐하고 있을 때, 홀로 냉정을 유지하고 있던 피아 씨가 시리우스 씨에게 자초지종을 물었다.

"무사해서 다행이야. 물어볼 게 많기는 한데, 우선 그쪽 상황을 가르쳐줘."

『그래. 우리는 베이그와 염랑을 해치웠지만, 빈사 상태인 염랑이 베이그를 잡아먹었어. 그 결과가 저거야.』

시리우스 씨의 설명에 따르면, 치명상을 입어서 몸이 작아진 염랑이 베이그의 몸 안에 들어가더니 엄청난 기세로 커졌다고 한다.

『내 추측인데, 염랑은 베이그와 동화해서 정령의 힘을 얻으려고 한 것 같아. 하지만 정령의 힘이 너무 강대한 탓에 제어하지 못해서 폭주한 거지.』

"동화? 그런 게 가능한 거야?"

『그 녀석도 필사적이었으니까, 뜻밖의 사태가 벌어졌을 가능성이 커. 그리고 가장 가까운 곳에 있던 나와 호쿠토를 노리지 않을 걸 보면, 정상적인 사고능력을 지니지 못한 거겠지. 그쪽으로 향하는 이유는 모르겠지만, 다들 마을에서 떨어져.』

"시리우스 님은 어쩌실 거죠?!"

『나는…… 저 녀석을 해치우겠어. 하지만 시간이 걸릴 것 같으니까, 저 녀석이 마을에 도착하기 전에 해치우지 못할 수도 있거든. 그러니까 사람들을 피난시켜.』

"형님은 어디 있는 거야? 나도 싸우겠어!"

『다가가기만 해도 몸이 타버릴 거야. 검으로 어찌 할 수 있는 상대가 아니니까, 너는 다른 사람을 한 명이라도 더 구하는데 전념해. 지금까지 쌓은 경험을, 검술 이외의 방식으로 활용하는 거야.』

"……응!"

레우스도 본능적으로 위험하다는 것을 눈치챈 건지, 시리우스 씨의 말을 듣고 순순히 고개를 끄덕였다.

그리고 시리우스 씨는 신전 지하에 포니아의 길드장이 갇혀 있을지도 모르니 구해달라고 말했다.

시리우스 씨라면 분명 이 상황을 해결해줄 거라고 생각한다.

그러나 상대가 불꽃이라면, 물의 정령이 보이는 내가 도움이 될 것이다. 이번에는 내가 시리우스 씨를 도울 차례다.

하지만······.

"분하지만 저도 도움이 될 것 같지 않아요. 시리우스 씨의 걱정을 줄여주기 위해, 안전 확보에 전념할게요."

"그래. 저 정도 불꽃을 바람으로 흐트러뜨리려고 했다간 피해가 더 커질 거야. 애초에 그런 게 가능할 것 같지 않을 정도의 크기네······."

"불꽃 상대라면 리스 누나가 적임이잖아. 리스 누나, 잘 부탁해!"

전원의 시선이 나에게 쏠리는 가운데, 나는 옆에서 기도를 드리고 있는 애셜리를 쳐다보았다.

"미라 님······ 부디 마을 사람들을 지켜주세요······."

진심으로 미라교를, 포니아 마을을 사랑하고 있는 이 애라면, 분명 가능할 거라고 생각한다.

기도만 하는 건 힘들 테니, 나는 애셜리의 손을 잡으며 방 밖으로 뛰쳐나갔다.

"리스······ 씨?"

"애셜리. 기도실로 가자. 신탁 의식을 하는 거야."

"예?! 하지만 신탁을 받아봤자······."

"괜찮아! 한시라도 빨리 미라 님을 불러야 해."

"그럼 저는 먼저 가서 준비를 하고 있을게요."

"나도 그렇게. 너무 서두르다 넘어지지 마."

아무 말도 하지 않았는데 나를 믿으며 앞장을 서주는 남매의 뒷모습을 믿음직하다는 듯이 쳐다보고 있을 때, 갑자기 몸이 공중으로 떠오른 듯한 느낌을 받았다.

"자아, 바람으로 옮겨줄 테니까 애설리의 손을 놓지 마."

"하지만 두 명을 동시에 옮기는 건 무리……."

"잠시 동안이라면 가능해. 그리고 이제부터 가장 힘을 내야 할 사람은 너니까, 사양하지 마."

"고마워!"

"어, 어어?!"

피아 씨의 마법에 의해 공중에 뜬 애설리가 놀란 것 같았기에, 나는 적당히 설명을 해주며 서둘러 기도실로 이동했다.

그리고 기도실에 도착한 우리는 신탁 의식을 하는데 필요한 장치 앞에서 준비를 했다.

"이 장치에 마력을 흘려 넣으면 되는 거지?"

"예. 일정량의 마력이 담기면 가동이 되는 것 같아요."

내 허리 높이 정도 되는 네모난 상자에 커다란 마석이 박혀 있는 간단한 구조지만, 유심히 살펴보니 눈이 아플 정도로 복잡한 문양이 새겨져 있었다.

문양과 이 장치가 지닌 의미는 모르지만, 우선 서둘러 작동시켜야 한다.

애설리의 설명을 들은 순간, 에밀리아와 레우스와 피아 씨가 마석에 손을 댔다.

"하지만 장치를 발동시키려면 수십 명 몫의 마력을 불어넣어야 해요. 하다못해 밖에 있는 사람들을 부르는 편이……."

"셋이면 충분해."

"그래요. 그럼 시작하겠어요!"

어릴 적부터 쭉 단련해온 남매, 그리고 정령을 자유자재로 다룰 수 있는 피아 씨의 마력량이라면 평범한 사람 수십 명 몫은 될 것이다.

그리고 내 예상대로 곧 장치에서 빛이 뿜어져 나오자, 애셜리는 고함을 지르며 장치를 향해 뛰어갔다.

"와아, 진짜로 가동됐어요!"

"휴우…… 꽤 마력이 소모됐지만 아직 움직일 수 있네요."

"나는 꽤 버겁네."

"레우스는 마법보다 검이 특기니까 어쩔 수 없을 거야. 그런데, 이제 다 된 거야?"

"이제 선택받은 자가 마석을 만지면 미라 님의 목소리가 들려요. 그런데 미라 님에게 물어볼 게 있나요?"

"물어보려는 게 아니라, 힘을 빌리려는 거야. 자아, 같이 손을 대자."

고개를 갸웃거리고 있는 애셜리와 함께 마석에 손을 대자, 감각이 맑아지면서 수많은 반응이 주위에서 느껴졌다.

그리고 애셜리는 눈앞에 나타난…… 아니, 쭉 함께 있던 존재를 감지하며 입을 열었다.

"미라 님……."

『……오래간만이야, 애셜리. 요즘 이야기를 못 나눠서 쓸쓸

했어.』

"저, 저도 그래요! 그것보다 미라 님! 지금 마을에 큰일이 났어요! 불꽃이 밀려오고……."

"자아, 미라 님은 어디 가시지 않으니까 천천히 이야기해. 미라 님, 그래도 될까요?"

『응. 좋아. 너희를 위한 일이라면 말이야.』

"미라…… 님?"

애슐리가 이 부자연스러운 상황 속에서 고개를 갸웃거리자, 옆에서 보고 있던 레우스 또한 마찬가지로 고개를 갸웃거렸다.

"나는 아무 말도 안 들리는데, 리스 누나는 미라의 목소리가 들리는 거야?"

"그런 것 같아. 그럼 리스도 선택받은 존재…… 응? 혹시, 미라 님은……."

"아하, 그래서 리스도 들리는 거구나."

"저기, 이게 대체……."

"잘 들어, 애슐리. 미라 님의 정체는 여신이 아니라…… 정령이야."

"정령?!"

나는 지하의 성역에서 미라 님이 말을 걸어왔을 때, 그 사실을 깨달았다.

그리고 오랫동안 이곳에 살고 있었으며, 자신의 정체에 대해서도 알려줬다.

"정령 중에서도 상위의 존재라고나 할까? 아무튼 평범한 정령보다 강하고 위대한 느낌이야."

"미라 님이…… 정령……."

쭉 여신이라 믿고 있었던 애셜리는 진실을 알고 망연자실한 눈길로 미라 님을 쳐다보았다. 말로 표현할 수 없을 만큼 충격을 받은 바람에 뭘 어쩌면 좋을지 모르는 것 같은데…….

"정체가 뭐든 간에, 미라 님이 쭉 여기서 너희를 지켜봐줬어. 그 의미는…… 알지?"

"……예."

"그럼 눈을 감고, 평소와 마찬가지로 미라 님과 마주해. 자아, 미라 님이 쓸쓸해하고 있잖아."

"아…… 미나 님. 죄송해요."

『괜찮아. 내가 말하지 않은 탓에 이렇게 된 거잖아. 고마워, 리스.』

애셜리가 약간 진정하자, 나는 본론에 들어갔다.

"그럼 미라 님의 힘을 빌려서 불꽃의 거인을 막자. 정령의 힘이라면 분명 그게 가능할 거야."

"부탁드려요! 리스 씨라면 해내실 수 있을 거예요."

"무슨 소리를 하는 거야? 애셜리도 같이 하는 거야. 마법을 쓸 수 있도록 정령에게 부탁만 하면 되니까, 너도 분명 할 수 있어.”

“제, 제가 그런 걸 할 수 있을 리가…….”

“그럼 기도하기만 할 거야? 내 경험에 따르면, 아무것도 안 하는 게 가장 힘들걸?”

“아…….”

애셜리라면 내 마음을 이해할 수 있을 것이다.

한동안 내 눈을 응시하던 애셜리는 이윽고 각오를 다진 것처럼 고개를 끄덕였다.

“기본적으로는 내가 할 테니까, 애셜리는 내 등을 밀어주는 느낌으로 하면 돼. 연습 한 번 해볼 기회도 주지 못해 미안하지만…… 시작하자!”

“예!”

솔직히 말해 아직 정령에 대해 잘 알지 못하는 애셜리가 나와 함께 하더라도 딱히 달라질 것은 없다.

하지만 중요한 것은 자신이 무언가를 할 수 있었다는 점이다.

이 자리에서 누구보다도 미라교와 마을을 지키고 싶어 하는 이는 바로 애셜리인 것이다.

“으으…….”

“그렇게 힘을 주지 않아도 돼. 우리가 조종하는 게 아니라, 그저 움직여달라고 부탁을 하면 되는 거야. 너를 지켜보고 있는 미라 님을 믿어.”

“미라 님…….”

감각적인 것이라 설명은 어렵지만, 미라 님을 믿는 애셜리라

면 분명 이해할 수 있을 것이다. 내가 하려는 건 작전을 구상 중일 시리우스 님을 방해하는 걸지도 모른다.

하지만…… 나는 당신의 힘이 되고 싶어.

마법을, 삶을, 그리고 세계를 구해준 당신의 버팀목이 되고 싶어.

""힘을 빌려줘요!""

─────── 시리우스 ───────

제자들과 통신을 마친 후, 호쿠토의 등에 타고 염랑을 쫓던 나는 표정을 굳혔다.

"이거…… 생각보다 성가신걸."

"크응……."

방금 세 발째 '안티 머테리얼'을 쐈지만, 염랑의 핵을 꿰뚫지 못했다.

다가갈 수가 없으니 '서치'의 정밀도가 떨어진 탓에, 핵의 정확한 위치를 파악할 수가 없는 것이다. 게다가 의식이 없는 데도 본능적으로 위험을 감지한 건지, 탄환이 날아온 순간에 핵의 위치를 옮기고 있는 것 같았다.

하다못해 몸이 작다면 우연히 명중할 가능성도 있지만, 신전에 버금갈 만큼 거대해졌으니 그 가능성도 낮다.

결국 내가 어떻게 '안티 머테리얼'로 핵을 꿰뚫을 것인지가 승패를 가를 것이며, 나도 슬슬 저 녀석의 움직임에 존재하는 버릇을 파악하기 시작했다.

앞으로 다섯 발…… 아니, 네 발만 더 쏘면 명중시킬 수 있을 것 같았다.

문제는…… 지금 페이스로는 저 녀석이 마을에 도착하기 전에 해치울 수 없을 거라는 점이다.

"호쿠토, 더 뛸 수 있겠어?"

"멍!"

지칠 대로 지친 호쿠토도 내가 만든 마력 덩어리를 먹고 달릴 수 있을 만큼 회복됐지만, 공격을 펼치지 못하는 상황이었다.

마을은 피난 때문에 정신이 없겠지만, 리스에게 물의 벽을 만들어달라고 해서 염랑의 발을 묶자고 생각한 순간, 느닷없이 그 일이 일어났다.

"……리스인가?"

근처에 흐르는 강의 물만이 아니라 대기의 물도 몰려들더니, 인간의 형태를 한 물 덩어리가 염랑 앞을 막아선 것이다.

그야말로 물의 거인이라 할 수 있을 듯한 그 존재는 놀라울 정도로 거대했다.

염랑보다 두 배는 거대했으며, 마치 거대한 산이 마을을 지키기 위해 일어선 것만 같았다.

"머리를 좀 썼는걸. 꽤 성장했나 보군."

단순히 발만 묶을 거라면 저 물을 염랑에게 끼얹으면 충분하다.

하지만 저 정도의 물이면 주위의 지형을 뒤바꿀 정도의 피해가 발생할 것이다.

나는 상황을 확인하기 위해 에밀리아와 통신을 취했다.

"에밀리아. 물의 거인을 확인했어. 너희 쪽에서 뭔가를 한 거야?"

"예. 그건 리스와 애셜리가 미라 님의 힘을 빌려서 만들어낸 거예요."

"애셜리도?!"

게다가 미라 님의 힘을 빌리다니…… 잘은 모르겠지만, 여신의 힘을 빌린다면 저렇게 거대한 존재를 만들어내는 것도 가능할 것이다.

상성 문제와 질량 차이를 생각하면 도망쳐야겠지만, 염랑은 우직하게 걸음을 내디뎠다.

하지만 적이 막아섰다는 것은 인식한 건지, 눈앞까지 다가온 물의 거인을 향해 불을 뿜으며 공격했다.

물을 간단히 증발시킬 듯한 화염방사는 근처에 있는 나한테도 열기가 닿을 정도의 위력을 내포하고 있었다.

하지만 물의 거인은 그 공격을 아무렇지 않게 받아내더니, 두 손을 펼쳐서 염랑을 끌어안았다.

"자신의 몸으로 불꽃을 증발시키는 건가. 그야말로 미라 님…… 사랑의 여신에게 어울리는 방식인걸."

격렬한 수증기 때문에 보이지 않지만, 염랑은 서서히 거인의 내부로 빠져 들어가면서 몸집 또한 점점 작아졌다.

"우리가 나설 필요는 없겠는걸."

"크응……."

"뭐, 실수를 만회하지 못해 분하겠지만, 그건 나도 마찬가지야. 나중에 다른 애들에게 사과하고, 리스와 애셜리에게는 고맙다는 소리를 해야겠네."

"멍!"

열기가 여전히 강렬했기에 우회해서 마을로 돌아가려고 한 순간, 에밀리아의 비명에 가까운 목소리가 들려왔다.

『시리우스 님! 리스와 애셜리가……!』

『소모가 극심한 건지 물의 거인을 더 이상 유지하지 못할 것 같아. 저기, 염랑은 어떻게 됐어? 여기서는 멀어서 잘 안 보여.』

"……큰일인걸. 염랑도 아직 저항하고 있나 보군."

미라의 힘을 빌렸는데도 저 정도의 물을 유지하려면 막대한 부담을 받는 건가.

물에 감싸인 상태에서도 여전히 불꽃을 유지하고 있는 염랑의 집념에 놀랐지만, 그것도 시간문제이리라.

하지만 리스와 애셜리가 더는 버티지 못할 상황이다.

아무래도 내가 서둘러 나서야 할 것 같았다.

"리스…… 들려? 리스……."

『……시리우스…… 씨?』

"무리해서 대답할 필요는 없어. 내 목소리만 들어."

나는 몸을 가속시킨 호쿠토의 등에 매달린 채 리스에게 작전을 이야기했다.

"……할 수 있겠어? 대답이 무리라면 근처에 있는 에밀리아를 통해⋯⋯."

『⋯⋯해⋯⋯볼게.』

"부탁해, 리스. 뒷일은 나한테 맡겨."

『⋯⋯응!』

왠지 기쁜 듯한 목소리가 들린 순간, 호쿠토가 거의 수직에 가까운 절벽을 내달리면서 이 근처에서 가장 높은 산의 정점에 도달했다.

그리고 얼마 남지 않은 힘을 쥐어짠 호쿠토는 염랑을 향해 그대로 몸을 날렸다.

"아우우우우──!!!"

서서히 속도가 떨어지기 시작한 호쿠토가 지상을 향해 추락하기 시작할 즈음, 나는 호쿠토의 꼬리 위에 올라선 후⋯⋯.

"가자!"

"멍!"

호쿠토가 꼬리를 휘두르는 것에 맞춰 몸을 날린 나는 그대로 탄환처럼 하늘을 갈랐다.

그리고 도달한 곳은 염랑을 내려다볼 수 있을 만큼 높은 상공이었다.

이곳에 도달할 때까지 계속 끌어 올린 마력을 손가락 끝에 집중시킨 나는 리스를 향해 외쳤다.

"지금이다!"

『⋯⋯응! 하자, 애셜리!』

함께 힘내고 있던 애셜리와 호흡을 맞춘 건지, 리스의 목소리에 맞춰 물의 거인에게 변화가 발생했다.

정수리 부분에서 몸의 중심을 향해 구멍이 생기더니, 그 안에는 아까의 절반 이하의 크기가 된 염랑이 존재했다.

거인에게 있어서는 조그마한 구멍이지만, 탈출이 가능한 장소가 생겼다는 걸 안 염랑은 그대로 몸을 날렸다.

인간이 겨우 지나갈 크기의 구멍을 필사적으로 나아가는 염랑의 모습을 쳐다보던 나는 어떤 사실을 떠올렸다.

"……아이러니하군."

시력을 강화시켜서 보니, 염랑의 핵 바로 옆에는 인간의 형태를 한 무언가가 존재했다.

아마 저것은 내 눈앞에서 염랑에게 가슴을 꿰뚫렸던 베이그일 것이다.

원래라면 불타버려야겠지만, 그래도 인간의 형태를 유지하고 있는 건…… 저 남자가 아직 살아 있기 때문이리라. 그렇지 않다면 정령이 힘을 빌려줄 리가 없다.

어쩌면 염랑의 재생능력에 의해 목숨이 유지된 채, 불에 의해 몸이 타들어가는 그 지옥 같은 감각을 무한히 느끼고 있는 걸지도 모른다. 지금까지 정령을 이용해 사람들을 불태운 대가를 치르고 있는 것이다.

"지금…… 편하게 해주지. 내세에는 두르가 같은 악당이 아니라, 좀 더 괜찮은 사람과 만나길 빌어주마."

한계까지 끌어올린 마력을 해방시키며 전력을 다해 날린 '안티 머테리얼'은 염랑이 통과하고 있던 구멍에 빨려 들어가더니,

그 궤도에 존재하는 모든 것을 소멸시키며 지상에 꽂혔다.

머나먼 상공에서 쏜 그것은 그야말로 하늘의 일격이리라.

그 결과…… 염랑만이 아니라 거인의 일부도 파괴되고 말았지만, 물만으로 된 존재라 금방 구멍이 메워지며 다시 원래 형태로 되돌아갔다.

모든 마력을 다 쓴 나는 천천히 추락하기 시작했지만…….

"멍!"

지면에 추락한 후에 다시 날아온 호쿠토가 받아준 덕분에, 나는 무사히 지상에 내려와 한숨 돌렸다.

"휴우……. 해냈어, 호쿠토."

"크응……."

정신을 차리고 보니, 우리는 포니아 마을이 보이는 장소에 있었다.

호쿠토와 고지대에 앉아서 마을을 멍하니 쳐다보고 있으니, 마을 전체가 시끌시끌하다는 사실을 눈치챘다.

저렇게 거대한 존재가 둘이나 나타났으니 시끌벅적한 것도 무리는 아니겠지만, 들려오는 것은 비명이 아니라 미라와 성녀를 찬양하는 환성이었다.

"다들, 염랑은 해치웠어. 그쪽은 어떤 상황이야?"

『아, 다들 무사해요. 추기경님도 레우스가 지켜보고 있으니, 작전은 성공이에요.』

"그래? 내 쪽은 엉망이었어. 내 미스 때문에 너희한테 폐를 끼치고 말았네. 정말 미안해."

『그렇지도 않아요. 위험하기는 했지만, 덕분에 포니아는 난리도 아니니까요.』

"보아하니 마을이 꽤나 시끌벅적한 것 같은데, 대체 무슨 일이야?"

『피아 씨가 바람의 마법으로 마을 전체에 방금 일어난 일을 알렸어요. 미라교의 성녀가 미라 님의 힘을 빌려서 폭주한 두르가와 성기사로부터 마을을 지켰다……고요.』

"뭐…… 거짓말은 아니지."

불행 중 다행이라고 할까.

이 일로 두르가의 평가는 땅에 떨어졌으며, 애셜리는 마을을 지킨 성녀로 칭송받을 것이다.

그리고 포니아를 지킨 물의 거인은 강으로 향하더니, 천천히 몸을 축소시키며 강의 물결에 들어갔다. 저러면 별 피해는 없을 것이다.

"수고했어, 리스. 덕분에 살았어."

『에헤헤…… 응!』

누구보다도 눈부신 미소를 짓고 있을 리스를 떠올리며, 나와 호쿠토는 포니아로 돌아갔다.

내가 마을에 돌아가 보니, 애셜리가 신전 밖에서 연설을 하고 있었다.

이번 일의 전말과 두르가의 폭주, 그리고 미라교가 많은 사람들에게 폐를 끼친 것을 전부 고백한 애셜리가 깊이 고개를 숙였지만…… 역시 미라의 힘을 실제로 보여준 것이 크게 작용한 것 같았다.

다소 반감을 드러냈지만, 마을을 지킨 애설리에게 고마워하는 이가 압도적으로 많으며, 미라교 전체의 결속과 사람들의 신뢰는 오히려 높아졌다.

죄를 고백하는 자리라기보다 승전을 축하하는 자리 같은 광경을 보며 신전 안으로 들어간 나는 레우스와 리스가 있는 추기경의 방으로 향했다. 참고로 호쿠토는 사람들 눈길이 닿지 않는 곳에서 쉬고 있었다.

그리고 냄새로 나라는 것을 눈치챈 듯한 레우스는 내가 문에 다가가기도 전에 문을 열어젖혔다.

"형님! 어서와."

"수고했어, 레우스. 딱히 문제는 없었지?"

"응. 저항하는 녀석은 전부 제압했고, 나쁜 짓을 한 녀석들은 미라의 천벌이 두려운지 자수했어."

"미라의 천벌은 또 뭐야?"

"형님이 염랑을 꿰뚫었던 마법 말이야. 어느새 다들 그렇게 부르네."

물의 거인을 유지하는데 집중한 애설리 또한 그렇게 생각하는 것 같았다.

이미 해버린 일을 돌이킬 수 있는 것도 아니니, 미라교의 전설로 남겨지지만 않기를 빌 뿐이다.

"이미 적은 없을 것 같지만, 한동안은 경계하도록 해. 나는 추기경을 살펴보겠어."

"응!"

힘차게 고개를 끄덕인 레우스의 머리를 쓰다듬어주고 방에 들어가 보니, 추기경이 누워 있는 침대 앞에 의자를 두고 앉아 있는 리스가 몸을 일으키며 나에게 다가왔다.

"시리우스 씨, 어서 와. 무사해서 다행이야."

"다녀왔어. 리스, 아까는 고마웠어. 네 덕분에 최악의 사태가 벌어지지 않았잖아."

"에헤헤……."

리스는 약간 피곤해 보였지만, 정신적으로 충족된 덕분인지 꽤 기운이 있는 것 같았다.

그리고 침대에 다가간 내가 추기경을 진찰하기 위해 손을 뻗자, 리스는 걱정스러운 표정으로 나를 쳐다보았다.

"괜찮겠어? 오늘은 쉬는 편이……."

"눈치챘어? 겉으로는 드러내지 않았는데 말이야."

"숨겨봤자 나는 알 수 있어. 그리고 에밀리아라면 더 빨리 눈치챘을 거야."

뭐, 오늘은 체력과 마력을 꽤나 소모했으니까 말이다.

"이 정도는 아직 괜찮아. 그리고 오늘 내가 할 일은 이 사람을 진찰하는 걸로 끝이거든."

리스에게 괜찮다고 말하며 미소를 지은 후, '스캔'을 발동시켜서 추기경의 몸을 구석구석까지 조사했다.

한동안 조사해보고 원인은 판명됐지만, 우선 리스의 진단 결과부터 들어보기로 했다.

"리스는 그녀가 어떤 상태라고 생각해?"

"으음, 약으로 의식을 차리지 못하게 한 것 같아서, 내 물로 몸 안의 독을 전부 씻어냈어. 그러니까 이제 괜찮을 것 같은데…….."

"내 진단 결과도 같아. 처치도 나쁘지 않았는걸. 잘했어."

"다행이야."

대략적으로 설명하자면, 치사성이 특수한 수면제를 정기적으로 투여해서 계속 재워둔 것에 가까운 상태다.

그 독소도 리스의 치료로 사라졌으니, 곧 있으면 자연스레 정신을 차릴 것이다.

목숨에 지장은 없지만, 몇 달 동안 이 상태였으니 정신을 차린 후에도 한동안 재활을 해야 할 것이다.

리스의 머리를 쓰다듬어주면서 의료에 관한 새로운 지식을 몇 가지 알려준 나는 실내에 있는 소파에 앉아 크게 한숨을 내쉬었다.

그리고 천장을 올려다보며 귀를 기울이니, 신도들과 마을 사람의 흥분한 목소리가 밖에서 들려왔다. 아무래도 애슐리의 연설은 아직 계속되고 있는 것 같았다.

"……길어질 것 같은걸. 그런데, 에밀리아와 피아는 뭘 하고 있는 거야?"

"두 사람은 연설을 도우러 갔어. 애슐리의 목소리를 마을 전체에 전하고 있을 거야."

"그래? 그럼 나는 잠시 쉴까?"

"응. 두 사람이 돌아오면 깨워줄게."

이런 곳에서 자는 건 실례일지도 모르지만, 비상 상황이니까 소파에 누워서 좀 쉬기로 했다.

나는 눈을 감자마자 밀려오는 졸음에 저항하지 않으며 몸에서 힘을 뺐다.

"우후후……."

"……에밀리아야?"

"예. 저예요."

눈을 떠보니, 눈앞에는 환한 미소를 짓고 있는 에밀리아의 얼굴이 있었다.

아무래도 잠들어 있는 사이, 에밀리아가 나에게 무릎베개를 해준 것 같았다. 애정을 담아 내 머리를 상냥하게 쓰다듬어주고 있는 에밀리아는 어머니를 생각나게…….

"아아…… 시리우스 님에게 무릎베개를 해드리니 너무 행복해요……."

에밀리아는 너무 행복한지 한심한 표정을 짓고 있었기에, 그 환상은 순식간에 깨졌다. 딱히 나쁜 건 아니지만, 에밀리아가 어머니의 수준에 도달하려면 아직 레벨이 낮은 것 같았다.

내가 투덜거리는 에밀리아를 설득한 후에 몸을 일으켜보니, 이 방에는 제자들만이 아니라 애셜리와 아만다도 있었다. 할 일은 많지만, 휴식을 겸해 추기경이 좀 어떤지 살피러 온 것 같았다.

졸음을 쫓아내며 몸을 일으키자, 피아가 장난꾸러기 같은 미소를 지으며 내 얼굴을 쳐다보았다.

"후후, 잘 때 표정이 참 귀여웠어. 하지만 너답지 않게 깊이 잠들었네?"

"깊이 잠들 수 있었던 건 레우스와 리스가 지켜줬기 때문이야. 그리고 쉴 수 있을 때 쉬어둬야 하지 않겠어?"

만약 모르는 상대가 근처에 있거나 살기를 뿜었다면, 나는 즉시 몸을 일으키며 나이프를 뽑아들었을 것이다.

가장 무방비한 상태인 수면 중에도 반응을 할 수 있도록 전생의 스승에게 가르침을 받았기 때문이다.

이 방에 있는 이들을 둘러보며 상황을 파악한 나는 방구석에서 몸을 웅크리고 있던 호쿠토의 머리를 쓰다듬어준 후, 추기경의 옆에 의자를 가져다두고 앉아 있는 애셜리에게 다가갔다.

"시리우스 님. 일어나셔도 괜찮으시겠어요?"

"응. 그러는 너야말로 고생했다고 들었는데, 좀 쉬어야 하지 않겠어?"

"에헤헤, 실은 아까 쓰러졌어요. 미라 님의 힘을 빌려서 불꽃의 괴물을 막은 후에 기절했죠……."

하지만 금세 정신이 들었으며, 불가사의하게도 몸의 피로가 완전히 사라진 것 같았다. 미라의 힘 덕분일까?

이곳으로 오면서 미라의 정체가 정령이라는 이야기를 에밀리아에게 들었지만, 애셜리는 그것을 알고도 의기소침하지는 않아 보였다.

번민하기는 했지만, 두르가의 유혹에 지지 않을 만큼 자신의 의지를 관철한 것 같으며, 단 하루 만에 애설리는 크게 성장한 것 같았다.

"저기, 다시 인사를 드릴게요. 도와주셔서 정말 감사해요. 여러분에게 정말 많은 걸 배웠어요."

"개의치 마. 다들 좋은 경험이 되었을 테고, 나도 만족했거든."

"그런데 답례는 뭐가 좋을까요? 저희가 할 수 있는 거라면 뭐든 말해주세요."

이렇게 되면 거부하는 게 실례일 것 같으니, 일단 지금 마음속에 존재하는 욕구부터 채우도록 할까.

"그래……. 그럼 우리가 쉴 침대와 식사를 준비해줘. 리스나 레우스도 마찬가지겠지만, 배가 고파서 못 견디겠거든."

"알았어요. 잔뜩 준비할 테니까, 실컷 드셔주세요."

이렇게 사건은 해결됐고, 근심에서 벗어난 애설리의 미소는 성녀라 불리는 것이 납득이 될 만큼 찬란히 빛나고 있었다.

《미라》

우리가 개입한 미라교 소동으로부터 며칠 후…… 포니아 마을은 서서히 진정되어 갔다.

이제는 미라의 힘을 빌려 마을을 구한 애슐리를 배교자라 의심하는 이는 완전히 사라졌으며, 그녀는 성녀로서의 지위를 되찾았다.

한편…… 두르가는 이제까지 저지른 악행의 증거가 신전에서 발견될 뿐만 아니라, 악행에 가담한 신도들의 증언에 따라, 신전 지하의 징벌방에 갇혔다.

극형에 처해야 한다고 주장하는 이도 있지만, 그것은 미라교의 가르침에 어긋나는 짓이기에 몇 년 동안 가둬둔 후에 포니아에서 추방하기로 했다.

무른 생각이기는 하지만, 미라교의 가르침에 따르는 것이니 어쩔 수 없으려나. 외부인인 내가 참견할 일도 아닐 것이다.

게다가 두르가가 악행을 저지르며 모은 돈이 거의 발견되지 않았으니, 적어도 그것이 발견될 때까지는 징벌방에서 나오지 못할 것이다.

문제는 두르가 때문에 피해를 받은 이들에게의 사죄금이며, 미라교는 얼마 안 되는 재산을 쥐어짜내서 그 부채를 갚으려 했다.

하지만 마을 사람들은 꼭 필요한 금액만 받았고, 남은 돈은 미라 님을 위해 써달라며 돌려줬다. 그중에는 돈을 전부 돌려준

이도 있다고 한다.

그뿐만 아니라 마을 사람들의 헌납금도 늘어났으며, 두르가
말한 재정 문제는 한동안 일어나지 않을 것 같았다.

그 후, 내가 이번 사건에 관여하는 계기가 된 의뢰…… 포니아
의 길드장에게 바돔의 편지를 전달하는 일도 무사히 완료됐다.

정보상의 이야기대로, 길드장은 신전 지하의 징벌방에 갇혀 있
었다. 그리고 구출된 지금은 길드의 밀린 업무를 처리하고 있다.

『이야…… 정말 고마워. 방심했다가 사로잡혔다는 걸 바돔 씨가
알면 날 죽이려 들 거라고.』

포니아의 길드장은 사람 좋아 보이는 아저씨이며, 자신을 구
하러 온 나에게 몇 번이나 고개를 숙였다.

『계속 잡혀 있었더라도 머지않아 죽었을 거라고 생각하지만요.』

『그것도 그렇군. 그런데 너한테 줄 보수 말인데…….』

『보수라면 이미 바돔 님에게 받았습니다.』

『아, 사태의 중차대함을 고려해 보수를 더 주라고 편지에 적혀
있거든. 난처하게 됐는걸……. 이런 문제를 해결해준 사람에게
대체 얼마를 주면 되지?』

원래 이 의뢰는 포니아로 향하는 길에 겸사겸사 맡은 것이며,
보수가 목적이 아니었기에 일단 적당히 받아두기로 했다.

나로서는 제자들이 경험을 쌓은 게 가장 큰 보수니까 말이다.
이 돈은 맛있는 요리를 만들기 위한 식비로 쓰기로 마음먹었다.

여담이지만, 길드장을 대신하던 녀석은 예상대로 두르가의 입김

이 닿고 있는 자였던 것 같다. 나중에는 길드도 자신의 뜻대로 부릴 생각이었던 것 같지만, 두르가가 잡히는 것과 동시에 모습을 감췄으니 뒷일은 길드 측에 맡기는 편이 좋을 것이다.

그리고 현재…… 미라교 신전의 회의실에서는 중요한 회의가 열리고 있었다.

회의실의 책상에는 지위가 높은 몇몇 신도와 마을의 대표자 몇 명이 모여 있으며, 높은 자리에는 요양 중인 추기경을 대신해 애셜리가 앉아 있었다. 그리고 그녀의 옆에는 아만다가 서 있었다.

미라교의 미래를 결정한 중대한 회의에…… 어찌 된 영문인지 나도 참가했다.

미라교와 상관없는 내가 여기에 있다는 것 자체가 이상하지만, 이번 사건의 최대 공로자이자 애셜리가 신세를 졌다고 말하니 다들 받아들였다.

우리 전원이 나설 필요는 없었기에, 지금은 에밀리아만 내 옆에 서 있었다.

"우후후……."

참고로 에밀리아가 꼬리를 흔들며 기뻐하고 있는 건 내가 높이 평가받는 게 기쁘기 때문이라고 한다.

"그럼 회의를 마치겠습니다. 여러분, 오늘도 미라 님의 이름에 부끄럽지 않은 삶을 살아주세요."

"""예!"""

신도들에게 미라교의 각종 상황에 대해 보고받고, 그 구체적인 방책을 결정한 후에 회의가 끝났다.

두르가 탓에 미라교 전체의 신도가 줄어드는 등, 문제가 산더미 같지만 신도 한 사람 한 사람이 품고 있는 열의가 예전과는 비교도 되지 않을 정도였기에, 어떻게든 될 것 같았다.

그리고 각자가 맡은 소임을 다하러 가는 신도들을 배웅한 후, 회의실에는 우리와 애셜리만이 남았다.

"……나는 언제까지 이 회의에 참가해야 하는 거지?"

"죄송해요. 하지만 시리우스 씨가 때때로 해주는 조언이 도움이 되는데다…… 제가 성장했는지 지켜봐 주셨으면 해서요."

"그렇다면 어쩔 수 없지. 하지만 나는 머지않아 이 마을을 떠날 예정이라는 걸 잊지 마."

"물론 알고 있어요. 그리고 딱히 답례는 아니지만, 허가가 내려졌으니 견학을 하러 가지 않겠어요?"

애셜리가 말한 견학이란 바로 미라교의 성역을 보러가는 것이다.

아름다운 땅속 호수라고 제자들에게 이야기를 듣고, 나도 보고 싶어서 애셜리에게 부탁을 했다.

하지만 교황 혹은 추기경의 허가를 얻어야만 외부인이 들어갈 수 있기에 한동안 보류해뒀지만, 어젯밤에 추기경이 눈을 떴기에 드디어 허가를 받은 것이다.

"정말이야? 그럼 가볍게 인사를 한 후에 가볼까."

내가 신전 안에서 각자의 시간을 보내고 있는 제자들에게

'콜'로 추기경의 방에 모이라는 연락을 했다.

"우와, 또 갈 수 있는 거구나!"

안뜰에서 검을 휘두르고 있던 레우스는 모이라는 이야기를 기뻐했다.

"네가 검과 식사 이외의 것에 흥미를 보이다니 정말 신기한걸."

"그야 그 장소에 있기만 해도 기분이 좋아지거든. 한 번 더 가보고 싶었어."

레우스는 아름다운 것과 멋진 것에 감동하는 감성도 지닌 것 같았다.

"형님, 마차에 실어둔 낚싯대를 가지고 가면 안 되겠지? 어쩌면 맛있는 생선이 잡힐지도 몰라."

"……절대 하지 마."

역시 레우스는 평소와 다름없는 것 같았다.

그리고 신전의 주방에서 요리를 하던 리스, 그리고 요리를 배우던 피아와 합류한 우리가 추기경의 방에 가보니 추기경이 침대에서 상반신을 일으킨 채 기다리고 있었다.

어제 겨우 정신을 차린 추기경은 자신이 잠들어 있는 동안 벌어진 사태에 놀라면서도, 자신이 아무것도 못했다는 사실을 부끄러워하는 한편으로 애셜리의 성장을 확인하고 진심으로 기뻐하기도 했다.

그리고 우리에게도 고맙다고 말한 후, 잠들기 전의 상황을 알려줬다.

몇 달 전…… 몸 상태가 좋지 않아 잠이 잘 오지 않던 추기경을 위해, 신도 중 한 명이 잠이 잘 오게 해주는 약을 준비해줬다고 한다.

아마 그 약 때문에 잠에서 깨어나지 못했으며, 두르가가 약을 바꿔치기 했으리라. 그리고 추기경은 아무것도 모른 채 그 약을 먹었고, 지금까지 잠들어 있었던 것이다.

그런 추기경은 리스의 치료 덕분에 체력이 돌아오기 시작했으며, 지금은 상냥한 미소를 지을 수 있을 만큼 회복됐다.

"다들 왔구나. 나한테 무슨 볼일이라도 있는 거니?"

"성역에 들어가는 것을 허가해주셨다는 말을 듣고, 감사 인사를 드리러 왔습니다."

"후후, 감사 인사를 해야 하는 건 우리니까 신경 쓰지 마렴. 그리고 당신들이라면 미라 님도 반겨주실 거라고 생각한단다."

상당한 고령인 추기경은 항상 미소를 머금으며 자애와 모성에 가득 찬 여성이다.

피가 이어지 않다고 해도, 이런 사람의 보살핌을 받으며 자란 덕분에 애설리는 그렇게 순수한 아이로 큰 것이리라.

지금 바로 성역에 가도 되겠지만, 그 전에 가볍게 진찰을 해볼까.

나는 허가를 받은 후에 추기경의 손을 잡고 '스캔'을 사용했다.

"……문제는 없어 보이네요. 조금씩 걷는 시간을 늘린다면, 예전처럼 움직일 수 있을 거예요."

"그래? 다행이구나. 교황님이 걱정하실 테니, 빨리 걸을 수 있게 되었으면 좋겠네."

"그럼…… 교황님이 돌아오시는 건가요?"

"그건 알 수 없지만, 그 사람이 슬슬 돌아올 것 같은 느낌이 들어. 애셜리라면 내 말을 이해하지?"

"……교황님이라면 그러실 것 같아요."

교황은 신전을 내팽개치고 포교 여행을 떠났는데도, 신도들의 신뢰에는 변함이 없었다.

사실 다른 신도들도 교황에게는 불평 한 마디 하지 않았고, 그런 인간이라 여기며 웃고 있었다. 정말 수수께끼 같은 인물이었다.

그 외에도 물어볼 게 있었지만, 추기경은 아직 몸이 성치 않았기에 이쯤에서 끝내기로 했다.

그리고 우리는 기도실에 있는 숨겨진 문을 통해 미라교의 성역인 땅속 호수로 향했다.

"그래……. 정말 멋진걸. 와보기를 잘했어."

땅속 호수의 주변에는 맑은 마력으로 가득 차 있었으며, 이곳에 있기만 해도 마음이 깨끗해지는 듯한 기분이 들었다. 고개를 돌려보니, 호쿠토도 기분이 좋은지 꼬리를 흔들며 동굴 안을 둘러보고 있었다.

그리고 물은 매우 투명했으며, 그런데도 호수는 바닥이 보이지 않을 만큼 깊었다.

레우스가 아까 한 말 때문은 아니지만 혹시 생물은 없나 싶어 조사해보고 있을 때, 리스의 옆에 서 있던 애셜리가 질문을 했다.

"리스 씨. 미라 님은 지금 이곳에 계신가요?"

"물론 계셔. 지금은 호수 밑바닥에 있는 것 같지만, 우리가 온 걸 눈치채고……."

리스가 말을 잇지 못하는 것도 무리는 아니다.

우리의 시선이 호수를 향한 순간, 빛을 뿜는 구체가 호수에서 떠오른 것이다.

크기는 내 손바닥만 하지만, 호쿠토 이상으로 방대한 마력을 지닌 것을 알 수 있었다.

하지만 공포는 느껴지지 않았으며, 눈을 뗄 수 없을 만큼 상냥한 빛을 뿜는 그것은 리스의 앞으로 오더니 뭔가를 어필하듯 작게 흔들렸다.

"혹시 미라 님인가요?!"

"이게 미라야?! 하지만 나한테도 명확하게 보이는데……."

"의식에 쓰이는 장치를 이용할 때도 보이지 않았는데, 지금은 명확하게 보여요."

"……어? 그래서 일부러……?"

모습은 보이지만, 목소리는 리스에게만 들리는 것 같았다.

한동안 미라에게서 이야기를 듣던 리스는 우리에게 설명을 해줬다.

"으음…… 간단히 말해, 무리해서 모습을 보여주는 거래."

"그게 가능한 거야?"

"물의 정령이 잔뜩 있는 장소에서는 가능하대. 게다가 엄청 지치니까 평소에는 안 하지만, 나와 애슐리의 동료에게 인사를 하고 싶어서……."

정령의 상위 존재라고 리스에게 듣기는 했지만, 우리에게도 인사를 하는 예의바른 존재 같았다.

그대로 짤막하게 전원의 소개를 마친 후, 미라는 다시 리스 앞에 와서 뭔가를 전하듯 움직였다.

"······정말, 마음은 고맙지만 안 돼!"

"뭐라는대?"

"실은 처음 만났을 때부터, 미라 님은 종종 나와 이야기를 나누러 왔어."

호기심이 왕성한 건지, 미라는 리스를 찾아와서 이런저런 질문을 한 것 같았다.

태어난 장소와 가족, 그리고 지금까지 한 여행에 관한 이야기 등을······.

"그래서 말이지? 나와 같이 여행을 하고 싶대. 당신은 미라 님 이니까 그러면 안 된다고 사양하기는 했는데······."

"미라 님?!"

애슐리가 놀라는 것도 무리는 아니다.

이 마을의 중심인 미라가 없어진다는 것은 전대미문의 상황이다.

그야말로 말도 안 되는 이야기지만, 정령은 원래 이런 변덕쟁이다. 가장 무시무시한 점은 미라가 따라가고 싶어 할 정도로 어마어마한 리스의 카리스마다.

리스의 표정을 보니 심각한 상황은 아닌 것 같지만, 애슐리는 금방이라도 눈물을 흘릴 것 같은 표정으로 미라를 쳐다보았다.

"미라 님……."

"자아, 애슐리를 내버려 둘 거야? 쭉 지켜봐 왔잖아?"

리스가 어린 아이를 달래듯 말을 거는 그 모습은 신비적인 광경과 거리가 멀었다.

리스의 말을 듣고 갈등을 하듯 떠 있던 미라는 이윽고 애슐리의 주위를 날아다녔다.

"미안하대. 역시 애슐리를 내버려 둘 수가 없으니까 여기 남겠다는 것 같아."

"미라 님…… 감사해요."

그리고 애슐리는 자신의 손바닥 위에 내려앉은 미라를 응시하더니, 곧 진지한 표정을 지었다.

"리스 씨. 이 말은 드리지 않는 편이 좋겠지만, 역시 말해야 겠어요. 이 마을에 남아주지 않겠어요? 리스 씨라면 미라 님의 힘을 이끌어낼 수도 있으니, 저보다 더 어엿한 성녀가……."

"……미안해. 나는 동료들과 함께 세계를 더 둘러보고 싶어."

"아뇨…… 개의치 마세요. 리스 씨라면 그렇게 말씀하실 거라고 전부터 생각했어요."

애슐리도 리스가 이렇게 말할 거라 예상했던 건지 딱히 슬퍼하지 않았다.

"그때는 내가 미라 님의 힘을 사용했지만, 마을을 지키고 싶다는 강한 의지만 있다면 애슐리 혼자서도 같은 일을 할 수 있을 거야."

"정말인가요?! 그럼 여행을 떠나기 전까지, 정령에 대해 더 가르쳐주세요."

"좋아!"

자신보다 미라의 총애를 받고 있는 리스를 질투해도 이상하지 않지만, 애셜리는 전혀 그러지 않았다.

그만큼 리스를 존경하고, 동경…… 아니, 아마 이때부터 애셜리에게 있어서 리스는 목표가 되었으리라.

이렇게 두 사람 사이의 유대가 강해지면서, 이야기가 깔끔하게 정리되나 싶더니…… 그렇지 않았다.

갑자기 애셜리에게서 떨어진 미라는 호수 위로 이동해서 몸을 부르르 떨더니…….

"어?!"

"형님, 저기 좀 봐! 미라 님이 늘어났어!"

"정말 처음 겪는 일투성이라 질리지를 않네."

빛의 구슬 같은 형태인 미라가 빛을 뿜으면서 두 개로 분열됐다. 정령 같은 존재라면, 분령이라 부르는 편이 옳을지도 모른다.

"그래. 두 개가 되면 한쪽은 리스를 따라가도 문제가 없겠지."

"그 정도로 리스 누나를 따라가고 싶은 거구나."

"그만큼 리스는 사랑받고 있는 거야."

우리가 감탄하는 가운데, 두 개가 된 미라는 리스를 중심으로 날아다니더니…… 뭔가 상황이 이상했다.

움직임이 묘하게 격렬하다고나 할까…… 리스는 왜 쓴웃음을 짓고 있는 거지?

"무슨 문제라도 있어?"

"저기…… 누가 나를 따라갈지를 가지고 다투는 것 같아."

겉보기에는 몽환적인 광경인데, 하는 짓은 정말 시답잖은걸.

양쪽 다 물러설 생각이 없는 것 같으니, 우리는 그저 쓴웃음을 지으며 저 다툼을 지켜보기로 했다.

성역의 견학을 마친 후, 애슐리와 헤어져서 방으로 돌아가던 우리는 신전 안이 시끌벅적하다는 사실을 눈치챘다.

신도들이 허둥대며 뛰어다니고 있었기에, 근처에 있는 신도를 잡고 자초지종을 물어보니 아무래도 미라교의 수장인 교황이 돌아온 것 같았다.

"형님, 어쩔 거야?"

"신전에서 신세를 지고 있으니, 빨리 인사를 하러 가는 편이 좋겠지."

"그럼 애슐리를 통해 소개를 받는 편이 낫겠네. 지금은 어디에 있을까?"

전에 들은 이야기에 따르면, 교황은 애슐리를 자기 아이처럼 귀여워한다고 한다.

"애슐리 님이라면…… 정화 의식 중이시네요. 의식이 끝나려면 시간이 좀 더 걸릴 거예요."

"그럼 어쩔 수 없네. 적은 아니니까, 그냥 만나러 가보자."

교황은 추기경의 방에 있는 듯 하니, 우리도 그 방으로 향했다. 그러자 추기경이 누워 있는 침대 앞에 온화한 미소를 지은 채 서 있는 한 남성이 보였다.

방금 여행을 마치고 돌아와서 그런지 법의가 꽤나 낡았으며, 나이는 추기경과 비슷해 보였다.

언뜻 보기에는 평범한 남자 같았지만, 마주하니 이야기를 나누기 쉽다고나 할까…… 말로 형용할 수 없는 불가사의한 매력을 뿜고 있었다.

그런 남자의 옆에는 그와 상반되는 분위기를 지닌 고령의 남자가 시립해 있었으며, 관찰하는 듯한 시선으로 우리를 쳐다보고 있었다. 모험가 같은 옷차림을 하고 있는 걸 보면, 교황의 전속 호위일까?

"흐음? 자네들이 바로 그 손님들인가?"

"예, 그렇답니다. 저들이 바로 애셜리의 구원자죠."

온화한 미소를 짓고 있는 이가 교황이며, 모험가 같은 옷차림을 한 남자는 교황의 호위 같았다.

오랫동안 교황을 호위해온 그는 한때 미라교의 성기사를 맡은 적도 있는 것 같았다.

제대로 이야기를 나눠보지는 않았지만…… 나는 알 수 있었다.

그가 아마 이 마을에서 가장 강할 거라는 점을 나는 확신할 수 있었다. 뭐, 단둘이서 포교 여행을 다닐 정도이니, 그 정도 실력은 되어야 살아남을 수 있을 것이다.

"처음 뵙겠습니다, 교황님. 저는 모험가인 시리우스라고 합니다. 지금은 추기경님과 성녀님의 호의로, 이곳에서 머물고 있습니다."

"그렇게 예의를 차릴 필요는 없네. 자네들이 미라교를 구해줬다는 이야기는 들었지. 나도 자네를 환영한다네. 이 신전에서 편하게 지내주게나."

그리고 교황은 준비되어 있던 홍차를 마신 후, 갑자기 내 얼굴을 지그시 응시했다. 성기사 출신인 호위의 위압감 넘치는 눈길과 다르게, 이족은 내 마음 깊은 곳까지 들여다보는 듯한 순수한 눈길이었다.

하지만 딱히 찔리는 구석은 없기에 눈을 피하지 않자, 교황은 미소를 지으며 몇 번이나 고개를 끄덕였다.

"음…… 시리우스 군의 내면에서는 복잡한 무언가가 느껴지지만, 사악한 기운은 느끼지 않는걸. 미라 님과 애셜리를 위해 힘써줘서 고맙네. 미라교의 대표로서 자네들에게 진심으로 감사의 뜻을 표하네."

"고맙다."

눈만으로 상대의 본질을 파악한다……는 건가. 겉멋으로 교황이라는 지위를 지키고 있는 건 아닌 듯 했다.

교황이 고개를 숙이자, 그의 호위 또한 우리를 향해 고개를 숙였다.

"고개를 드세요. 이건 저희가 하고 싶어서 한 일입니다."

"음……. 애셜리는 정말 좋은 사람들과 만난 것 같군."

"예. 이것도 미라 님의 인도겠죠."

두 사람의 관계는 모르지만, 마치 노년의 부부 같아 보였다.

하지만 미라교가 붕괴되어도 이상하지 않을 사건이 벌어졌는데, 이 두 사람의 목소리에서는 전혀 위기감이 느껴지지 않았다.

호위 또한 이런 상황에 익숙한 건지, 문 쪽을 쳐다보며 담담히 이야기를 계속했다.

"그것보다 교황님. 두르가는 어떻게 할 겁니까?"

"두르가 말인가. 사고를 제대로 쳤더군."

"그런 일을 벌일 사람은 아니라고 생각했는데, 저도 감이 둔해졌나 봐요. 현재 그는 지하의 징벌방에 갇혀 있는데, 교황님의 뜻은 어떠신가요?"

"다 함께 논의한 끝에 내린 처벌일 테지? 그 자리에 없었던 내가 참견하는 것도 좀 아닌 것 같군. 결과적으로 애셜리가 크게 성장하기도 했고 말이야."

"예. 정말 성장했답니다."

마치 손주의 성장을 기뻐하는 할아버지와 할머니 같아 보였다.

신랄한 표현일지도 모르지만, 이런 교황과 추기경이 용케도 미라교를 유지해왔다는 생각이 들었지만…….

"하지만 교황으로서 내버려 둘 수도 없으니, 그가 어쩌고 있는지 보고 올까."

"아뇨. 오늘은 시간이 늦었으니, 내일 가보는 편이 좋을 것 같군요."

호위인 저 남자가 교황을 보좌해온 것이리라.

두르가와의 면회를 말린 그에게서는 처형인 같은 분위기가 느껴졌다.

그는 아마도 나와 마찬가지로…… 뒷세계를 아는 자이리라.

"그래요, 교황님. 방금 돌아오셨으니 오늘은 푹 쉬시죠. 애셜리는 요즘 들어 요리를 익히고 있으니, 교황님을 위해 요리를 해줄 거라고 생각해요."

"그거 기대되는군! 그럼 내일로 미루도록 할까."

교황이 애설리와의 식사를 고대하며 웃고 있는 가운데, 호위는 조용히 고개를 숙였다.

※ ※ ※ ※ ※

"……오래 기다리셨습니다."

심야…… 신전 지하에 있는 징벌방에서는 잠겨 있는 문을 두드리는 소리가 들렸다.

현재 이 문 너머에는 두르가만 있으며, 그는 여기에 갇힌 후로 쭉 공허한 눈길을 머금은 채 자리에 앉아 있었다. 하지만 노크 소리를 듣고 천천히 몸을 일으켰다.

"왜 이렇게 늦은 거지? 좀 더 빨리 올 수는 없었던 거냐?"

"죄송합니다. 잠입에 시간이 걸리는 바람에……."

"흠. 뭐, 좋다. 얼이 나간 척하는 것도 지겹던 참인데, 이걸로 전부 끝났군."

가면을 쓴 남자가 가지고 있던 열쇠로 징벌방의 문을 열자, 안에서 약간 마른 두르가가 나왔다.

죄를 저지른 그를 징벌방에서 풀어주라는 허가는 아직 내려지지 않았다.

이것은 명백한 탈옥이다.

그리고 가면을 쓴 남자 덕분에, 두르가는 아무에게도 들키지 않으며 신전을 탈출할 수 있었다.

그 남자는 인적이 드문 길을 고르기도 했지만, 현재 신전 안은 교황의 귀환을 기뻐하며 경비가 허술해진 상태다.

후드가 달린 로브로 모습을 감춘 두르가와 가면을 쓴 남자는 마을을 조용히 이동하더니, 문지기와 은밀히 교섭을 한 끝에 무사히 마을 밖으로 탈출했다.

그대로 달빛이 비추는 길을 따라 달렸지만, 운동을 제대로 한 적 없는 두르가는 머지않아 한계에 도달하더니 근처에 있던 바위에 걸터앉았다.

"하아…… 하아…… 잠시 쉬었다 가자. 거기 너, 물이나 식량은 가지고 있지 않느냐? 배가 고파서 힘이 나지 않는군."

"여기 있습니다. 과식은 자제해주시죠."

가면을 쓴 남자가 말린 고기와 와인이 든 가방을 건네자, 두르가는 씨익 웃으면서 그것을 받았다.

"흥…… 내가 이런 곳에서 말린 고기나 씹게 될 줄이야. 그래도 술이 있어서 다행이군."

"지시대로 여기까지 오기는 했습니다만, 이제부터 어디로 향하실 거죠?"

"남서쪽 숲 안에 은신처로 삼으려고 준비해둔 동굴이 있다. 거기로 향하자."

"숨으실 겁니까? 좀 더 먼 곳으로 도망치는 편이 좋지 않을까요."

"알고 있다. 동굴에 가는 건, 모아둔 자금을 회수하기 위해서지."

두르가는 와인을 마시면서, 돈을 확보한 후에 수배가 내려지기 전에 이 대륙을 떠날 생각이라고 말했다.

"네놈에게는 충분한 보수를 줄 테니 걱정하지 마라. 한동안 놀고먹을 수 있도록 해주지."

"그럼 이대로 도망칠 겁니까? 당신에게 그런 짓을 한 자들에게 복수는 안 하실 건가요?"

"복수를 한다고 배가 부르지도 않고, 돈도 늘어나지 않지. 돈은 충분히 모았으니 이대로 도망치는 것도 좋겠지만…… 그 엘프는 아쉽군. 다른 마을에서 용병을 고용한 후, 끌고 오게 하는 것도 괜찮으려나."

"그런가요……."

며칠 만에 술을 마신 탓에 취기가 빨리 돈 듯한 두르가는 대화를 유도당하고 있다는 것을 눈치채지 못한 채 계속 이야기를 이어갔다.

게다가 신탁 의식을 어떻게 조작한 건지도 밝혔지만, 두르가는 그 후에도 계속 주절거렸다.

"그건 그렇고, 정말 바보 같은 녀석들이군. 처형조차 못 하니까, 이렇게 돈을 잃는 거다."

"흠, 잡힌 후에도 여유가 넘쳤던 것은 살해당하지 않을 거라 확신하셨기 때문이군요."

"위험을 감수하는 것보다 그런 바보들을 이용하는 편이 훨씬 안전하게 돈을 벌 수 있지. 하지만 그 녀석들의 돈을 전부 뜯어내지 못한 건 아쉬운걸."

"······슬슬 출발하죠. 제가 앞장을 서겠습니다만, 이곳은 마을 밖입니다. 가방 안에 나이프를 넣어뒀으니, 호신용으로 챙겨두시죠."

"음, 그럴까."

그리고 두르가 나이프를 가방에서 꺼내는 모습을 본 그는······.

"음? 칼집도 없는 나이프로······ 크윽?!"

나이프를 쥔 상대의 손목을 꺾더니, 마치 자결이라도 하듯 두르가의 가슴에 나이프를 꽂았다.

가면을 쓴 남자는 주저 없이 손에 힘을 주더니, 나이프의 칼날이 절반가량 박혔을 즈음에야 두르가에게서 떨어졌다.

"이, 이놈?! 배, 배신을······."

"미안하지만, 나는 네 편이 된 적이 없다.

"아니?! 네놈이, 어째서······ 여기에······."

원래 목소리로 말을 하며 가면을 벗어서 내 얼굴을 드러내자, 두르가는 경악에 찬 표정을 지으며 나를 손가락으로 가리켰다.

"너라면 당연히 보험을 들어뒀을 거라고 생각했는데, 내 예상이 맞았는걸."

징벌방에서 정신이 망가진 척해서 방심시킨 후, 비상시에 대비해 고용해둔 녀석을 이용해 도망친 것이다.

원래 고용됐던 남자는 다른 대륙에서 넘어온 자이며, 미라교와는 전혀 연관이 없었다.

그 녀석이 신전에 잠입하려고 하기에 기절시켜서 다른 징벌방에 가둬둔 후, 내가 대신 두르가 앞에 나타난 것이다.

"나한테…… 이런 짓을 하고……."

내가 다른 자로 위장하면서까지 이 녀석을 밖으로 끌고 나온 것은 두르가에게 이런저런 이야기를 듣기 위해서다.

탈출했다는 안도감, 그리고 와인에 섞어둔 자백제와 비슷한 약물 덕분에, 그는 순순히 전부 실토했다.

"네……놈. 네놈만…… 없었으면……."

"결과는 달라지지 않았어."

확실히 내가 없었다면 너는 도망칠 수 있었을지도 모르지만, 실은 그렇지도 않다.

두르가를 노리고 있었던 건…….

"이제 그만 나오는 게 어때요?"

"……눈치채고 있었나."

나만이 아니었기 때문이다.

근처에 있는 바위 뒤편에서 모습을 드러낸 이는 바로 교황의 호위인 남자였다.

낮에 봤을 때는 모험가 같은 복장이었지만, 지금은 어둠에 몸을 숨기기 위해 검은색 옷을 입고 있었다.

그렇다……. 내가 없었더라고, 두르가는 이 남자에게 처리되었을 것이다.

천천히 나에게 다가온 그 남자와 시선이 마주치자, 우리는 잠시 동안 눈싸움을 벌였다. 그 후, 나는 예전에 성기사였던 이 남자에게 말을 건넸다.

"……신전에서부터 쭉 미행을 했죠? 발소리만이 아니라 기척도 완전히 감추는 기술은 정말 대단했어요."

"너야말로 이 짧은 시간에 두르가를 여기까지 데려온 솜씨는 칭찬받아 마땅해."

"고마워요. 그런데 이 남자를 여기까지 데려온 걸 가지고 저를 체포할 건가요?"

"흠. 내 지위를 생각하면 너를 잡아야겠지만, 나는 현재 다른 용건으로 움직이고 있거든."

그는 그렇게 말하며 가슴에 꽂힌 나이프를 뽑기 위해 버둥거리고 있는 두르가에게 다가갔다.

"어…… 큭…… 사, 살려줘! 이 남자가 나를 죽이려고……."

"살려달라고? 스스로 목숨을 끊었으면서 말이야?"

"무슨…… 소리를……?"

"죄책감 때문에 자결을 선택한 건가. 듣자하니 징벌방에서도 정신이 망가진 듯한 모습을 보였다던데, 충분히 있을 수 있는 일이지."

"커억……. 허, 헛소리하지 마라!"

두르가는 피를 토하며 분노를 터뜨렸지만, 그는 차가운 눈길로 내려다봤다.

"헛소리……하지 말라고? 교황께서 돌아오실 곳을 이렇게 어지럽힌 네놈을 도망가게 놔둘 줄 알았나?"

"아……아냐…… 그건……."

"교황의 적을 제거하겠다."

그리고 성기사가 손바닥으로 나이프를 밀어 넣자, 칼날은 그대로 두르가의 심장을 꿰뚫었다.

도움을 청하듯 뻗은 두르가의 손이 허공을 가르더니, 그는 두 번 다시 깨어날 수 없는 잠에 빠져들었다.

두르가의 죽음을 확인한 그는 경계를 하듯 나를 쳐다봤지만, 살기가 느껴지지 않는 것을 보면 싸울 생각은 없어 보였다.

"다음은 네 차례라고 말하고 싶지만, 이 두르가는 징벌방에서 발견될 예정이지. 그러니 멋대로 이 녀석을 밖으로 꺼낸 네 죄도 사라질 거다."

"그럼 시나리오는 이런 느낌인 건가요?"

징벌방에 갇힌 두르가는 죄책감 때문에 정신적으로 피폐해져서, 제대로 식사도 하지 않았다.

그걸 모르고 도와주러 온 남자는 일단 식량을 주기 위해 가방을 내밀었지만, 두르가는 그 안에 들어 있던 나이프로 자결하고 말았다.

우연히 그곳을 지나가던 이 남자가 침입자를 잡았고, 징벌방 안에서 숨이 끊긴 두르가를 발견…… 같은 느낌일까?

내가 그렇게 이야기하자, 성기사는 쓴웃음을 지으면서 고개를 끄덕였다.

"그렇게 되도록 네가 유도했을 텐데? 상대가 나이프를 쥔 순간을 노리다니……. 세심한걸."

"제 취향이기도 하지만, 누군가가 죽였다는 사실이 알려진다면 미라교가 흔들릴 뿐만 아니라, 교황과 애설리도 슬퍼할 테니까요."

"잘 아는걸. 심정은 복잡하지만, 수고를 덜어준 건 고맙게 생각한다."

자결로 보이게 할 거면 내가 나이프로 찌른 후로 흉기를 두르가에게 쥐어주면 되겠지만, 전생의 버릇 때문에 이런 식으로 하지 않으면 영 안심이 되지 않았다. 흉기에 지문과 냄새가 남지 않을수록 좋을 테니까 말이다.

"하지만…… 이런 곳까지 데려올 필요는 없을 텐데? 이유가 있다면 말해줬으면 좋겠군."

"신전을 탈출하고 긴장이 풀린 그의 본심을 알고 싶기도 했지만, 가장 큰 이유는 제가 직접 처리하고 싶었기 때문이죠."

순순히 도망치려고 했다면 기절시킨 다음에 저 남자에게 넘겼겠지만, 이런 상태에서도 피아를 노리는 이 녀석을 살려둘 수 없었다.

게다가 징벌방에서 처리한다면, 제자들이 눈치챌 것이다.

"……알았다. 너는 미라교만이 아니라, 아내와 애슐리를 구해줬지. 그러니 네 행동은 못 본 걸로 해두지."

"감사합니다."

나중에 알고 보니, 이 성기사의 아내는 바로 추기경인 것 같았다.

그리고 추기경의 오빠가 교황이며, 성기사는 형님인 교황을 진심으로 따르며 충성하고 있는 것 같았다.

"그럼 슬슬 돌아갈까요. 다른 사람이 두르가가 없어졌다는 걸 눈치채면 성가시게 될 테니까요."

나는 챙겨온 모포로 두르가의 시체를 감싼 후, 짐처럼 들쳐

맺지만, 그가 대신 들겠다며 넘겨받았다.

"내가 들지. 이런 녀석이기는 하지만, 원래는 미라교의 신도니까 말이다."

"고맙습니다."

"고마워할 필요 없다. 그리고 나한테는 반말을 써도 된다."

"연상인 분한테 그럴 수는……."

"연령이나 외모로 사람을 판단할 만큼, 나는 어리석지 않다. 게다가 내 움직임을 완전히 간파한 상대가 나에게 존댓말을 쓰는 것도 기분이 안 좋거든."

시선만으로 서로의 수를 읽는다고 하는 달인들끼리만 가능한 싸움을 통해, 이 남자는 내 실력을 눈치챈 것 같았다.

"하아. 내 수가 이렇게 막힌 건 처음이네. 세상은 넓군."

이렇게 뒤처리를 마친 우리는 어둠으로 몸을 숨기며 이 자리를 벗어났다.

이미 밤이 깊은 데다 두르가의 시체를 짊어진 우리는 꽤 수상쩍어 보일 것이다.

이대로 마을에 갔다간 문지기에게 잡힐 테지만, 그만 아는 비밀 통로를 통해 우리는 무사히 신전으로 귀환했다.

그리고 두르가의 시체를 징벌방에 던져두고, 다른 처치를 마친 우리는 이대로 헤어지는 것도 좀 그래서 마을에 있는 조그마한 술집으로 향했다.

이 술집은 그와 인연이 있는 가게 같았으며, 손님뿐만 아니라 마스터도 자리를 비운 가게 안에서 우리는 가볍게 술을 마시며 이야기를 나눴다.

"이번 사건…… 너희가 없었다면, 나는 지금쯤 관계자들을 다 죽이고 다녀야겠지."

"내가 이런 말을 하는 것도 좀 그렇지만, 고생이 많네."

"직접 선택한 길이다. 교황과 아내, 그리고 애슐리를 지키기 위해 계속 싸울 뿐이지."

"하지만…… 이제부터 괜찮겠어? 슬슬 몸이 한계일 것 같은데 말이야."

"알고 있다. 그래서 나는 내 후진을 기르고 있는 중이지. 아직 물러터진 부분이 있지만, 열의와 근성은 괜찮은 녀석이 있거든."

포교 활동 중에 만난 아이이며, 이름은 크리스라고 한다.

자신의 기술을 가르쳐주며, 장래에는 성기사로서 애슐리의 호위를 맡길 생각이라고 한다.

"일전에 처음으로 애슐리를 본 후로, 전보다 더 의욕을 보이고 있지. 한눈에 반할 줄이야……. 젊군."

"열의와 근성이라면 우리 레우스도 괜찮은 편이거든?"

"그 은랑족 남자 말인가? 확실히 대단한 전사더군. 네 제자라던데, 꽤 어깨가 으쓱하겠는걸."

"자랑스러운 제자거든. 하지만…… 레우스는 더 강해질 수 있어. 언젠가 나보다 더 강해질 수 있는 인재야."

……그래.

전생의 나와 비슷한 분위기를 지녔기 때문에, 니는 그와 이야기를 나눠보고 싶었던 걸가.

어디 사는 팔불출처럼, 우리는 제자에 대해 이야기를 나눴다.

다음 날 아침, 두르가가 징벌방에서 자결했다는 소식이 알려졌다.

얼추 내가 쓴 줄거리대로 흘러갔지만, 다른 점은 내가 위장했던 그 남자가 성기사와 마주쳤다 덤벼든 끝에 목숨을 잃었다······ 정도다.

미라교를 뒤흔든 사건을 일으킨 장본인인 만큼, 대부분의 신도들은 당연한 결말이라고 여겼으며, 깨끗한 최후라 여기는 이도 적지 않았다.

예상대로 이 사실을 안 교황과 애슐리는 슬퍼했지만, 전 성기사는 미라 님을 생각하는 마음에 죄의식을 견디지 못해 그랬을 거라고 전했다.

"그래. 욕망에 빠지기는 했지만, 미라 님을 생각하는 마음은 진실했다는 건가······."

"그는 아주 약간 길을 벗어날 뿐입니다. 두 번 다시 이런 일이 일어나지 않도록, 두르가의 비극을 교훈으로 삼으며 앞으로 나아가야 할 거라 생각합니다."

"예! 성녀로서 신도들을 이끌어갈 수 있도록 저도 최선을 다할게요! 미라 님께서 항상 지켜봐 주고 계시니까요."

교황과 전 성기사 두 사람이 돌아왔으니, 미라교는 이제 괜찮을 것이다.

슬슬 여행을 다시 떠나자고 생각한 우리는 애셜리를 찾아가 여행을 떠나겠다는 걸 알렸다.

"벌써 가시나요?! 아직 답례도 못했잖아요."

"답례라면 충분히 받았어. 성역과 의식도 받고, 약간 마음은 복잡하지만 새로운 동료도 늘었잖아."

특히 신탁의 의식은 매우 흥미로웠다.

정확하게는 의식에 쓰이는 마도구가…… 말이다.

교황과 애셜리의 허가를 받고 그 마도구를 조사해본 결과, 많은 사실이 판명됐다.

그것은 미라…… 정령과 이야기를 나누기 위한 장치가 아니라, 일종의 증폭기 같았다. 그렇지 않다면, 애셜리에게만 미라의 목소리가 들린 것도 이상했다.

원래 리스와 피아처럼 충분한 적성이 있는 이만 정령의 목소리를 들을 수 있지만, 그 마도구를 이용하면 적성이 아주 약간 모자란 이도 목소리를 들을 수 있게 되는 것 같았다.

그런 적성자가 애셜리이며, 매우 아쉬운 존재였다.

그것은 신탁을 받은 두르가도 마찬가지라는 게 되겠지만, 그는 적성이 있는 게 아니라 신탁을 받은 것처럼 위장했을 뿐이었다.

우연히 발견했다는 두르가의 정보를 근거로 조사해보니…….

『……어째서 이런 걸 달아둔 걸까.』

마치 미라가 강림했을 때와 마찬가지로, 머리 위에 빛의 구슬을 발생시키는 기능을 지닌 마도구가 달려 있었다.

조사해봐도 조명으로나 쓸 수 있으며, 간단히 말해 아무 쓸모 없는 기능이다.

하지만 어떤 것을 찾아낸 순간, 내 안에 존재하는 위화감이 사라졌다.

『그렇게 된 건가. 정말…… 여전히 무슨 생각을 하는 건지 알 수 없는 사람이야.』

애초에 마법진에 관한 지식이 있다고 해도, 이 정도로 복잡한 마법진을 단시간에 해석할 수 있었던 것은 이것과 비슷한 물체를 과거에 본 적이 있기 때문이다.

모양과 문자는 다르지만, 전체적인 구조와 양식이 전생에서 본 기계와 비슷했다.

그리고 마도구의 끝에 제작자의 사인 같은 것이 새겨져 있었으며, 나는 그 사인이 눈에 익었다.

『그렇다면 이건 헛수고가 아니라 장난……인 거겠지.』

어떤 나무에 피는 꽃잎과, 투박한 나이프로 이뤄진 마크…… 이런 불길한 사인은 내 스승이 쓰는 것이다.

원래부터 수수께끼 덩어리 같은 인물이었지만, 그 수수께끼가 더욱 깊어졌다.

『뭐, 좋아. 그 사람과 관련이 있는 경우, 깊게 생각해봤자 소용이 없지.』

발명을 좋아하던 스승의 성격에 비춰볼 때, 스승이 만든 마도구가 이것 말고도 존재할 것 같은 느낌이 들었다.

이곳에 있는 것은 좋게 활용되고 있지만, 나쁜 쪽으로 쓰이는 물건을 발견하면 파괴하는 편이 좋을지도 모른다.

『뭐, 나는 그 사람의 제자잖아.』

이 순간, 견문을 넓히기 위한 여행에 목적이 하나 더 추가됐다.

"이런저런 일이 있기는 했지만, 이곳을 찾은 보람은 있었어. 게다가 우리는 모험가잖아. 새로운 장소로 가야 하지 않겠어?"

"너무 아쉬워하지 마. 또 올게."

"그래. 한 번 지나간 곳에 다시 들리지 않는 건 아냐. 미라교와 애셜리가 성장한 모습을 보러 또 포니아에 올게."

애셜리는 리스의 제자나 다름없으니까 말이지.

나도 신경이 쓰이니, 다음에 꼭 애셜리의 성장한 모습을 보러 이곳에 다시 와야겠다.

물자는 거의 공짜나 다름없는 가격에 받았으니, 내일이라도 출발…….

"으으…… 알았어요. 그렇다면 사흘…… 아니, 이틀만 출발을 늦춰주시지 않겠어요?"

"시리우스 님……."

"형님……."

"시리우스 씨……."

"딱히 이 마을에 질린 것도 아니니까, 좀 더 있어도 괜찮지 않을까?"

"……어쩔 수 없네."

시간이 지날 수록 작별이 힘들어질 테니 내일 떠나기로 마음먹

었지만, 역시 우는 아이에게는 이길 수 없다. 게다가 우는 아이가 셋으로 늘어난 것이다.

그런고로, 출발은 연기되고 말았다.

이틀 후…… 우리는 포니아를 출발하기 위해 신전 앞에 모였다.

여행 준비를 마치고 작별 인사를 나누러 온 것일 뿐이지만, 신전 앞에는 애설리만이 아니라 많은 이들이 모여 있었다.

교황과 추기경, 그리고 성녀까지 모여 있기 때문이겠지만, 순수한 마음으로 호감을 가진 우리와 작별 인사를 나누러 온 사람도 많았다.

베이그가 태워버린 건물을 다시 세우면서 친해지거나, 리스에게 치료를 받고 호감을 가지게 된 이들, 호쿠토를 숭배하는 수인도 모였기에, 작별 인사를 한다기보다 축제가 일어난 것 같았다.

"평범한 모험가를 배웅하러 이렇게 많은 사람들이 모였네."

"그만큼 많은 이들이 여러분에게 호감을 가지고 있다는 거겠죠. 또 이곳에 들러주세요."

"다음에 들렀을 때도 신전에 머물러주게. 성대하게 환영하도록 하지."

"고대하고 있을게요."

교황과 애설리에 이어, 다른 이들과 작별 인사와 악수를 나눈 후, 우리는 마차를 타고 출발했다.

계속 손을 흔들고 있는 애설리의 모습이 보이지 않게 되었을 즈음, 마을 밖으로 나간 나는 작게 한숨을 내쉬었다.

한 달 가량 머물면서 정령마법을 쓰는 자와 싸우기도 하고, 여신이라 불리는 정령과 만나는 등…… 정말 농밀한 나날을 보냈다.

왠지 상념에 잠겨 마부석에 앉아 있을 때, 홍차를 끓인 에밀리아가 내 옆에 앉았다.

"무슨 생각을 그렇게 하시는 건가요?"

"아, 저 마을에 머물면서 예상보다 훨씬 시끌벅적한 나날을 보낸 것 같아서 말이야……."

"예. 고생을 하긴 했지만, 수확도 많았어요."

"응. 귀중한 경험을 했고, 무엇보다 리스가 크게 성장했잖아. 하지만……."

고개를 돌려보니, 마차 후미에서 경치를 지켜보고 있던 리스가 내 시선을 느낀 건지 고개를 갸웃거렸다.

"왜 그래?"

"아, 리스가 성장한 것 같다는 이야기를 하던 중이야. 그런데…… 지금도 곁에 있는 거야?"

"응. 엄청 들뜬 것 같아서, 진정시키는 것도 고역이야."

"농담이라고 생각한 건 아니지만, 실제로 따라오니 마음이 복잡해. 마을에서 벗어나서 그러는 걸까?"

피아가 리스의 옆에서 쓴웃음을 지으면 한 말에, 나도 동의했다.

분령이라고 해도, 우리의 여행에 여신이라 숭배되던 정령이 동행하는 것이다.

나에게는 보이지 않지만, 지금은 리스의 주위를 즐겁게 날아다니고 있는 것 같았다.

어린애를 달래듯 상냥하게 말을 건네는 리스를 보고 있을 때,

훈련을 하느라 마차 밖에서 뛰고 있던 레우스가 대화에 끼어들었다.

"저기, 결국 어느 미라가 따라온 거야?"

"으, 으음…… 그게 말이야."

"양쪽 다 미라니까, 어느 쪽이든 상관없지 않아?"

"그럼 우리와 함께 다니는 정령에게는 다른 이름을 붙여주는 편이 좋지 않을까? 우리의 새로운 동료잖아."

"레우스치고는 괜찮은 생각이네."

"나쁘지 않은걸. 피아는 어떻게 생각해."

"……내키지는 않아. 전에 정령은 질투심이 강하다는 이야기를 한 적 있지?"

다른 속성 마법을 쓰려고 하면, 정령이 질투를 해서 마법을 방해한다고 한다.

하지만 그것과 이름을 지어주는 게 어떤 상관이지?

"정령은 전 세상에 존재하지만, 같은 애가 쭉 함께하는 건 아냐. 어느 정도 따라다닌 후에 어딘가에 가버려."

확실히 정령이 쭉 따라다닌다면, 세상을 돌아다니는 동안 엄청난 양의 정령이 따라다니게 될 것이다.

아마 어느 정도 모여들고 나면 자연스럽게 흩어져서 균형을 잡는 걸지도 모른다. 간단히 말해 영역 같은 게 있는 것이리라.

즉, 우리를 따라다니는 미라처럼, 한 개체가 쭉 따라다니는 사례 자체가 처음인 것이다.

"그러니까 이름을 지어주면 그 애가 기뻐할지도 모르지만,

자기도 지어달라며 다른 물의 정령이 몰려올지도 몰라. 그것도 새로운 정령이 다가올 때마다 말이지."

그야말로 무한히 이어지는 네이밍 지옥……이군.

"뭐, 말은 그렇게 했지만 이런 사태 자체가 처음이라 꼭 그럴 거라고 단정은 못 짓겠네."

"그렇구나. 뭐, 우리가 정령을 이름으로 부르는 일은 흔치 않을 테니까, 그냥 이대로……."

"우왓?!"

이름을 지어주지 말자고 내가 말하려던 순간, 갑자기 리스의 근처에서 빛이 나더니 공중에 물의 구슬이 몇 개나 생겨났다.

"설마 이건……."

"응. 이름을 지어달라고 조르는 것 같아. 미라는 신전을 지키는 쪽이고, 자기는 다른 존재라네."

"이미 다른 존재라 어필하고 있는 거구나."

자기주장이 극심한 정령인 것 같았다.

"다른 애들은 자기가 타이르겠다며, 이름을 지어달래."

물의 정령 중에서 상위 존재이니, 다른 정령들에게 명령을 하거나 입 다물게 하는 것도 가능한 것 같았다.

아무튼 다른 정령이 몰려들지 않게 하겠다는 소리까지 하며 필사적으로 애원을 하니, 리스가 이름을 지어주기로 했다.

"그럼…… 네 이름은 나이아야. 잘 부탁해, 나이아."

물구슬은 이름이 생겨서 기쁜 건지, 뛸 듯이 기뻐하며 하늘을 날아다녔다.

엘프 다음은 정령을 동료로 맞이하게 되니 꽤나 특이하다는 생각이 들지만, 정말 믿음직하기는 했다.

"정말! 마차에는 천도 있으니까 함부로 물을 뿌리면 안 돼!"

하지만 어린애처럼 순수한 존재라니, 교육을 시키는 게 쉽지 않겠는걸.

이렇게 새로운 동료인 나이아를 동료로 삼아서 길을 나아가다 보니, 동쪽과 서쪽으로 나뉘는 갈림길이 보였다. 우리는 그 앞에서 마차를 세운 후, 지도를 확인했다.

"형님, 어느 쪽으로 갈 거야?"

"서쪽은 길이 험하지만, 마을이 꽤 가까운 곳에 있는 것 같군요."

"이쪽은 길은 완만하지만 상당히 우회해야 할 것 같아. 하지만 도중에 재미있는 게 있네."

다음 목적지는 아드로드 대륙의 중심에 있다고 하는 거대한 호수다.

보아하니 서쪽은 지름길이고, 동쪽은 빙 돌아가는 것 같지만……

"그럼 동쪽으로 가볼까. 도중에 적당한 야영지가 있는 것 같거든."

우리의 여행은 견문을 넓히기 위한 것이며, 시간에 쫓기고 있지 않다.

그러니 지름길을 선택하지 않고, 느긋하게 나아가기로 했다.

"슬슬 출발하자. 무슨 일 있으면 바로 보고해."

""""예!""""

"멍!"

"후후, 이번에는 뭐가 기다리고 있을까?"

"그래, 기대되는걸."

제자들은 하루가 멀다 하고 성장했다.

피아와 호쿠토는 그런 제자들을 나와 함께 지켜봐 주고 있다.

믿음직할 뿐만 아니라, 사랑스러운 이들과 함께 있는 행복을 곱씹으면서, 우리는 호쿠토에게 어느 방향으로 나아갈지 알렸다.

———— 라이오르 ————

그날, 나는 앨리시온의 학교에 있는 투기장으로 향했다.

왜냐하면 곧 중요한 사투번외편《최강이 격돌하는 순간》아니, 특별한 시합을 앞두고 있기 때문이다.

"흠…… 적당히 준비가 됐군."

나는 투기장의 대기실에서 다시 제련된 파트너를 휘두르면서 만족스러운 듯이 고개를 끄덕였다.

그 땅딸보 영감은 작업에 시간을 많이 쓰지만, 이렇게 내 마음에 드는 검을 만들 수 있는 사람은 그 영감뿐이다.

오래간만에 파트너의 감촉을 확인하고 있을 때, 노크 소리와 함께 대기실의 문이 열렸다.

"당천 님. 준비가 되셨다면 시합장으로 와주시죠."

고개를 돌려보니, 토끼 귀를 지닌 시종 옷차림의 여성이 안으로 들여왔다.

저 녀석은…… 그렇다. 내가 검을 가르치고 있는 병사들의 주인인 리펠 양의 시종이지.

"음, 가보도록 할까."

그 시종의 안내로 시합장에 가고 있지만, 나는 리펠 양의 병사를 단련시키느라 이곳에 몇 번이나 와봤다.

그러니 안내를 필요 없다고 말했지만, 시종은 쓴웃음을 지으며 나를 돌아보았다.

"당천 님한테서 눈을 떼면 위험하니까요."

"그렇지 않다고 생각하는데 말이다. 음…… 이 빛의 마도구는 전에 없었던 건데, 왠지 베어버리고 싶구나. 그래도 되겠느냐?"

"방금 제 말을 듣긴 하신 건지……. 이건 로드벨 님이 만든 최신 마도구입니다. 베어버리신다면 오늘 저녁 식사를 줄일 겁니다만, 그래도 괜찮을까요?"

"그래서 베고 싶었던 건가. 하지만 밥이 줄어드는 건 좀 그러니 포기하도록 할까."

내 행동을 파악하고 있는 듯한 느낌이 들지만…… 뭐, 좋다.

그 후, 베어버리고 싶은 것들을 몇 개 지나며 시합장에 가보니, 커다란 환성이 나를 맞이했다.

흠, 몇 번이나 내가 우승했던 투기…… 투무…… 뭐였지? 아무튼 이름은 생각나지 않지만, 그 대회가 생각나는군.

뭐, 그 대회에 비하면 관객 숫자가 적지만 말이다.

안내를 마친 시종에게 배웅을 받으며 걸음을 옮겨보니, 넓은 시합장 한 가운데에는 로드 뭐시기라 불리는 엘프가 서 있었다.

뭐든 다 안다는 듯한 저 낯짝을 보니 화가 나는걸.

"왔군요. 드디어 당신의 무기가 돌아왔나 본데, 정말 그 검으로 저와 싸울 겁니까?"

"내 무기는 이것뿐이지. 네놈이야말로 준비 부족으로 졌다는 변명을 할 생각은 눈곱만큼도 하지 마라."

"예, 알고 있습니다. 그럼…… 시작해볼까요."

"음. 네놈의 마법이 내 검에 통하지 않는다는 걸 알려주마!"

나는 파트너를 치켜들었고, 그 녀석은 마력을 집중시키면서 시합 개시의 신호를 기다렸다.

관객석은 그 녀석이 만든 마법진에 의한 방어벽에 지켜지고 있지만, 내 공격도 막아낼 수 있을까.

그러니 관전은 위험하다고 알렸지만, 그런데도 보러 온 목숨 아까운 줄 모르는 관객이 꽤 있는 것 같았다.

그중에서 내가 아는 자를 꼽자면, 리펠 양과 그 시종, 그리고 나와 몇 번이나 싸우며 단련 중인 꼬맹이군.

그 외에도 나와 싸운 적이 있는 병사들이 드문드문 보였다.

그리고 내 대전 상대의 제자이자 아직 단련이 덜된 듯한 꼬맹이가 바람 마법으로 목소리를 증폭시키며 몸을 일으키더니, 하늘을 향해 불꽃의 창을 날렸다.

『이미 몇 번이나 말했지만, 손속에는 사정을 둬주십시오. 시합…… 개시!』

"갑니다! '멀티 엘리멘트'."

시합 시작과 동시에 그 녀석이 두 손을 휘두르자, 공중에 수많은 불꽃과 바위 덩어리, 그리고 바람 칼날과 물구슬이 생겨나면서 차례로 나에게 날아왔다.

세는 것 자체가 귀찮을 정도의 양이지만, 내가 할 일에는 변함이 없다.

"우오오오──!"

정면 돌파뿐이다!

수많은 마법이 날아왔지만, 나는 파트너로 그것들을 전부 베면서 앞으로 나아갔다.

내가 할 줄 아는 건 그것뿐이니까 말이다.

"당신은 여전히 괴물 같군요!"

"아무리 마법을 날린들, 그렇게 느려 터져가지고는 하품만 난다!"

시리우스의 속도를 경험하고, 그 녀석에게 검을 맞추기 위해 달련한 기술과 내 눈에는 저 마법이 느려 보일 지경이었다.

게다가 예전의 나라면 날아오는 마법을 전부 베려고 했을지도 모르지만, 지금은 나한테 명중하는 마법만 노리고 있었기에 꽤 여유가 있었다.

이것도 시리우스와 싸우며 습득한 것이다.

"예전과는 명백하게 다르군요. 그 나이에 진화를 하다니, 여전히 무시무시한 존재군요!"

"왜 그러느냐! 네놈의 힘은 이 정도가 아닐 텐데?!"

"당연하죠! '크리에이트'."

"윽?!"

그 녀석이 지면을 내딛자, 불덩어리를 베던 내 발치에 커다란 구멍이 생기며 그대로 빠지고 말았다.

그렇게 깊지는 않지만, 바닥에 흙으로 된 창이 무수히 존재했다. 이대로 낙하한다면 그대로 꿰뚫리겠지만…….

"물러!"

나는 구멍 밑바닥을 향해 파트너를 휘둘렀고, 검에서 뿜어진 충격파로 흙으로 된 창을 전부 날려버렸다.

그대로 무사히 구멍 바닥에 착지한 내가 탈출을 위해 머리 위를 쳐다본 순간…….

"아직 안 끝났습니다! 자아, 당신은 이 공격에서 어떻게 벗어날 거죠?"

내가 빠진 구멍을 완전히 막아버릴 만큼 거대한 바위가 낙하하고 있었다.

오호라…… 이 녀석은 나를 죽일 생각으로 싸우고 있군.

하지만…… 좋다!

정말 좋아!

이 긴장감이 나를 더욱 강하게 만들어줄 거다!

게다가…….

"아직 물러! 우오오오오오오오오——!!"

나는 '부스트'를 발동시키면서 검을 치켜든 후, 땅을 박차며 날아오는 바위를 향해 몸을 날렸다.

그리고 파트너로 바위를 네 동강을 낸 후, 그중 하나를 걷어차며 공중으로 이동해 구멍에서 탈출했다.

하지만 내가 이럴 것을 예측하고 있었던 듯한 그 녀석은 이미 다른 위치로 이동했으며, 우리 사이의 거리는 더욱 벌어지고 말았다.

뭐, 좋다. 마법을 쓰는 녀석은 접근당하는 것이 치명적이니, 저러는 게 당연한 행동일 것이다.

"꽤 단단한 바위였는데, 역시 베어버렸군요."

"아무리 튼튼해봤자 어차피 바위지. 내 강파일도류로 벨 수 없는 건 없다!"

"헛소리로……로 딱 잘라 치부할 수는 없겠군요. 상대가 당신이라면 말이죠. 역시 지구전은 불리할 것 같으니, 단숨에 결판을 내도록 하겠습니다."

그 녀석이 품에서 꺼낸 돌을 지면에 던지자, 방대한 마력이 퍼져나가면서 강철 골렘이 수십 마리나 내 주위에 생겨났다.

저 돌은…… 마석이군. 하지만 저 녀석이라면 그런 것에 의지하고 않고도 골렘을 만들어낼 수 있을 텐데 말이다. 왜 도구에 의지하는 거지?

"당신은 확실히 강하지만, 공격수단은 검뿐이죠. 즉, 질보다 양으로 공격하면 이길 수는 없더라도 발을 묶을 수……."

"우랴아아아압──!!"

"남의 말을 끝까지 들으세요! 당신의 약점을 지적하고 있지 않습니까!"

그딴 건 내가 알 바 아니다!

적이 아무리 강대하고 약아빠진 수를 동원할지라도, 나는 정면에서 검 하나로 전부 막아낼 뿐이다.

내가 상대의 말을 무시하며 골렘을 베자, 그 녀석은 체념 섞인 한숨을 내쉬면서 긴 영창을 시작했다.

호오……. 그래서 마석을 이용한 건가.

저 녀석이 마석으로 마력을 온존하면서까지 기나긴 영창을 한다는 건, 그만큼 강력한 마법을 날릴 심산이라는 뜻이다.

그것을 보는 것도 재미있겠지만, 우리가 하는 건 사투다. 영창이 끝나기 전에 베어주마!

『학교장님! 당천 님! 이건 시합이니 손속에 사정을 두세요!』

"시끄럽다!"

저 녀석 제자의 목소리가 들렸지만…… 시합? 그게 뭐지?

저 녀석도 나를 죽일 생각이라면, 나도 죽일 생각으로 싸울 뿐이다!

그러니 다가오는 골렘을 베면서 앞으로 나아갔지만…….

"방해하지 마라!"

그 녀석은 영창을 하면서 이동해서 나와 거리를 벌리려 했고, 골렘 또한 나와 거리를 두며 한 마리씩 달려들었다.

이익, 단숨에 덤벼든다면 한꺼번에 베어버리겠지만…… 골렘은 어디까지나 견제용인가. 화가 나지만, 골렘을 능숙하게 이용하는군.

"하지만 나를 막을 수는 없다!"

저 녀석이 있는 방향을 향해 '충파'를 날려 골렘과 함께 날려버리려 했지만, 그 녀석이 이동을 한 바람에 빗나가고 말았다.

하지만 길이 생겼기에 다른 골렘을 무시하며 쫓아갔지만, 그 녀석은 옆에서 끼어든 골렘의 뒤편에 숨었다.

"무르군……."

철이 섞인 골렘으로 내 검을 막을 수 있을 것 같으냐!

그 골렘과 함께 네놈도 베어넘겨주마!

"우오랴아아아아————…… 으음?!"

하지만 사람을 베는 감촉이 느껴지지 않아서 확인해보니, 그 녀석과 같은 크기의 골렘이 두 동강이 나서 굴러다니고 있었다.

유심히 보니, 이 녀석만이 아니다. 주위에는 그 녀석과 비슷한 몸집의 골렘이 곳곳에 존재했다.

"약아빠진 수에 걸려들고 말았군."

그 녀석을 벨 수 있다는 생각에 너무 흥분해버린 것 같다.

분간하는 것도 귀찮은데다 영창도 끝날 즈음이니, 나는 마법 사용을 저지하는 것을 포기하며 골렘을 베기로 했다.

의미가 없다는 것은 알지만…… 그 녀석의 작품을 베지 않으면 직성이 풀리지 않는 것이다.

다소 시간이 걸렸지만 주위에 있는 골렘을 전부 베자, 그 녀석은 드디어 모습을 드러냈다.

약간 어이없다는 표정을 짓고 있지만, 예전의 그 천연덕스러운 표정보다는 낫다.

"……진짜로 당신은 본능에 따라 사는 군요."

"드디어 영창이 끝났다. 자아, 기다린 만큼 기대해도 되겠지?"

"예. 뭘 쓸지 고민했습니다만, 당신이라면 어떻게 대처할지 궁금해서 이걸 쓰기로 했습니다."

그 녀석이 그렇게 말하며 하늘을 가리키자, 하늘에서는 거대한 바위가 낙하하고 있었다.

아까 벤 바위와는 비교도 되지 않을 만큼 큰 것이, 마치 산이 내려오는 것 같지만…… 이건 전에 본 적이 있다.

옛날에 은거하기 전의 내가 도적 퇴치를 하러 갔을 때, 저 녀석이 도적과 전투 중인 나를 향해 날린 마법이다.

그때는 어찌어찌 바위를 벴지만, 지금은 그 바위보다 훨씬 더 컸다.

"제가 쓸 수 있는 최대의 흙마법, '마운틴 프레셔'입니다. 예전보다 크기와 강도가 강해졌으니, 이번에는 간단히 벨 수 없을 겁니다."

"이 자식…… 하필이면 이걸 쓸 줄이야."

"그때 일은 당신이 작전을 무시한 바람에 벌어진 겁니다. 그리고, 당신이 아는 시리우스 군은 저 거대한 바위를 파괴했죠. 당신은 그 조그마한 검으로 어떻게 할 거죠?"

확실히 저 바위에 비하면 내 검은 작지만…… 그 말을 들으니 열불이 터지는군.

저 녀석의 간담을 서늘하게 해줄 뿐만 아니라, 시리우스가 해냈다니 나도 반드시 해내야만 한다.

"하하하! 재미있군……. 얼마든지 날려봐라!"

"예. 당신의 사체는 제가 회수할 테니, 안심하시길."

"죽는 건 너다!"

나는 낙하하는 산을 노려보며, 강천의 자세를 취했다.

"강파일도류…… 기본이자, 궁극의 일도…….

이것은 시리우스를 상대한 비장의 수지만, 아직 완성되지 않았다.

위력은 나무랄 곳이 없지만, 지금 상태에서 쏜다면 시리우스는 분명 피하고 말 것이다.

그렇다. ……그 녀석에게 맞출 수 있다는 확신이 들 때까지, 이 기술은 완성된 것이 아니다.

그리고 그 꼬맹이가 나와 같은 수준에 도달했을 때…… 아니, 지금은 괜한 생각을 할 때가 아니다.

지금은 눈앞에 있는 산, 그리고 저 짜증나는 엘프의 얼굴을 일그러뜨리는 데 전념하자.

"우오오오오오오오오오오————!!"

———— 리펠 ————

로드벨 아저씨와 라이오르 씨가 동시에 각자가 지닌 최강의 공격을 날렸다.

그 상황을 한 마디로 표현하자면…… 무음(無音)일 것이다.

물론 바위 파편이 떨어지며 생긴 소리 같은 것이 시합장에 울려 퍼졌지만, 라이오르 씨가 날린 일격은 바람을 가르는 소리조차 내지 않았다.

거대한 바위가 지면에 떨어진 순간, 라이오르 씨의 손이 흐릿해지면서 뭔가가 잘못된 것처럼 산이 두 동강 났다.

"방금 그 기술은…… 대체 뭐지?"

"……모르겠습니다. 저도 처음 보는 기술입니다."

라이오르 씨와 몇 번이나 싸우며 매일 엉망이 되었던 멜트도 본 적이 없다고 했다.

옆에 서 있던 세니아를 쳐다보니, 그녀 또한 고개를 저었다.

"제 눈에는 라이오르 님께서 그저 검을 휘두르신 것처럼 보였습니다."

"맞아. 내가 눈치 못 챈 사이에 검을 휘두른 것 같았어."

"아마…… 진짜로 검을 휘두르기만 한 걸지도 모릅니다. 저분의 강파일도류는 모든 것을 검에 담아 휘두르는 일격이니, 그 궁극을 방금 선보이신 걸지도 모르죠."

"하아…… 정말 괴물이네."

아저씨의 '마운틴 프레셔'를 깨부순 자는 시리우스 군에 이어 이걸로 두 명째구나.

차원이 다른 싸움을 보며 한숨을 내쉬고 있을 때, 두 동강이 난 산이 지면에 떨어진 탓에 시합장이 뒤흔들렸다.

낙하에 의한 충격파, 그리고 사방으로 튄 바위가 시합장을 둘러싼 방어벽을 뒤흔들었지만, 어찌어찌 파괴는 되지 않은 것 같았다.

일부 관객은 산이 낙하하기 전에 도망쳤지만, 나는 세니아와 멜트, 그리고 마그나 선생님이 지켜주기 때문에 도망칠 필요가 없다.

애초에 이 세 사람이 막아낼 수 없는 공격이라면, 도망쳐봤자 부질없다.

"최강의 이름에 걸맞은 사람이네. 만약 저자와 적대하게 된다면 대체 어떻게 이겨야 하지?"

적대하지 않는 게 가장 좋겠지만, 라이오르 씨는 모험가이니 적에게 고용될 가능성도 충분히 있다. 최악의 상황 정도는 고려하는 편이 좋을 것이다.

세니아와 멜트는 내 질문을 듣고 생각에 잠기더니, 세니아가 먼저 좋은 생각이 났다는 것처럼 손을 들며 대답했다.

"더 좋은 보수를 제시해서 저희 쪽으로 넘어오게 하는 겁니다. 완전히 적대하게 되었다면 본진 밖으로 유도해 발을 묶은 후, 그 틈에 적의 우두머리를 해치우는 거죠."

"아니면…… 동급의 실력자에게 맡기는 수밖에 없겠군요."

그렇다면, 로드벨 아저씨에게 의지하는 수밖에 없다.

아니, 이렇게 되면 라이오르 씨에게 이긴 적이 있다는 시리우스 군을 내 휘하에 두는 게 최선일 것이다.

그러니 그를 꼭 손에 넣어…… 리스!

하지만 리스를 울린다면 설교를 해줘야지.

"그런데…… 이걸 시합이라 불러도 될지는 모르겠지만, 결국 결과는 어떻게 된 거야?"

산이 낙하한 충격에 의해 발생한 흙먼지 때문에 시합장의 상황을 알 수가 없었다.

평소 같으면 로드벨 아저씨가 바람 마법으로 먼지를 날려버렸겠지만, 그러지 않는다는 건······.

"리펠 님. 흙먼지 안에서 움직이고 있는 기척이 느껴지는 걸 보면, 아직 싸움이 계속되고 있는 듯합니다."

"역시 스승님도 결국 접근을 허용하고 만 것 같군요. 현재 두 사람은 시합장 중심에서 격돌하고 있는 것 같습니다."

흙마법에 특화된 마그나 선생님은 지면에 손을 대고 상황을 파악하고 있는 것 같았다.

그런데 로드벨 아저씨는 저 검술의 달인 상대로 접근전을 펼쳐도 괜찮은 걸까?

서로가 손속에 사정을 두지 않으며 공격을 하고 있기에 정말 괜찮은지 걱정하고 있을 때, 갑자기 흙먼지 중 일부가 흩어지면서 두 그림자······ 로드벨 아저씨와 라이오르 씨가 튀어나왔다.

"이놈! 그런 비장의 수를 가지고 있었던 거냐!"

"후후후! 당신만 시리우스 군과 싸우고 성장한 게 아니랍니다!"

놀랍게도 로드벨 아저씨는 라이오르 씨가 휘두른 폭풍 같은 검을 가볍게 피했다.

아저씨가 다소 접근전이 가능하다는 건 알고 있지만, 시리우스 군과 달리 상대는 접근전의 달인이다. 게다가 아저씨가 저렇게까지 움직임이 좋았었나?

"아무래도 시리우스 군의 '부스트'를 흉내 낸 것 같군요. 하지만 마력 소모가 극심하기 때문에 장시간 유지할 수는 없습니다."

마그나 선생님의 설명에 따르면, 저것을 쓴 후에는 한동안 몸 전체가 아프며 제대로 움직일 수 없기에, 그야말로 양날의 검이라고 한다.

로드벨 아저씨는 태연한 얼굴로 공격을 피하고 있지만, 실은 꽤 궁지에 몰린 것 같다.

"끈질기군요! '에어 샷건'."

"으윽?!"

이번에는 에밀리아가 쓰던 마법으로 라이오르 씨를 날려버렸다.

아무리 라이오르 씨라도 미세한 크기의 무수한 바람 구슬을 전부 베지는 못하는 것 같았다.

하지만 반사적으로 검을 방패삼은 라이오르 씨의 반사 신경 또한 엄청났다.

"이익, 간지럽구나! 그런 쪼잔한 마법으로 나를 해치울 수 있을 것 같으냐!"

공격에 노출된 팔과 다리에서 피가 나지만…… 저 정도는 간지러운 수준이구나. 최강인 자는 몸도 튼튼한가 보네.

"쪼잔하다는 건 말이 심하군요. 이 마법은 제가 만든 게 아니라, 에밀리아라는 애가 만든 지극히 실용적인 마법이랍니다. 벌써 잊은 건가요?"

"정말 멋진 마법이군! 네놈이 만드는 마법과는 레벨이 다르다. 아니, 그것보다 왜 네놈이 그 마법을 쓰는 거냐! 용서 못 한다!"

그리고 여전히, 에밀리아를 아끼는 것 같네.

"당신의 검으로도 벨 수 없는 건 얼마든지 있답니다. '타이들 웨이브'."

저건…… 대량의 물을 생성해서 거대한 해일로 상대를 휩쓸어 버리는, 로드벨 아저씨의 최강 물마법이다.

아까 전의 바위와 다르게, 물은 상대가 검으로 어떻게 할 수 없을 테지만…….

"우랴아아아아아압————!"

……간단히 베어버리네.

저 사람은 시리우스 군과 마찬가지로 상식으로 가늠해선 안 될 것 같다.

그건 그렇고…… 어느새 로드벨 아저씨가 만든 물에 의해 흙먼지가 가라앉았다.

덕분에 시합장이 한눈에 보이기 시작했는데, 시합이 시작되기 전과 명백하게 달라진 곳이 있다.

"리펠 님…… 저건…….."

"응. 피해 상황을 서둘러 확인해줘."

라이오르 씨가 '마운틴 웨이브'를 베기 위해 검을 휘두른 곳이 깨끗하게 갈라져 있었다. 지면과 관객석뿐만 아니라 투기장 자체가 잘려나간 느낌이다.

그 검흔은 투기장 밖까지 뻗어 있으며, 어디까지 뻗어나갔는지 여기서는 알 수 없을 지경이다. 저 방향에 사람들의 거주지가 아니라 산이 있어서 그나마 다행이다.

라이오르 씨도 인간이 없을 거라 확신하며 휘둘렀다……고 믿고 싶다.

그리고 세니아에게 확인을 요청하며 보낸 후, 시합장에서는 새로운 움직임이 발생했다.

"그럼 이건 어떻습니까! '템페스트'."

"이야아아아아아아아아아압——!!"

……시합장을 뒤덮을 거대한 소용돌이가 두 동강 났다.

"저기, 멜트. 당신도 저런 걸 할 수 있어?"

"예전 같으면 무리라고 말씀드리겠지만, 저분과 매일같이 싸운 지금은 다릅니다. 언젠가 반드시…… 베고 말겠습니다."

"후후, 당신도 성장했네."

"당신을 지키기 위해서 말이죠."

아무리 라이오르 씨에게 지더라도, 당신은 매일 그 사람에게 도전하며 강해지려 하고 있다는 건 알고 있다.

멜트의 올곧은 시선에 미소로 답했을 즈음, 세니아가 돌아와서 사태를 보고했다.

다행히 사상자는 없으며, 튕겨 나간 바위 파편에 맞아 경상을 입은 이가 몇 명 있는 정도라고 한다.

뭐, 관전을 할 거면 목숨을 내놓을 각오를 하라고 사전에 알렸으니, 무슨 일이 일어나더라도 불평을 하지 않겠지만 말이다.

자아…… 슬슬 수습을 하도록 할까.

내버려 두면 패하가 더욱 커질 것이며, 끝없는 체력을 지닌 라이오르 씨와 다르게 로드벨 아저씨의 마력에는 한계가 존재한다.

"세니아. 멜트. 준비를 부탁해."

""예!""

내 신호에 맞춰 세니아는 목소리를 증폭시키는 마도구를 꺼냈고,

멜트는 투기장 내부로 달려가자, 그 모습을 본 마그나 선생님은 영문을 모르겠는지 고개를 갸웃거렸다.

"저기, 리펠 님. 대체 어떻게 저 두 분의 싸움을 말릴 거죠?"

"저 두 사람의 약점을 이미 파악해뒀거든요. 세니아, 어때?"

"잠시만 기다려주십시오. 아…… 아…… 어험. 시리우스 님……."

"이 목소리는…… 에밀리아 양인가요?"

"응. 세니아의 특기 중 하나인 성대모사야."

남자는 어렵지만, 여성의 목소리라면 웬만하면 다 흉내 낼 수 있다.

세니아가 목소리를 가다듬는 사이에 다른 이의 준비도 마친 건지, 멜트가 가르간 상회의 지배인을 데리고 돌아왔다.

"오래 기다렸습니다. 주문하신 물건을 전달하러 왔습니다."

"공주님, 준비가 됐습니다."

"저도 준비를 마쳤습니다."

"좋아! 그럼 바로 시작하자!"

그리고 로드벨 아저씨와 라이오르 씨가 거리를 벌린 순간, 세니아는 마도구를 작동시키며 크게 숨을 들이마셨다.

『라이오르 할아버지! 커다란 케이크를 준비했어요!』

"에밀리아?!"

"앗?! 정말 멋진 케이크군요!"

그 효과는 끝내줬으며, 두 사람은 거의 동시에 눈을 반짝이며 이쪽을 쳐다보았다.

정말…… 앙숙 사이면서 호흡이 딱 맞네.

겨우 움직임을 멈췄으니, 이 틈에 밀어붙이기로 했다.

"자아, 시합 종료! 더 싸웠다간 이 케이크는 우리가 다 먹어 버릴 거예요."

"알았어요. 바로 관두죠!"

"에밀리아는 어디 있지?! 에밀리아, 할애비가 여기 있다!"

"기분 탓 아닐까요? 아, 맞다. 에밀리아가 아드로드 대륙의 어디에 있는지 알고 싶다면, 검을 거두세요."

"으읔?!"

일전에 리스한테서 온 편지로 그들이 어디로 향하고 있는지 나는 알고 있다.

아무튼 이것으로 두 사람 다 얌전해졌기에, 나는 깊은 안도의 한숨을 내쉬었다.

『으음, 역시 매직 마스터의 마법은 대단하군요.』

『아뇨, 그걸 검 하나도 전부 베어 넘긴 강검이야말로 정말 멋졌어요.』

『검과 마법으로 궁극의 경지에 이른 두 최강자의 대결…… 정말 최고였네요.』

객석에서 두 사람을 칭송하는 목소리가 들려왔지만…… 나는 그런 목소리가 들릴 때마다 한숨이 날 것만 같았다.

그것도 그럴 것이, 이 두 사람이 싸우게 된 원인은…….

『멈추세요! 그 끝부분은 제가 눈독들인 부분이에요!』

『시끄럽구나. 케이크 조금 먹었다고 어린애처럼 굴지 마라.』

『뭐가 조금이라는 거죠?! 당신은 한 입에 조각케이크를 세 개나
먹어치우잖아요!』

라이오르 씨가 로드벨 아저씨의 케이크를 훔쳐 먹었기 때문
이다.

너무 한심한 이유였기에, 나도 어이가 없을 지경이었다.

하지만 로드벨 아저씨의 심정도 이해는 되기에…….

"그럼 벌을 내려야겠네. 세니아!"

"어험…… 멋대로 케이크를 먹은 할아버지가 저는 정말 싫어요!"

"으윽?!"

"너무 싫어요! 오늘은 저녁 안 줄 거예요!"

"크으으으으윽──?! 에밀리아가 아냐……. 에밀리아가 아니
지만…… 그 목소리로 그런 소리를 하지 말아다오!"

라이오르 씨가 괴로워하며 바닥을 뒹굴었지만, 그대로 고통에
허덕이게 한동안 둘까.

로드벨 아저씨는 그런 라이오르 씨를 쳐다보며 의기양양한
표정을 지었다.

"훗, 자업자득이군요."

"무슨 소리를 하는 거죠? 아저씨도 같은 죄예요."

"예?"

나는 그런 로드벨 아저씨가 보는 앞에서, 준비한 케이크를 먹어댔다.

음…… 맛있네. 역시 치즈 케이크가 최고다.

"이번 싸움 때문에 얼마나 피해가 발생했는지 아나요? 이 참상이 보이지 않는 건가요?"

"아, 아니, 이건 내가 아니라 저 남자가……."

"투기장의 수리를 서둘러주세요. 끝날 때까지는 이걸 안 줄 거예요."

"예?! 그렇게 맛있는 케이크를……. 마, 마그나? 당연히 도와줄 거죠?"

"저는 리펠 님 편입니다."

"……당신은 케이크가 얽힌 일이면 스승도 안중에 없군요."

"성의 벽과 투기장의 벽을 자른 할아버지도 정말 싫어요!"

"으윽…… 내, 내 잘못이 아니다! 벽이 약해서 부서진 거란 말이다……."

"……음식에 얽힌 원한은 정말 무시무시하군요."

"여러 가지 의미에서 말이야."

두르가를 자결로 위장해 처리하고 며칠 후, 나는 과거에 성기사였던 호위에게 연락을 받고 그를 찾아갔다.

혼자 와달라는 부탁한 것을 보면, 타인에게 들려줄 수 없는 이야기를 하려는 게 틀림없다.

그의 방에는 손질이 잘 된 무기뿐만 아니라 약초를 조합하기 위한 도구도 있었으며, 방에는 풀 냄새가 느껴졌다.

"왔군. 금방 끝나니 잠시만 기다려줘."

"뭘 하고 있는 거야?"

"실은 아까 훈련을 하다 제자가 부상을 입었거든. 그래서 약을 준비하던 참이다."

조금이라도 강해지기를 바라는 마음에 무리를 시킨 것 같았다. 하지만 심각한 부상은 아니며, 지금은 방에서 쉬고 있는 것 같았다.

"그럼 치료 마법을 걸어달라고 하는 건 어때? 리스라면 금방 치료해줄 수 있을 거야."

"고마운 이야기지만, 성기사는 때로 혼자 행동을 해야 하고, 마법을 쓸 수 있는 자에게 의지 못하는 상황에 처할 때도 있지. 바로 치료를 할 수 없는 상황을 체험하게 해주고 싶거든."

더러운 일을 도맡는 그의 뒤를 이을 자라면, 고통에도 익숙해질 필요가 있을 것이다.

약초의 조합에는 해박해 보이니, 그 기술도 제자에게 가르쳐 주리라.

참고로 그가 조합하고 있는 건 몸의 치유력을 높여주는 약이며, 선반에 있는 약초를 훑어보니 암살에 쓸 수 있는 독물 또한 있었다.

그 외에도 방 곳곳에 무기가 숨겨져 있는 공간이 있으며, 미라교의 신전과는 어울리지 않는 방이다.

내가 방을 둘러보는 사이에 작업을 마친 건지, 그와 나는 마주 앉았다.

"그런데, 나를 부른 이유는 뭐야?"

"두르가에 관한 것들이 판명되어서 말이야. 너한테도 알려두는 게 좋을 것 같더군."

그때, 내가 술과 자백제로 두르가에게 실토하게 한 정보는 이 남자에게도 전부 보고했다.

그 정보로 두르가가 한 짓을 조사했으며, 그 과정에서 판명된 것은 나에게 알려주려는 것 같았다.

"두르가가 그런 폭거를 저지른 이유 말인데…… 네 상상과 크게 다르지 않을 거다."

"역시 사람이 바뀐 거야?"

미라교의 교황은 상대의 눈을 보기만 해도 본질을 꿰뚫어 볼 수 있다.

그러니 오랫동안 대주교로서 미라교의 버팀목이 되어왔던 두르가의 내면에 존재하는 욕망을, 그 교황이 간파하지 못할 리가 없다.

물론 시간이 흐르면서 사상이 달라지거나, 단순히 본성을 능숙하게 감췄다……고도 생각할 수 있지만, 그 남자는 인심장악이 능숙하기는 해도 교황의 눈을 속일 수 있을 만큼의 가면을 만들 수 있을 것 같지는 않았다.

그래서 교황과 이 남자가 포교 여행을 떠난 후, 두르가와 닮은 남자가 진짜와 바꿔치기를 된 것일 가능성을 고려했는데, 그것이 적중한 것 같았다.

"신도들의 이야기에 따르면, 1년 전…… 두르가는 며칠에 걸쳐 몸이 나빴을 뿐만 아니라 미심쩍은 행동을 취한 시기가 있었다더군. 하지만 곧 평소와 다름없어 보였기에 다들 개의치 않았다는데, 아무래도 그때 사람이 바뀐 것 같다."

완벽하게 타인이 되는 건 매우 어렵다.

하지만 미라교 특유의 느슨한 분위기, 그리고 주위 사람들의 신뢰가 두터운 두르가를 의심하는 신도는 없었으며, 가짜도 교묘한 말솜씨도 바꿔치기에 성공한 것이리라.

"내가 술에 취하게 했을 때, 진짜를 마물에게 먹히게 했다…… 같은 소리도 했어. 진상을 아는 사람이 죽은 이제 와서는 확인할 방법이 없지만……."

"그 녀석의 헛소리일 수도 있지만, 그렇게 된 거라면 납득이 되지. 두르가는 교황에게 있어 좋은 부하였으며, 신뢰할 수 있는 친구였거든. 그러니 그 녀석은 대주교의 지위에 올라갈 수 있었던 거다."

"교황에게는 이야기했어?"

"……이야기할 생각은 없다. 이제 와서 진실을 안들 미라교가 한 짓에는 변함이 없고, 무엇보다 교황이 슬퍼할 뿐이지."

전부 비밀로 한 채 무덤까지 가지고 갈 생각인가.

하지만 나에게 이야기를 해주는 건 그 만큼 신뢰하고 있다는 증거이리라.

"마음에 걸리는 건, 진짜 두르가의 장례를 치러주지 못한 거다. 그는 진심으로 미라교를 믿던 남자였어."

그는 옛 동포를 떠올리며 슬픔에 젖었지만, 곧 쓴웃음을 지으며 다시 입을 열었다.

"잃어버린 건 셀 수도 없을 만큼 많지만, 그래도 다행인 점은 있다. 애셜리가 크게 성장한 데다, 교황 또한 드디어 각오를 다진 것 같거든."

이번 사건을 계기로 교황은 포교 여행을 완전히 관두기로 결심했으며, 애셜리를 본격적으로 교육시키겠다고 말한 것 같았다.

"나도 그 말을 듣고 솔직히 안심이 됐지. 포니아에 아무 일도 없었다면, 앞으로 한두 번 정도는 더 여행을 떠났을 테니까 말이야."

"실례를 무릅쓰며 한 마디 하자면, 이제 나이도 꽤 먹었잖아? 솔직히 너무 위험한 짓 같은데……."

"네 말도 맞지만, 교황은 원래 그런 사람이야. 내 눈이 닿지 않는 곳에서 몇 번이나 위험한 일을 겪었지만, 그 사람은 웃으면서 그 위기를 극복했지."

그야말로 여신에게 사랑받는 남자다, 하고 그는 약간 어이없어
하면서도 딱 잘라 단언했다.

오랫동안 그와 알고 지내면서 그만큼 깊은 유대를 쌓았으리라.
부부와는 또 다른, 생애를 함께 하는 파트너 같은 두 사람의 관계를
느끼며, 나는 전생의 파트너를 떠올렸다.

그 후 몇몇 이야기를 나누고 밖에 나와 보니, 리스와 애셜리가
신전 앞에 있는 분수 쪽에 있었다.

물구슬을 만들어낸 것을 보면, 마법을 가르쳐주고 있는 것 같
았다.

"아…… 또 사라졌어요."

"괜찮아. 미라 님의 힘을 빌렸을 때의 감각을 떠올려봐."

애셜리는 마도구를 사용하지 않으면 정령이 보이지 않지만,
미라의 힘을 접하고 각성한 덕분인지 정령마법에 가까운 마법
을 쓸 수 있게 됐다.

하지만 리스에 비하면 미약한 수준이며, 제어가 힘든지 고전
하고 있었다.

"치료는 잘 되는데, 다른 마법은 왜 이렇게 안 되는 걸까요?"

"그건 말이지. 남을 치료하고 싶다는 애셜리의 마음에 정령이
부응해주기 때문이야. 즉, 중요한 건 이미지인 거야."

"아직도 부족하다는 거군요. 좋아요……. 한 번 더 해볼게요!"

"……열심히 하네."

한 소년이 자매 같은 두 사람을 몰래 훔쳐보고 있었다.

전 성기사가 후진으로 양성하고 있다는 크리스……였나?

훈련 도중에 부상을 입어서 쉬고 있다 들었는데, 설마 한눈에 반했다는 애슐리를 보러 이런 곳에 왔을 줄이야.

"이런 데서 뭘 하고 있는 거지?"

"우왓?! 죄, 죄송합니다! 멋대로 밖으로 나와서…… 아, 시리우스 씨였나요?"

우리는 일전에 자기소개를 한 사이였으며, 그는 밀을 건 이가 나라는 사실을 알고 안심한 것 같았다.

"저기…… 죄송합니다. 바로 신전으로 돌아갈 테니, 이 일은 못 본 걸로 해주십시오."

"고자질 같은 건 할 생각 없어. 그것보다 그렇게 훔쳐만 보지 말고, 애슐리에게 말을 거는 건 어때? 초면도 아니잖아?"

"하지만 저는 아직 애슐리를 지키는 성기사가 아닌지라……."

"크리스. 너는 착각을 하고 있어. 너는 애슐리의 몸만이 아니라 마음도 지켜야 해. 마음의 버팀목이 되어줄 수 있어야 진정으로 상대를 지켜준다고 할 수 있는 거지."

"마음…… 말인가요."

온갖 재난으로부터 상대를 지키기만 해선, 그저 자기만족에 지나지 않는다.

지켜야만 하는 상대를 알고, 함께 고민하면서 답을 찾아나가는 것이, 크리스가 추구하는 성기사…… 아니, 애슐리를 지키는 기사일 것이다.

"그러기 위해서라도, 우선 서로를 이해해야 하는 거야. 부끄러워만 하지 말고, 앞으로 나아가 애설리와 이야기를 나눠봐."

"하지만, 역시……."

"아, 시리우스 씨. 그리고 크리스도 함께 있었구나."

"크리스 군?"

리스가 대화중인 우리를 눈치채고 말을 걸자, 크리스도 결국 모습을 드러냈다.

동시에 크리스의 몸을 감싸고 있는 붕대를 발견한 듯한 애설리가 허둥지둥 그에게 달려갔다.

"크리스 군, 다친 거야?!"

"별거 아냐. 이 정도는 금방 나을 거야. 그리고 좀 있다 약으로 치료할 거야."

"안 돼! 지금 바로 치료해줄 테니까 움직이지 마."

"으, 응……."

말을 하지 않아도 애설리의 마음에 정령이 답해준 건지, 크리스의 상처가 순식간에 아물었다.

치료를 위해서라고 해도 애설리가 자신의 몸에 손을 대자 크리스는 얼굴을 붉혔지만, 곧 용기를 쥐어짜내며 말을 걸었다.

아무래도 단둘이 있게 해주는 편이 좋을 것 같았다.

눈짓을 교환한 나와 리스는 같은 생각이었는지 미소를 지으며 고개를 끄덕인 후, 천천히 이 자리를 벗어났다.

그리고 근처에 숨어서 몰래 관찰을 해보니, 그곳에는 먼저 온 손님이 있었다.

"정말…… 준비한 약이 쓸모없어졌군."

크리스가 방에 없다는 것을 눈치채고 찾으러 온 건지, 크리스의 스승이 약을 한 손에 든 채 어이없다는 표정으로 벽에 기대서 있었다.

"저 두 사람에게는 필요한 일이야. 내 탓이기도 하니까, 용서해주지 않겠어?"

"저도 부탁드릴게요. 풋풋한 느낌이 감도는 게 귀엽기도 하잖아요."

"……그래. 이번만 눈감아주도록 하지."

지키고 싶다는 강한 마음은 저렇게 순수하고 올곧은 마음에서 비롯된다.

미래의 미라교를 지켜나갈 두 사람을, 우리는 따뜻한 미소를 머금으며 지켜보았다.

후기

여러분, 오래간만입니다. 네코입니다.

여러분 덕분에 8권에 접어들었고, 코믹스판 또한 3권까지 나왔습니다.

작품에 관여해주신 관계각층의 여러분, 그리고 일러스트를 맡아주신 Nardack 님.

그리고 이 작품을 읽어주신 여러분…… 정말 감사드립니다.

앞으로도 네코는 최선을 다하겠습니다.

자아…… 시리우스 일행이 어떤 종교에 얽히게 되는 것이 이번 8권의 주 내용이었습니다만, 실은 지금까지 쓴 이야기 중에서 가장 불안한 내용이기도 했습니다.

WEB판에서는 대략적으로 쓰고 넘어가면서 제 경험 부족이 드러난 바람에 스토리가 막혀버리고 말았던 겁니다. 당시에는 어찌어찌 앞뒤를 맞추며 끝까지 썼습니다만, 아쉬움이 남는 결과였습니다.

그래서 이번에 대폭 이야기를 더한 바람에 마감이 위험해졌지만 어찌어찌 전체적으로 손을 볼 수 있었으니, 조금은 나아졌을 거라 생각합니다.

취향은 사람에 따라 다른 겁니다만, 독자 여러분께서 즐겨 주시면 저도 기쁘겠습니다.

다음 권에서도 또 뵐 수 있기를 빌며…… 이만 줄이겠습니다.

World Teacher 8
©2017 by Koichi Neko
First published in Japan in 2017 by OVERLAP, Inc.
Korean translation rights reserved by Somy Media, Inc.
Under the license from OVERLAP, Inc., Tokyo JAPAN

월드 티처 이세계식 교육 에이전트 **8**

2018년 12월 24일 1판 1쇄 인쇄
2019년 1월 1일 1판 1쇄 발행

저   자 네코 코이치
일러스트 Nardack
옮 긴 이 이승원
발 행 인 유재옥
본 부 장 조병권
담당편집자 김민지
편   집 강혜린 김다솜 김민지 김혜주 이문영 박은정 정영길 조찬희
라이츠담당 박선희, 오유진
디 지 털 최민성, 박지혜
발 행 처 ㈜소미미디어
인쇄제작처 코리아피앤피
등   록 제2015-000008호
주   소 서울시 마포구 토정로 222, 403호 (신수동, 한국출판콘텐츠센터)
판   매 ㈜소미미디어
마 케 팅 한민지 한주원
물   류 허석용 최태욱
전   화 편집부 (070)4164-3962, 3963 기획실 (02)567-3388
　　　　　판매 및 마케팅 (02)567-3388, Fax (02)322-7665

ISBN 979-11-6389-066-9 04830
ISBN 979-11-5710-074-3 (세트)

네코 코이치 지음
Nardack 일러스트
이승원 옮김

8

월드 티처

이 세 계 식 교 육 에 이 전 트

Koichi Neko / OVERLAP
stration by Nardack